대한민국이
묻는다

1판 1쇄 발행 | 2017년 1월 20일
1판 4쇄 발행 | 2017년 1월 26일

KI신서 6884

대한민국이 묻는다

지은이 | 문재인
엮은이 | 문형렬
펴낸이 | 김영곤
펴낸곳 | (주)북이십일 21세기북스

출판사업본부장 | 신승철
영업본부장 | 신우섭
출판영업팀 | 이경희 이은혜 권오권
출판마케팅팀 | 김홍선 신혜진 조윤정
프로모션팀 | 김한성 최성환 김주희 김선영 정지은
홍보팀 | 이혜연 최수아 홍은미 백세희 김솔이
제작팀 | 이영민

진행 | 박유진
교정교열 | 박선희
디자인 | 놀이터
사진 | 함성주 김수진

출판등록 | 2000년 5월 6일 제406-2003-061호
주소 | (10881) 경기도 파주시 회동길 201(문발동)
대표전화 | 031-955-2100 **팩스** | 031-955-2151 **이메일** | book21@book21.co.kr
페이스북 | facebook.com/21cbooks **블로그** | b.book21.com
인스타그램 | instagram.com/21cbooks **홈페이지** | www.book21.com

ISBN 978-89-509-6884-7 03810

대한민국이 묻는다

완전히 새로운 나라,
문재인이 답하다

문재인이 말하고 문형렬이 엮다

21세기북스

기획의 말;
어느덧, 봄이 오고 있다

호불호를 떠나 문재인 더불어민주당 전 대표는 정치적 핵심 키워드로 떠올랐다. 도덕적이고 정직한 정치인이라는 점에서 그에 대한 평가는 여권과 야권, 보수 측과 진보 측을 막론하고 특별히 이견이 없어 보였다. 출판기획자로서는 그가 매력적인 인물일 수밖에 없었다.

정치는 물처럼 흘러야 한다는 말이 있다. 아울러 정치는 불과 같아서 너무 가까이 하면 화상을 입고, 너무 멀리하면 동상을 입으니 적당히 거리를 두어야 한다는 말도 있다. 어쨌든 누구나 자신의 지적 능력 안에서 정치를 이해하기 마련이다.

이번 책은 대한민국의 총체적인 문제점에 대해서 인터뷰어가 국민의 입장에서 묻고, 정치인 문재인이 대표성을 띠고 대답해달라는 의도에서 기획되었다. 각 분야에서 전문성을 두루 갖춘 인물보다는 평범한 이웃이나 국민의 입장에서 궁금한 점을 정서적으로 물을 수 있는 시인이자 소설가 문형렬 씨를 인터뷰어로 제안했는데, 문재인 전 대표는 흔쾌히 받아들였다. 감사할 따름이다.

질문은 인터뷰어가 주도적으로 마련했지만 출판사에 근무하는 20

대 초반의 직원부터 60대의 직원까지 궁금한 점을 물어 추가 질문으로 포함시켰다. 아울러 이번 책을 대담 형태로 진행한 이유는 문재인 전 대표의 생각이나 목소리를 있는 그대로 보여줄 수 있다는 장점 때문이 었다. 객관성이나 신속성 측면에서도 유리하다는 판단도 한몫했다.

인터뷰는 문재인 전 대표의 삶과 추억을 반추하다가 현안 문제로 넘어가 묻고 답하는 패턴을 반복했다. 여름에 시작해서 가을을 지나 겨울의 복판에 서 있을 때는 의도치 않게 정치적 현안 문제가 버거 울 만큼 팽창을 거듭했다. 책이 출간될 수 있도록 도와주신 문재인 전 대표님을 비롯하여 관계자 여러분께 감사의 말씀을 전한다.

좋은 음악에는 카타르시스의 순간이 있다. 우리나라 정치에도 그 런 순간이 오기를 기대한다. 어느덧, 봄이 오고 있다.

2017년 1월

21세기북스 편집부

차례

사람 |

사람을 향하는
문재인의 동행 |

광장

광장에 선
당신과 나
그리고 문재인

약속

행동하는 양심,
깨어 있는 시민을 위한
약속

행복

문재인이 꿈꾸는
행복

새로운 대한민국

당신과 나
그리고 대한민국

|기억
문재인은 무엇을, 어떻게, 왜 기억하는가

정치를 통해 인간의 어떤 근본적인 것들을 바꾸고 있는가.
이 질문은 달라지지 않습니다.

:: 흥남, 거제, 아버지

모든 인생에는 이야기가 있다. 아무리 노오오력해도 희망에 다가설 수 없는 알바 청춘들과 비정규직 노동자들, 일자리가 없는 취업 준비생에서부터 박근혜 게이트 당사자들과 국정조사 청문회에 불려나온 대학교수, 고위관료, 재벌회장까지. 촛불을 든 어린 손들과 '중고생도 사람이다 사람답게 살아보자' 종이 피켓을 든 청소년들, 서글픈 현실을 해학과 풍자로 견디는 대학생들에서부터 심야 노동자들, 일해본 적 없이 엄청난 재산을 물려받고 각종 특혜를 누리는 상류층 금수저 자녀들까지. 누구에게나.

문재인 더불어민주당 전 대표.
혈액형 B형, 키 172센티미터, 평범한 체격에 넓고 단단한 어깨, 온화한 얼굴. 그와 인터뷰하면서 그의 목소리처럼 가슴에서 맺혀 울려나오는 목소리를 아주 오래전에 들은 적이 있는 것 같았다. 하지만 그런 울림의 목소리를 가졌던 사람이 누군지 잘 떠오르지 않았다. 긴 인터뷰가 다 끝나갈 즈음 비로소 생각이 났지만. 그는 평소의 기억과 경험에서 비롯된 생각, 자신의 정치적 견해와 새로운 전망, 판단과 결단, 국민들의 염려와 기대에 대해 이야기했다. 대답을 길게 하지 않는다고 미리 들었는데, 뜻밖에도 그는 오래 가슴속에 품었던 기억들을 솔직하게 드러내었다.
이야기를 어디서부터 시작해야 할까.
나는 사람들이 그에 대해 가장 궁금해하는 것이 무엇인지를 생각했다. 문재인이라는 사람이 어떻게 살아왔는가, 그리고 문재인이 대통령이 되면 우리 사회가 어떻게 달라질 것인가, 이 두 가지 질문이 자연스럽게 정리돼 나왔다.

그 두 가지 질문에 대한 답을 얻기 위해 나는 그의 아버지에 대한 이야기로부터 시작했다. 일제강점기에 태어난 세대의 적막한 이야기들은 지금 우리 세대에게도 전해져 남아 있는 기억이기 때문이었다. 이 글의 시작을 그의 아버지로부터 시작하는 이유는 또 있었다. 그에게 아버지의 모습은 흥남에 고향을 둔 실향민의 얼굴, 동시에 한국전쟁을 겪은 궁핍한 시대의 모든 아버지 얼굴이 겹쳐 있는 얼굴이었기 때문이다.

그를 처음 만난 날은 은행잎이 노랗게 물들기 시작한 10월 하순이었고, 촛불과 탄핵의 외침이 아직 시작되지 않은 폭풍 전야의 고요한 가을날이었다. 홍대 부근 카페 3층에 그와 마주 앉았다. 그는 짙은 감청색 양복에 흰 와이셔츠, 빗금무늬의 청색 넥타이 차림이었다. 그로부터 아버지의 기억을 불러내기 위해 나는 시인 홍사성의 시 '성자의 길'을 건넸다.

　살아서는
　논 매고 밭 갈고
　등짐 나르고 달구지 끌고
　자식도 몇 남 몇 녀씩 낳아 기르고

　죽어서는

피와 살을 내놓고

뼈는 사골국으로 끓이고

가죽은 구두와 가방 만들게 하고

부처도 예수도 걷지 않은 길

마른 눈물 참으며

혼자 걸어간 소보다 더 소 같았던

눈 뜨고 보면 절망

눈 감고 생각하면 또 그리운

아버지

그는 창밖을 보고 있었다. 은행나무 꼭대기가 3층까지 뻗어 있었다. 그는 주먹을 가만히 쥐었다. 그의 왼손 무명지에 끼워진 묵주반지가 눈에 들어왔다. 그의 표정은 가난한 아버지의 모습을 기억하는 많은 우리네 얼굴과 다르지 않았다. 한순간 그의 두 눈동자에 물기가 지나갔다. 질문을 시작하기 전에 그가 먼저 말했다.

"이런 시를 읽으면 눈물나지요."

:: 소보다 더 소 같았던 아버지

────── 아버지, 하면 떠오르는 단어들은 어떤 것들입니까?

문재인 구구절절한 삶, 불우한 시대를 만나서 **빼앗긴** 삶, 끝내 돌아가
지 못한 고향, 자기 자신의 삶이 아닌 전혀 다른 삶을 강요당한
인생, 그런 말들이 떠오릅니다.

────── 문득 이런 물음이 생각납니다. 아버지 시대에는 무엇을 빼앗겼
는지, 누가 그것을 빼앗았는지, 그리고 그것은 지금 어떻게 연
결되어 있는지도요. 삶의 어떤 것들, 예를 들면 아주 소박한 행
복을 빼앗겼다거나 늘 굶주렸다거나 하는 그런 구체적 체험들
이 있지 않겠습니까?

문재인 일제강점기에서 한국전쟁으로 이어지는 우리 격변의 역사 속
에서 수많은 국민들이 자신의 삶 자체를 **빼앗겼죠**. 아버지에
게는 그게 이산으로 찾아왔습니다. 자신의 가족, 이웃, 친구들
로부터, 고향으로부터 떠나야 했습니다. 삶의 뿌리, 기억의 뿌
리가 뽑혔습니다. 남쪽으로 피난을 와서는 자신이 원했던 삶
과 전혀 다른 삶을 살아야 했습니다. 아버지는 실패한, 아주 무
기력한 삶을 살 수밖에 없었지요. 끝내 자신이 꿈꿨고 잘해낼

수도 있었던 삶으로 돌아가지 못했고요. 당연히 가장으로서도 그리 능력이 있지는 못했습니다. 그런 모습이 늘 가슴에 서늘하게 새겨져 있습니다.

—— 어릴 때 본 아버지의 흑백사진 같은 모습들이 기억에 남아 있습니까? 몇 년 전 같은 가까운 기억보다 30년 전, 40년 전, 이렇게 오래된 기억일수록 또렷하게 새겨지는 게 기억의 법칙이라고 합니다.

문재인 아버지가 고향에서는 함흥농고를 나오셨어요. 그 시대에는 부산상업, 함흥농업, 대구상업 같은 학교가 굉장한 명문학교였어요. 수재 소리 듣고, 지역에서 촉망받는 학생들이 그런 학교를 다녔죠. 아버지도 함흥농고를 나와 공무원이 되셨고요. 공무원 생활을 하다가 유엔군이 진주했을 때는 잠시 시청 농업과장도 했다고 하셨습니다.

그렇게 공무원으로 소박하게 살아가는 게 당신이 원하시던 삶이었던 것 같습니다. 그런데 흥남부두에서 배를 타고 피난을 내려와서는 그런 삶의 길을 계속 걸어갈 수가 없게 됐죠. 그러니까 전혀 경험도 없고 재능도 없는 장사나 이런저런 잡다한 일들을 하신 건데, 그런 일들에 무능한 아버지로서는 성공할 수가 없었지요. 돈을 많이 벌었다 벌지 못했다, 이런 차원이 아니라 자신이 결코 성취해낼 수 없는 일을 하셨다는 거예요. 자유를 찾아 내려오고 난 이후에는 아마 평생 동안 하고 싶지 않은 일을 하셨을 겁니다.

——— 아버지가 가장 기뻐하시던 모습, 그리고 가장 슬퍼하시던 모습이 기억납니까?

문재인 아버지가 가장 기뻐하셨던 때는 제가 중학교 입시에 합격했던 때로 기억합니다. 당시엔 중학교도 시험을 쳐서 들어갔는데 저도 경남중학교에 지원해 입학시험을 봤죠. 경남중학교는 그 시기에 한강 이남에서는 가장 명문으로 이름난 학교였는데, 제 합격 소식을 듣고 우리 아버지가 정말 기뻐하셨어요.

그 이후 1972년에 자주, 평화, 민족대단결의 3대 통일 원칙을 발표했던 7·4 남북공동성명이 있었고, 한국전쟁 이후로 북한 방문단이 처음 서울을 방문했어요. 그때 사람들이 신기해했었죠. 북한 사람들은 전부 새빨갛고 머리에 뿔이 달린 줄 알았는데 뿔도 없고 빨갛지도 않다면서요. 어쨌든 아버지는 1천만 이산가족들이 통일이 되어 고향을 갈 수 있겠다며 너무 기뻐하시고 기대를 하셨지요.

그리고 단 하나 꼽을 만큼 특별히 슬퍼하신 일은 잘 기억이 안 나지만, 늘 슬프지 않으셨을까 싶습니다.

—— 당시 경남중, 경남고는 명문인데 어떻게 그렇게 공부를 잘했습니까?

그는 기억을 하나하나 따라가듯 창밖을 바라보고 있었다. 그때 옆자리에 앉았던 누군가가 "교과서 위주의 공부와 철저한 예습, 복습"이라고 한 마디 거들었고 와르르 웃음이 터졌다. 아버지 이야기를 하며 적막했던 그의 얼굴이 밝아졌고 말은 조금씩 빨라졌다.

문재인 그 시절엔 중고 입시가 있었기 때문에 대부분 과외를 받았죠. 담임선생님 과외부터 시작해 대학생 과외도 있었고, 소규모로 과외를 많이들 할 때였어요. 하지만 저는 그럴 형편이 안 돼 집에서 혼자 공부했습니다. 제가 공부를 하고 있으면 어머니는 제 옆에 밤늦게까지 앉아 계시는 거예요. 그냥그냥 앉아 계시는 거예요. 그러다 꾸벅꾸벅 조시는 거지요. 고단하니까요. 옆에서 그렇게 졸면서도 제가 잠자리에 들 때까지 그대로 앉아 계셨어요. 그러면서 어머니가 주셨던 건 말 없는 격려랄까, 분발하게 만드는 힘이었겠지요.

—— 그때 아버지께서 고향 풍경이라든가, 일가친척 이야기도 하셨겠죠?

문재인 아버지가 워낙 말씀이 없으셔서 많은 얘기를 듣지는 못했습니다. 아버지에게서 조각조각 듣거나 어머니와 다른 집안 분들이 해주신 말씀을 기억하고는 있죠. 아버지 고향은 흥남, 소나무 숲으로 둘러싸인 마을이었다고 합니다. 그래서 '솔안마을'이라고 불렀다고 해요. 한자로는 송내(松內). 그곳이 남평 문씨 집성촌입니다. 그 시기에 할아버지 형제가 여섯이었는데 우리 집이 그 여섯 중 막내의 집이었어요. 전쟁이 났을 때는 여섯 할아버지, 할머니들은 다 남고 그 밑에 아버지 세대는 다 피난을 내려왔습니다. 그야말로 잠시 피난한다는 생각이었지요. 이제 아버지 대는 다 돌아가셨고 사촌, 육촌, 이런 분들이 살아계시지요.

—— 할아버지 6형제가 다 고향에 남으셨군요. 곧 다시 만날 수 있을 거라고 믿고.

문재인 그렇지요. 솔안마을에는 증조할아버지께서 쓴 글씨가 묘비석이나 마을 현판 같은 데 많이 있었다고 할 정도로, 그 지역에서는 증조할아버지가 꽤 인정받는 분이었다고 합니다. 아버지는 집안 어른들에 대해 그런 자부심을 가지고 계셨어요.

카페 주인이 찹쌀떡과 커피를 내왔다. 그는 오래전 기억에 집중하느라 이야기가 끝날 때까지 찹쌀떡을 한 점도 먹지 못했고, 가끔 목이 마른 듯 물만 마셨다. 유리창을 통해 햇빛이 번져 들어오기 시작할 때 그는 양복저고리를 벗었다.

―――― 1950년대 후반과 1960년대, 그 당시에는 진공관 라디오에서 유행가가 많이 나오지 않았습니까? 선친께서 좋아하셨거나 즐겨 부르시던 유행가가 있습니까?

문재인 흥이 많으셨던 분이 아니라 집에서 노래를 하거나 그러진 않으셨던 것 같아요.

―――― 조용하신 분이었군요.

문재인 네. 아버지는 술도 잘 못 하시고, 그냥 딱 한 잔이면 취하시는 분이었죠.

―――― 시간이 지나고 나서 아버지가 왜 그러셨는지 비로소 이해가 됐다거나, 아버지의 모습이 더 잘 보였다거나, 그런 일이 있다면?

문재인 나로서는 아프게 남아 있는 대목이 있습니다. 집안 형편에 비해서는 힘겹게 대학을 보내주셨는데, 물론 저대로 아르바이트도 하고 그랬지만 결국은 대학 다니던 중 구속되고 제적까지 됐죠. 구속돼 있는 동안 아버지는 면회를 한 번도 안 오셨어요. 나는 그것이 아버지가 말씀은 하지 않으셔도 저를 나무라는 것이라고, 또는 저를 원망하는 것이라고 느꼈어요. 옳은 일이라도 가족을 생각한다면 그럴 수는 없다고, 마음으로 용서하시지 않은 거라고 생각했죠.

그런데 감옥을 나오고 난 다음 아버지가 저에게 꾸짖는 말씀도 하시지 않는 겁니다. 아버지는 그때 그 상황이 그냥 아프셨던 것 같아요. 그래서 저를 원망하거나 나무라는 심정을 가졌던 게 아니라, 그런 상황에서 제가 얼마나 고통스럽고 힘들었을까 그렇게 생각하셨던 것 같아요. 아버지의 그런 마음을 알아선지, 제가 부모가 되고 나니 자식이 잘못해도 나무라거나 그러지 않게 됩니다.

:: 새하얀 나라, 새파란 나라

흥남철수 당시의 기록을 보면, 1950년 12월 15일부터 23일까지 10만여 명의 북한 주민들이 흥남부두에서 메러디스 빅토리아 호를 비롯한 미군 함정을 타고 남쪽으로 내려왔다고 되어 있다. 원래 철수 작전에는 군인들만 포함되고 피난민들이 포함되지 않았는데, 통역관 현봉학 박사와 한국군 1군단장 김백일 장군의

자신의 삶과 다른 삶들을 볼 때
세상을 바라보는 안목이 성장합니다.
인간의 행위에 대한 철학적 사고도 하게 되고요.

간곡한 요청으로 마침내 미군이 피난민을 배에 태우기 위해 폭약과 차량, 무기, 장비까지 다 버렸다. 선박은 총 193척, 크리스마스 날 거제도 장승포항에 도착했다고 나와 있다. 당시 흥남의 기온은 영하 27도였다.

————— 한국전쟁 속에서 피어난 인도주의의 완벽한 모습이 흥남철수라는 생각이 듭니다. 흥남철수 때에 관해 들은 이야기가 있습니까?

문재인 아마 출발한 날이 12월 23일인데, 그날이 제 누나의 음력 생일이었다고 해요. 저는 태어나기 전이었지요. 그날 출발해서 25일 장승포항에 도착했다고 합니다. 그때는 북한군과 중공군이 흥남 남쪽까지 내려와 흥남 일대만 고립된 상태였는데, 해상으로 나가지 않고서는 탈출할 길이 전혀 없었어요. 그래서 수많은 피난민들이 탈출할 배가 있을까, 미군 배를 타고 피난 갈 수 있을까, 하면서 흥남부두로 몰려들었다는 거예요. 배를 못 타면 다음 날 또 기약 없이 부두로 모이고, 또 못 타면 그다음 날 또다시 모이고, 여러 날을 이렇게 되풀이했답니다. 12월 23일 드디어 배를 탔는데, 정확하게 어떤 배인지는 모르겠어요. 시점을 보면 메러디스 빅토리아 호를 탄 것으로 보입니다. 우리 가족은 화물칸에 탔는데, 거기는 워낙 많은 사람들이 빽빽하게 탔기 때문에 발을 뻗지도 못하고 쪼그려 앉아서 2박 3일을 보냈다고 해요.

집을 떠나올 때 준비해온 주먹밥을 서로 나눠 먹고 그랬지만 제대로 먹지도 마시지도 못했다지요. 화물칸에서 하룻밤을 지내고 나서야 젊은 남자들 몇 사람이 갑판에 올라가보고 와서는 포항 근처라고 누군가 말하는 걸 누나가 들었다고 하더랍니다. 그래서 다들 그때는 부산으로 갈 것 같다고 예상했다고 해요. 실제로도 배가 부산 쪽으로 갈 예정이었는데, 부산에 이미 너무나 많은 피난민들이 내려와 있었고, 더 이상은 소화할 만한 형편이 안 되니까 거제로 갔던 거죠. 12월 24일 크리스마스이브라고, 미군들이 드롭스 사탕을 나눠줬다고 하더라고요.

거제 장승포항에 도착했을 때 어머니가 받은 인상은 아주 강렬했다고 합니다. 세상이 온통 새파랗더라는 거예요. 흥남은 눈이 내려서 새하얀데 거제도는 새파랬다고 하셨어요. 남쪽 도서 지방에서 자라는 나무가 상록수라선지 산도 푸르고, 보리밭도 푸르고, 풍경이 너무 새파래서, '야, 여기는 정말로 따뜻한 남쪽 나라구나'라고 생각하셨답니다. 어머니는 일제 강점기에 중학교를 다니셨는데 그때 경성으로 수학여행을 가본 것 외에는 남쪽으로 와본 적이 없어, 그게 아주 인상적이었다고 합니다.

23일 그날의 상황은 영화 〈국제시장〉에 잘 묘사되어 있더군요. 23일이 흥남철수 마지막 날이었던 것 같아요. 그 배가 마지막 배였는지 그다음에도 배가 있었는지는 잘 모르겠지만 기록된 날짜로는 마지막으로 떠났고, 그다음에 흥남부두가 폭파됩니다. 그때 미국 수송선을 타지 못한 많은 사람들이 월남 패망 때의 보트피플처럼 그 겨울에 목선을 타고 가다가 동해상에 표류하기도 하고 배가 침몰해 죽기도 했습니다. 다행히 일본으로 간 사람들도 있다고 하고요.

빅토리아 호는 미국의 무기 수송 화물선이었는데, 레너드 라루 선장이 피난민들의 간절한 요청에 결국 무기를 다 버리고 피난민들을 태웠습니다. 정원 60명인 1만 5,000톤급 선박에 무려 1만 4,000명을 태웠죠. 그리고 내려오는 도중에 아이가 다섯 명 태어나 1만 4,005명이 되었다고 합니다. 레너드 라루 선장은 그 일을 기적처럼 여겨서 '크리스마스의 기적'이라고 했습니다. 기뢰가 가득한 바다에서 그 많은 인원을 태우고 장승포항에 무사히 도착했으니까요. 그분은 한국전쟁이 끝나고 난 후 가톨릭 수도사가 되어서 평생을 마칩니다. 그때 내려온 흥남철수 피난민 수가 9만 1,000여 명이에요. 당시 피난민들하고 외부에서 온 사람들이 거제도 인구보다 많았을 겁니다.

당시 거제 인구는 10만여 명이었고 거제 인구의 3.5배 되는 사람들이 외부에서

왔다. 피난민은 약 15만 명이었고, 17만 3,000명의 공산군 포로가 수용소에 있었고, 9,000명의 경비 병력이 있었다.

문재인 거제가 자기네 인구보다 더 많은 피난민들을 품어준 거죠. 다른 집들은 모르겠지만 우리 집에서는 그것을 '잠시 피난'으로 생각했다고 합니다. 그래서 아무 준비 없이 돈이 될 만한 것들만 급히 챙겨서 내려왔다고 해요. 하다못해 찌그러진 냄비 하나 없는 상황인데, 먹고살 수 있는 것들을 다 거제 사람들이 마련해주었습니다.

──── 남북 평화통일이 되면 가장 먼저 하고 싶은 일은 무엇입니까?

문재인 옛날엔 통일 되면 흥남에 가서 변호사를 해야지, 했습니다. 통일은 결국 자본주의 체제로의 통일이 될 텐데, 북한 사람들은 자본주의에 훈련이 되지 않았으니 상당히 순진할 수밖에 없고 어려운 일을 많이 당할 것 같은 거예요. 그래서 흥남에서 무료 변호 상담, 무료 변론을 하면서 거기서 생을 마쳐야겠다, 이런 생각을 했었지요. 지금도 잊지 않고 있습니다.

　　평화통일이 된다면 가장 먼저 하고 싶은 일은 아흔이신 어머니를 모시고 어머니 고향을 찾는 것입니다. 제 친가 쪽은 할아버지 여섯 형제의 자식들이 피난을 왔지만 외가 쪽은 어머니 한 분만 내려오셨어요. 우리 외가는 성천강(城川江)을 가로지르는 만세교(萬歲橋)로 연결돼 있는데, 그 만세교를 유엔군이 철수하면서 차단했어요. 그래서 성천강 이북 사람들은 피난을 오지 못했습니다. 어머니 빼고 우리 외가분들은 아무도 못 내려왔기 때문에 외가의 뿌리를 찾아보고 싶습니다. 그리고 개인적으로는 개마고원 트레킹을 해보고 싶습니다.

그가 개마고원이라고 말하는 순간 머릿속에 한 번도 가보지 못한 개마고원의 풍경이 펼쳐지기 시작했다. 개마고원, 입속말을 하는데 고원의 바람처럼 입안이 웅웅거렸다. 사진으로만 보았던 개마고원. 초등학교 수업 시간에 처음 들어본 이름이었다. 넓은 평야처럼 펼쳐진 개마고원은 '한국의 지붕'이라고도 불린다. 함경남도 삼수, 갑산, 풍산, 장진군의 고지에 발달한 용암대지로 《신증동국여지승람》에는 '산지가 넓어 소를 많이 기르고 화전민이 많으며 5월에 눈이 녹고 7월이면 다시 눈이 내린다'고 나와 있다.

하늘을 나는 새들도 찾지 않는 오지, 개마고원. 어릴 때부터 들어 친밀하지만 너무 멀고 아득한 곳. 하지만 언젠가는 갈 수 있는 곳. 개마고원을 걷는 그의 모습이 안경을 벗어 닦는 그의 모습에 겹쳐졌다.

———— 그건 멋진 생각이군요.

문재인 〈한겨레신문〉이 창간할 때 창간기금 마련을 위해 북한 사진전을 열었습니다. 그때 사진전을 관람한 국민들은 일본 사진 작가가 찍은 백두산 천지나 개마고원 같은 사진들을 처음 봤을 겁니다. 북한이 일본 작가에게는 촬영 허가를 해주었지요. 저도 그때 장쾌한 사진들을 처음 보고는 너무 좋아서 개마고원 사진을 하나 샀습니다. 오랫동안 벽에 붙여두고 언젠가 평화통일이 되면 저기를 기필코 내 발로 걸어야지, 그렇게 다짐했었지요.

:: 가난은 천장에 매달아둔 등불처럼

―― 아버지 심정은 아버지가 돼봐야 안다고 하는데, 어릴 때 아버지에게 많이 섭섭했던 일은 없었습니까? 아버지를 원망하는 마음이 있었는데 철들어서야 비로소 부끄러워지는, 그런 기억들이랄까.

문재인 정말로 가난하면 뭘 하고 싶어도 할 수가 없잖아요. 아예 해보기도 전에 포기하기도 하고요. 저도 그런 면에서 좀 아린 기억이 있습니다. 어릴 땐 처음 그림을 그리면서 크레용을 쓰죠? 우리 때도 열두 가지 색부터 시작해 학년이 높아지면 좀 더 색깔이 많은 크레용을 썼지요. 나중에는 더 부드럽게 칠해지는 크레파스가 나왔고요. 저는 열두 가지 색 크레용 그 이상은 아예 사달라고도 하지 않았습니다. 그냥 학교 가서 옆 친구들 것을 빌려 쓰거나 미술 시간을 대충 넘기기도 했죠. 남자애들은 태권도 같은 건 한 번쯤 다 해보는데, 저는 "태권도장 보내주세요" 같은 얘기는 해볼 엄두도 내지도 못했습니다. 굉장히 하고 싶은 것도 말 한번 꺼내보지 못한 채 포기했어요.

　　그래도 가난을 원망하진 않았습니다. 아버지를 원망해본 적도 없고요. 어린 눈에 그저 아버지가 딱하고 안타깝게만 보였던 것 같아요. 아버지와 제 삶이 다르다는 걸 어렴풋이 느꼈을지도 모르겠습니다. 그래선지 부자지간에 대화가 별로 없었죠. 아버지뿐 아니라 어머니하고도 대화는 많이 하지 않았어요. 우리와 너무 다른 세상을 사셨던 분들이었으니까. 그래서 돌이켜보면 더 안타까움과 아쉬움이 많습니다. 나는 내가 어른이 되면 자식들과 늘 소통하는 아버지가 돼야지 생각했는데, 막상 부모가 되니까 자식하고 대화를 많이 하진 않게 되더라고요. 하하하.

그의 웃음소리가 3층 카페 실내로 번져나갔다. 우리는 서로의 얼굴을 마주 보았다. 그리고 나는 탁자 위에 올려둔 손목시계를 보았다. 첫날 주어진 시간은 세 시간. 많지 않은 시간이 빠르게 흐르고 있었지만, 조금씩 기분이 밝아졌다.

———— 아버지께 꾸중을 듣지는 않았습니까?

문재인 중학교 입시 전에는 전혀 공부를 하지 않았어요. 우리 어릴 때
는 즐겁게 잘 노는 게 최고지 않았나요? 6학년 때 열심히 공부
해서 중학교를 들어갔고, 고등학교에 올라가서는 술도 마시고
담배도 피우며 객기를 좀 부렸죠. 무심코 교복 주머니에 담배
를 넣었다가 아버지한테 들킨 적도 있고, 술 마시고 집에 들어
갔다가 술냄새 때문에 들통도 여러 번 났고요. 그래도 한 마디
나무라신 적이 없었어요. 그렇게 말이 없으셨던 아버진데, 세
상이나 시국에 대해서는 비판적인 말씀을 많이 하셨습니다.

———— 어떤 말씀들이었나요?

문재인 아주 어릴 때 한일회담에 대해 반대하시던 말씀, 그 이후에 자
유당 독재나 박정희 시절 독재와 민정이양 약속 위반에 대한
비판들, 그런 말씀들이었어요.

———— 강제로 군 입대해서 특전사를 제대하고 백수로 지내던 시절은
어땠습니까?

문재인 집안을 일으켜 세우는 장남 몫을 해야 하는데, 장남이라는 자

가 대학 다니다 잘리고 군대를 갔다 왔는데 복학은 되지 않고 이른바 낭인생활을 하고 있는 겁니다. 그게 정말 힘들었어요. 가족을 위해 제 몫을 하지 못하는 게. 나가서 돈 벌어오라는 사람이 아무도 없는데도 그랬어요.

──── 그 시절을 무엇으로 견뎠습니까?

문재인 구속이나 제적보다도, 정상적인 삶의 궤도에서 이탈했다는 게 가장 두려웠어요. 다시 정상적인 삶으로 돌아가지 못할지도 모른다는 두려움, 낙오될 것 같은 두려움 같은 게 엄습할 때가 있었죠. 그래도 그 시절은 요즘과는 달라서 대학을 나오면 취업이 잘되고, 고등학교만 나와도 취업이 어렵지 않은 때였잖아요? 그래서 안 되면 '고졸자로 살면 되지' 그렇게 생각했던 것 같아요. 기본적으로 앞날이 캄캄하다거나 그렇진 않았습니다.

──── 한국전쟁 후부터 2, 30년 동안은 다 가난하지 않았습니까? 그 무렵 사춘기 시절에는 "눈물 젖은 빵을 먹지 않고는 인생을 논하지 말라"는 괴테의 말을 멋처럼 했던 것 같은데요.

문재인 그런 명언을 벽에다 붙여놓고 살던 사람들도 많았죠, 하하하.

그때는 곤궁범, 배가 고파 범죄를 저지르는 이들이 많았다. 신던 운동화나 입던 옷도 훔쳐 가고, 보리쌀도 훔쳐 갔다. 굶어 죽는 사람도 많았고, 주린 배를 채우려고 잔칫집이나 상갓집 찾아다니는 상이군인들, 넝마주이들도 흔하게 볼 수 있었다. 잔칫집에 가서 너무 먹어 배가 터져 죽었다는 소문이 거짓말로 들리지 않을 때였다. 그는 "그 시절엔 복어 내장을 먹고 죽는 일도 많았죠. 복 요리를 하면 독이 있는 내장 부분은 버리는데, 그것을 주워다 음식을 해 먹고 일가족이 죽는 사고도 꽤 있었어요"라며 손에 잡히는 듯 1960년대를 떠올렸다.

―――― 가장 배고팠을 때가 언제입니까? 배고팠을 때 정말 먹고 싶었던 건 없었습니까?

문재인 어릴 때는 항상 배가 고팠죠. 점심은 어쨌든 나가서 해결해야 했으니까요. 다들 집에서 점심을 따로 챙겨주지 않았어요. 아이들이 우르르 몰려다니면서 봄철이 되면 진달래나 아카시아 꽃을 따 먹는다든지, 산에 가서 칡이라도 캐서 먹는다든지 했지요. 나는 바닷가에 살았는데, 바닷가 아이들은 물고기를 잡거나 하다못해 고동을 채취해 먹거나 하면서 스스로 점심 정도는 때웠습니다. 나는 수영을 배우기 전에 잠수, 물질을 더 먼저 배웠어요.

―――― 그때 어린애들이 술지게미 먹고 얼굴이 벌게져서 다니던 기억

이 납니다. 얼굴에는 온통 마른버짐이 번져 있고.

문재인 마른버짐뿐만 아니라 기계충이 머리에 번져서 잉크 같은 약을 파랗게 바르고 다니기도 했죠. 이도 많아 미군들이 옷 속에다가 디디티를 뿌려주기도 했어요. 그땐 위생 불량 때문이라고 생각했는데, 되돌아보면 마른버짐이나 기계충 같은 게 다 영양실조 때문에 생겼던 거였어요.

──── 초등학교에 같이 다녔던 친구들은 요즘도 연락이 됩니까? 만나면 어떤 이야기를 합니까?

문재인 자주 보지는 못하지만 요즘도 만나긴 하죠. 장사를 하든 직장 생활을 하든 다들 나름대로 자기 몫들을 성실히 해온 친구들입니다. 어릴 때 이야기를 하면 가난에 대한 이야기를 빼놓을 수 없죠. 월사금 못 내서 학교에서 쫓겨났던 일은 다 겪어봤고, 먹을 게 없어서 강냉이떡을 먹는데 그마저도 절반은 남겼다가 동생들에게 주거나 아껴 먹던 것도 다 기억하는 일들입니다. 행여나 급식 강냉이떡이 두세 개 남으면 서로 먹으려고 다투기도 했죠.

──── 그땐 월사금을 못 내 학교에서 쫓겨나 만화방도 가고 그랬죠.

빈병을 주워 팔거나 장사를 하는 아이들도 있었는데요.

문재인 그 시절에는 철조망 울타리가 많았어요. 철조망 울타리를 보면 구리나 황동 같은 매듭이 있었는데, 그걸 풀어다가 엿이랑 바꿔 먹기도 했지요. 돈을 벌어보기도 했습니다. 상상할 수 있을지 모르겠는데, 바다에서 낚시할 때 쓰는 미끼를 잡아서 팔아본 적이 있어요. 갯지렁이 말고, '혼무시'라는 아주 큰 참갯지렁이가 있습니다. 다리도 아주 많고 좀 무섭게 생긴 놈인데 미끼로는 최곱니다. 보통 갯지렁이보다 훨씬 비쌌어요.

―― 한 마리에 얼마씩 팔았습니까?

문재인 한 마리에 5원. 그러니까 수십 마리 잡아가면 아이들로서는 상당히 큰돈을 받았어요. 그건 바닷가 모래사장에 있는 게 아닙니다. 보통 갯지렁이는 바닷가 돌들 밑에 있어서 쉽게 잡을 수 있지만 혼무시는 좀 다릅니다. 바다 속으로 수영해 들어가 바위에 붙은 바다풀들을 통째로 뜯어 올리면 해초 뿌리에 그놈들이 살거든요. 춥지 않은 계절에는 그런 걸 잡아서 팔곤 했습니다. 낚시 가게에 가져가면 꽤 돈을 받았지요.

:: 책에서 외로운 길을 찾다

―― 사춘기 시절에 어떤 고민을 가장 많이 했습니까? 일찍부터 술
마시고 담배 피우고 하던 그 무렵, 1960년대는 뭔가 그러면서
철학적 고민이 많았던 시대인데요.

문재인 중학교에 들어가서 나름대로 찾은 피난처가 책이었어요. 중학
교 2학년 무렵에는, 아주 문 닫을 시간까지 도서관에 있다가
책걸상 정리하는 것까지 도와주고 집에 돌아올 정도로 책에
빠졌습니다. 닥치는 대로 읽었죠. 보통 아이들처럼 가끔은 야
한 책도 읽었고요.

―― 그때는 연애소설이 참 많았지요.《순애보》《옥합을 깨뜨릴 때》
그리고 빨간 책도 있었지요.《꿀단지》같은 거요.

문재인 네,《꿀단지》도 재미있게 읽었어요. 하하하. 정말 당시엔 베스
트셀러들이었어요. 수업시간에 뺑뺑뺑 돌려보기도 하고요. 어
쨌든 그런 책도 보고, 또 사회의식이 있는 책들도 읽고 〈사상
계〉 같은 잡지도 보면서 비교적 빨리 비판의식이랄까 사회 부
조리에 대해 생각하게 됐습니다. 부당한 사회에 대한 저항감
이 생겼죠. 한편으로는 집안의 기대를 받는 장남으로서 열심

히 공부해야 하는데, 학교 공부나 입시 공부가 가치 없게 느껴져 늘 갈등에 빠져 있었던 것 같아요.

—— 1960년대 한국에서 지식인들 사이에 유행했던 사조가 실존주의거든요. 사르트르, 카뮈 같은 작가들의 책들을 많이 보지 않았습니까?

문재인 맞습니다. 존재에 대한 원초적인 고민들이 많았으니까요. 사람은 어디에서 와서 어디로 가는가 하는 고민, 존재는 목적도 이유도 없으며 실존이 본질에 앞서고 오직 부조리한 현실만 있을 뿐이라는 실존주의적 생각을 많이 하던 때였습니다.

그의 대답을 들으며 "책은 마음을 깨끗하게 하고 집안을 일으킨다"는 다산 정약용 선생의 말이 생각났다. 다산 선생은 귀양지에서 두 아들한테 보낸 편지에서 "오직 독서만이 살아나갈 길이다"라고 했다. 그는 "누대에 걸친 명문가 고관들의 자제들처럼 좋은 옷과 멋진 모자를 쓰고 다니며 집안 이름을 떨치는 것은 못난 자식이라도 할 수 있는 일이다. …… 폐족으로서 잘 처신하는 방법은 오직 독서 한 가지 방법밖에 없다. 책을 읽는 것은 가장 중요하고 깨끗한 일"이라고 당부했다.

—— 사춘기 때부터 읽었던 책들을 통해서 마음을 깊게 했던 힘

이 결국 사법시험에 합격하고 집안을 일으킨 것은 아닌가 싶군요.

문재인 어릴 때 아버지가 장사를 하셨는데 한 달씩 집을 떠났다가 돌아오시곤 했어요. 돌아올 때마다 내가 읽을 만한 책을 한두 권씩 꼭 사 오시는 겁니다. 《집 없는 아이》 같은 서양 동화, 강소천 선생의 아동소설, 《플루타르크의 영웅전》 같은 세계문학, 그런 책들이었습니다. 저는 그다음 아버지가 돌아오실 때까지 그 책들을 몇 번이고 읽는 거죠. 풍요하지 않으니 책에 대한 갈증이 더 많았습니다.

저보다 세 살 위 누나가 있는데, 그 누나가 새 학년을 맞아서 교과서를 받아오면 제가 누나 책을 먼저 다 보는 거예요. 특히 국어책은 이런저런 이야기가 너무 재밌어 금세 다 읽어버렸죠. 그러다 우리 고전에 맛을 들여 고어도 대충 다 알았습니다. 그때는 신문이 한글과 한자 혼용 표기로 나왔는데, 어른들이 보는 신문도 자주 봤습니다. 처음에는 한자가 없는 연재소설만 읽다가 일반 기사까지 보면서 한자도 알게 됐어요. 쓰지는 못해도 읽을 수 있는 정도는 됐지요.

어쨌든 어릴 때부터 왠지 읽는 것에 홀리는 경향이 있었고, 혼자 도서관에 갈 수 있게 되면서 책들을 먹어치우듯 읽었어요. 제가 부모가 되니까 그런 습성이 연장돼 자식들에게 마구 책을 사다 줍니다. 요즘은 부모들이 아이가 어릴 때부터 그림책, 동화책 할 것 없이 한 질씩 구입해 질리도록 많은 책을 안겨주지요. 그게 굉장히 잘못하는 것 같아요. 그렇게 한꺼번에 많은 책을 주니까 오히려 책에 대한 배고픔을 모르게 되는 거 아닌가 싶습니다.

—— 한국전쟁 이후부터 1970년대 중반까지는 아들은 공부하고 딸은 공장에 일하러 가고, 이런 일이 많았지요. 누나나 여동생들은 초등학교, 운 좋으면 중학교를 마치고 거의 양말공장, 섬유공장, 양초공장을 다니고 버스 차장도 하고 그랬습니다.

문재인 힘들게 살았지요. 공순이 소리도 듣곤 했고요.

—— 누나나 여동생들은 돈을 벌어 와 오빠나 남동생을 공부시켰어요. 그걸 생각하면 한국 남자들은 여자들한테 빚이 굉장히 많은 것 같습니다. 1960년대, 1970년대 건너오면서 집집마다 누나나 여동생들의 희생이 정말 컸지 않습니까?

문재인 그렇습니다. 우리 집도 누나가 희생을 많이 했지요. 누나는 여상을 나오고 대학은 꿈도 꾸지 못했습니다. 조그마한 회사에 경리 직원으로 취직해 돈을 벌었어요. 그 덕에 제가 대학도 갈 수 있었습니다. 하숙 생활을 할 때도 누나 도움을 받았고요. 누나는 졸업할 때 우등생에게 주는 시계도 부상으로 받아올 정도로 공부를 잘했는데 대학 진학을 포기하고 절 도운 겁니다. 다행히 여동생들부터는 그래도 대학을 다 갔어요. 다들 스스로 아르바이트를 해서 학비를 벌기는 했지만요. 누나가 우리 시대의 많은 누나들처럼 집안을 위해서 제일 큰 희생을 했습니다.

제가 살던 곳이 피난민촌이라선지 피난민 아이들이 많았는데, 너무 가난해 초등학교조차 마치지 못하는 아이들도 많았어요. 초등학교를 다니다 5, 6학년이 되면 구둣방이나 양복점 보조가 되기도 했지요. 초등학교를 졸업해도 중학교에 진학하지 못하고 돈을 벌러 다녔어요. 제가 다닌 초등학교가 원래는 조그만 변두리 학교였는데 피난민 아이들이 몰려들어서 한때는 학생 수가 6,000명에 달했어요. 한 학년에 1,000명 정도, 한 학급에 80명 정도였으니까. 한 절반 정도나 중학교를 갔을까요? 나머지 절반은 중학교를 가지 못하고 취업 전선에 뛰어들었습니다. 저희 부모님은 끝까지 저희들을 공부하도록 해주셨으니 정말 고맙죠.

:: 자존심은 힘이 세다

—— 경남고등학교 다닐 때 정학 처분도 받고 술 담배도 하고 했으니, 모범생은 아니었겠습니다. 그때 고민은 무엇이었습니까?

문재인 제가 고등학교 다닐 때는 지금 고등학생들과 사회적 위치가 조금 달랐습니다. 그때는 고등학생들이 말하자면 지식인이었거든요. 우리 동네에서는 제가 제일 많이 아는 사람으로 통했어요. 고등학생도 정치적인 발언을 하고 시국 시위 같은 걸 하던 시기였습니다. 고등학교 2학년 때 삼선개헌 반대시위도 했고. 앞서 한일회담 반대 때는 제가 중학생이어서 그냥 구경삼아 따라다녔지만, 그때도 고등학생들이 시위를 했었죠. 사회 부조리와 실존에 대한 고민들로 머리가 꽉 차 있던 시기였습니다.

유행병처럼 번지던 니체식의 허무주의도 그렇고, 노자나 장자의 동양철학은 지금도 제 삶과 생각에 많은 영향을 미치고 있습니다. 과연 인간이 정치를 통해서 인간의 어떤 근본적인 것들을 바꾸고 있는가, 하는 질문을 하게 되는 건 그때나 지금이나 똑같습니다. 긴 세월을 지나면서 무언가 개선되는 듯 보여도 실은 더 고도화되고 더 교묘하게 억압기제가 되풀이되잖아요. 예를 들어 《로마인 이야기》를 보면 로마 시대의 사회적 고민이나 지금의 사회적 고민이나 별반 다르지 않은 것처럼요.

—— 사춘기 때 친구들, 특히 고등학교 때 친구들은 평생 갑니다. 그때 어떤 친구들과 어울렸습니까?

문재인 저는 친구들이 아주 다양했어요. 그러면서도 가족들 기대에 대한 부담 때문인지 대체로 공부는 어느 정도 하는 친구들을 만났습니다. 그때는 대학입시 과목이 학교마다 달라서 서울대는 전과목 시험을 쳤지만 다른 학교들은 과목을 선택해 시험을 쳤어요. 수업도 자기가 필요한 과목들을 선택해 들을 수 있었고요. 시험 과목이 아닌 수업 시간에는 다른 일을 할 수 있었습니다. 서울대를 지망했던 저는 당연히 전과목을 들어야 했지만 공부만 하진 않았어요. 축구를 좋아해 축구하는 친구들과도 어울리고, 술 마시고 담배 피우며 노는 친구들과도 어울리고, 다양하게 친했습니다. 술을 마시다 보면 자연히 인생에 관한 얘기도 하고, 개똥철학도 늘어놓고, 정치 토론도 하고, 우리 나름의 고담준론을 많이 했지요.

—— 당시에 '나는 뭐가 되겠다', 하는 인생 목표가 있었습니까?

문재인 그때는 역사가 제일 재밌어 역사학자가 되고 싶었습니다. 그 꿈을 이루지는 못했지만요.

—— 각자의 꿈을 가지고 어울렸던 그때의 친구들 중에 먼저 세상을 떠났다거나 한 친구가 있습니까?

문재인 고교 시절 문예반 동아리가 있었어요. 저는 그 동아리에 들지는 않았는데, 문예반 애들이 술도 잘 마시고 해 종종 그들과 어울리곤 했습니다. 그중 한 친구가 생각납니다. 재수도 함께했고, 대학에 들어가 그 친구가 먼저 군입대를 할 때까지 하숙 생활도 같이했던 친굽니다. 시를 아주 잘 썼고 감수성이 아주 뛰어났었죠. 지금도 너무 안타까운데, 그 친구가 군복무 중에 죽었어요. 술병으로 죽었을 거라고 생각합니다. 간 때문에 죽었으니까요. 입대 전 그동안 써왔던 시 습작 노트를 그 친구가 다 불태웠는데, 그걸 제가 빼돌려놓지 못한 게 두고두고 아까웠죠.

—— 사춘기 때 첫사랑은 없었습니까?

문재인 없을 수야 없죠. 좋은데 말도 꺼내보지 못하고 지나가버렸지만. 우리 세대엔 고등학교 때 거의 다 그랬잖아요. 속으로만 좋아하다가 제대로 말도 꺼내보지 못하고 짝사랑으로 끝내고. 경남고 앞에 만두하고 찐빵 파는 집이 두 집 있었습니다. 만복당하고 감미당. 그리고 지금 생각하면 조악한 아이스크림을 파는 집도 있었고요. 그런 데가 여학생들이랑 만나는 장소였지요.

—— 사람이 살면서 첫사랑이 있고, 첫 직장이 있듯이 첫 인식이란 게 있습니다. 처음으로 세상에 던지는 질문 같은 것 말이죠. 대체 이 세상은 왜 이리 불평등한가, 인간은 어떻게 존엄해야 하는가, 하는 첫 인식의 질문을 던지던 때가 언제였습니까?

문재인 제가 중학교 갔을 때였습니다.

—— 아주 빨랐네요. 어떤 계기가 있었나요?

문재인 제가 다닌 초등학교와 중학교는 너무 달랐어요. 초등학교는 남항초등학교라고 영도에 있었습니다. 영도는 부산 변두리, 피난민들이 많고 가난한 동네였죠. 우리 집만 특별히 가난하지는 않기 때문에 가난이 부끄럽지도 않고 특별히 누추하게 느껴지지도 않았어요. 우리보다 더 가난한 집도 있었으니까. 다 못 살았어요.

그런데 시험을 쳐서 들어간 경남중학교는 시내에 있는 일류중학교였는데, 이 학교 애들은 대체로 다 잘사는 거예요. 그때는 영어도 줄 처진 노트에 A, B, C 쓰는 것부터 시작했는데 그 아이들은 안 그랬어요. 다들 몇 달씩 선행학습을 해가지고 와서 줄줄 읽고 척척 쓰고, 전혀 차원이 다른 겁니다. 그 아이들 집에 가보면 정말로 놀랄 만한 저택에, 놀랄 만한 정원에, 완전히 다른 세상이었죠. 또 그 시절 부잣집들은 일하는 사람을 뒀잖습니까? 그 사람들은 어른인데 애들을 도련님처럼 떠받들고, 애들은 어른인 그 사람들한테 말도 함부로 하고 그러는 겁니다. 그런 걸 보면서 세상이 참 불공평하다는 생각을 했던 것 같아요.

—— 그때 품었던 생각, 실천하고 싶었던 일들이 인권변호사로 연결됐다고 봐도 좋을까요?

문재인 어릴 때의 경험이 전혀 상관없진 않았다고 봅니다. 공평하지 못한 것, 공정하지 못한 것에 대한 고뇌와 분노의 시작이었죠. 제가 노동변호사, 인권변호사를 했는데, 저는 사실 노동자도 아니고 노동자 의식을 갖고 있지도 않았습니다. 하지만 워낙 세상이 자본 쪽으로만 기울어져 있다 보니, 제가 이쪽에 서야 그나마 균형을 이루는 데 도움이 되겠다는 생각이 들더라고요. 그런 생각이 결국엔 저를 정치로 이끌었다고 봅니다.

그도 책과 현실을 체험하면서 일찍부터 고뇌하기 시작했을까. 책 속에 길이 있다고 한다. 그 길은 어떤 길일까. 책을 통해서 무엇인가를 알면 그때부터 근심이 시작되는 길, 책 속의 그 길은 근심의 길이 아닐까. 나는 그에게 중국 주석 시진핑은 관리들에게 늘 고전을 읽으라고 권하면서 《논어》를 많이 인용했다는 이야기를 했다. 그중 한 가지. 공자의 제자 자공이 "일생 실천하는 걸 한마디로 말할 수 있겠습니까?"라고 물으니 공자가 "있다"고 대답했다. 그래서 제자가 "그것이 무엇입니까?"라고 물으니 공자가 "서(恕)"라고 대답했다. 공자는 그걸 풀어서 이렇게 얘기했다. "네가 원하지 않는 것을 남에게 베풀지 말라(己所不欲 勿施於人)."

─── 정치를 하면서 늘 마음에 두고 거울로 삼는 말이나 일생을 두고 실천해야 할 다짐이 있다면 어떤 것이 있습니까?

문재인 《논어》를 예로 드니 《논어》에 있는 말로 답하겠습니다. 정자정야(政者正也), '정치는 바른 것이다.' 이 말을 좌우명처럼 생각합니다. 스스로 바름으로써 솔선수범하면 누가 바르지 않겠으며, 지도자가 바른 정신을 가지고 공정하게 행동하면 국민들이 어떻게 바르지 않을 수 있겠느냐는 거죠. 정치는 바른 정책을 행하고, 정의를 따르고, 사사로이 흐르지 않고 공사를 분명히 하는 것, 이것이 정자정야 아니겠습니까? 그리고 소박하게 는 '새옹지마(塞翁之馬)'라는 말을 좋아합니다. 새옹지마를 인 생은 길게 봐야 한다는 뜻으로 새기고 있으니, 늘 인내하며 자 신을 살필 수 있습니다.

새옹지마. 인생은 길게 봐야 한다는 그의 해석을 들으니 '득지본유, 실지본무(得 之本有 失之本無)'라는 벽암록의 말씀이 생각났다. 얻었다고 좋아하지 마라, 본 래 너에게 있던 것이다. 잃었다고 아쉬워 마라, 본래 네게 없었던 것이다.

——— 공부 잘하던 가난한 집안의 장남이 반독재 학생운동에 뛰어들 때 부모님 얼굴이 생각나지 않았습니까?

문재인 저 자신은 떳떳했습니다. 수감됐을 때 편안함을 느꼈을 정도 니까. 할 일을 했다는 생각이 들었습니다. 그런데 부모님과 가 족에 대한 도리, 장남이라는 위치 때문에 갈등이 너무 컸지요. 그게 가장 괴로웠어요. 아까 말한 대로 아버지는 면회도 한 번 안 오셨으니까요. 한 4개월 정도 수감생활을 했는데, 경찰에 서 검찰로 갔다가 교도소로 송치되던 날 어머니를 봤습니다. 처음엔 어머니를 보지 못한 채 호송차를 탔죠. 그리고 호송차 가 출발하는 순간 철망을 통해 어머니를 본 겁니다. 어머니 는 나를 보고 막 뛰어오며 손을 내미시고, 차는 점점 멀어져가

고……. 그 장면은 지금도 생생하게 기억나고 한순간도 잊을
수가 없습니다. 제가 수감되고 나서 어머니는 나를 보려고 매
일같이 면회를 오셨는데 면회를 안 시켜줘 돌아가고, 돌아가
고 하셨답니다. 그러다 그날 차를 타고 이송되는 순간 저를 보
신 거예요.

―――― 고문을 당하기도 하고 퇴학을 당하기도 하고, 앞날이 송두리째
사라지는 것 같았을 텐데 겁나지 않았습니까?

문재인 겁났지요. 매순간 겁났습니다.

―――― 그런데 의연히 버티는 용기가 어디서 났습니까?

문재인 겁내는 것처럼 보이기 싫잖아요. 겁먹은 것처럼 보이는 게 더
두려워서, 하하하.

그는 웃으면서도 단호하게 대답했다. 겁나 보이는 게 싫었다고. 그는 학생운동
에 뛰어든 것은 자존심 때문이라고 했다. 폭력에 굴복하지 않겠다는 스스로의
다짐이 바로 자존심이라고도 했다. 그는 자신이 보였던 용기를 이렇게 해석했
다. 두려움이 없는 게 아니라, 굉장히 두렵지만 맞서서 지지 않겠다는 오기 같은
거였다고.

:: 나는 종북이 아니다, 나는 특전사다

——— 그 뒤 강제 입대하고 특전사 군복무를 했죠? 당시엔 특전사가
인기 있었어요. 특전사라고 하면 다들 우러러보곤 했습니다.
그때 주변에서 말뚝 박으라고 할 정도로 군대 체질이었다는데.

문재인 하하하, 군대에서 요구하는 기능들을 제가 참 잘하는 거예요.
그동안 전혀 몰랐는데 사격도 수류탄도 선수였습니다. 수류탄
던지기에는 원거리와 근거리가 있는데, 원거리 같은 경우는
40미터만 넘게 던지면 되는 거라서 병사들이 다 잘해요. 하지
만 근거리 던지기는 30미터 정도 떨어진 거리의 반경 1미터 원
안에 넣어야 합니다. 나는 열 개 던지면 일곱, 여덟 개는 원 안
에 넣었어요. 다른 병사들은 그걸 잘 못 하더라고요. 해상침투
훈련, 폭파훈련도 썩 잘했습니다. 학교 다닐 때까지만 해도 상
은 고사하고 벌 받기 바빴는데, 군대 가서 오히려 상을 많이 받
았죠.
　　　제대하고 난 뒤 부마항쟁 때 제가 있던 부대가 부산에
투입됐었어요. 거기에 제 후임병, 조수였던 친구가 진압부대
로 왔지요. 제가 조금 늦게 군대생활을 했다면 또 어떤 운명이
되었을까 아찔합니다. 특전사 출신들이 저를 고마워하는 것
이, 특전사 출신은 오랫동안 밝히지 못하는 금기 같은 거였는

데 제가 그걸 깼거든요. 제가 특전사 출신이라고 밝히면서 다들 특전사 출신이라는 걸 드러내놓을 수 있었고 그런 부분들을 특전사들이 고마워했습니다.

5월 광주항쟁 이후에는 특전사라는 게 원죄처럼 되어버렸어요. 특전사 출신이라는 것이 부끄러운, 드러내지 못할 흉터가 된 거죠. 그래서 신군부는 더 비판받고 역사에 참회록을 써야 합니다. 국방의 의무를 다하기 위해 입대한 젊은이들을 정권 탈취에 이용해 국민들에게 총부리를 돌리게 했으니까요.

—— 군대 시절의 경험이 인생에 도움이 됐다고 했는데, 구체적으로 어떤 도움이 되었습니까?

문재인 자신감이 아닐까 싶습니다. 처음 겪어보는 일인데도 내가 잘해내는 거예요. 처음에 영점사격하면 사격교관이 얼마나 겁을 줍니까? 오금이 저릴 만큼 무섭게 훈련을 시키죠. 그런데 제가 해보니까 영점사격도 잘하고, 처음 해보는 일들도 바짝 긴장은 해도 막상 실전에선 잘해내는 거예요. 그때 얻은 자신감이 제대 후에도 굉장히 도움이 됐습니다. 변호사 일을 할 때도 처음 접해보는, 선례가 없고 판례가 없는 사안들이 많잖아요. 그런 일이 닥치면 나름대로 해법을 제시해야 하는데 자신감, 배

짱이 있어야 하거든요. 처음 부딪치지만 잘할 수 있다는 자신감, 인내심, 도전정신을 군대 생활이 내게 선물해주었습니다.

―― 1976년 8·18 판문점 도끼만행 사건 때 미루나무 제거 작전을 수행하지 않았습니까? 데프콘2 상황에서 특전사 최정예 요원으로 선발돼 성공적으로 작전 완료를 했었죠. 그때 기념으로 받았던 미루나무 토막 기억납니까?

문재인 유리상자 속에 손가락 한 마디 정도 크기의 미루나무 한 토막을 넣은 걸 기념으로 받았습니다. 거기에 '국난극복휘장'이라는 글씨가 적혀 있었습니다.

―― 아직 가지고 있습니까?

문재인 아휴, 없죠. 하지만 기억 속에는 여전히 있습니다.

:: 경험보다 앞서는 지혜는 없다

―― 요즘은 일반병 군복무 기간이 육군 21개월, 해군 23개월, 공군 24개월, 이렇거든요. 옛날 육군이 33개월 복무할 때보다는 많

이 줄어들었는데, 그것도 더 줄여야 한다는 여론이 있지 않습니까? 지금 군복무를 하고 있거나 군복무를 앞두고 있는 청년들에게 어떻게 얘기하고 싶은지요.

문재인 보통 그 기간을 아무 의미 없는 기간, 청춘을 빼앗기는 기간이라고들 합니다. 하고 있던 일을 그만두거나 하고 싶은 일을 접어두고 오로지 병역의 의무만을 다하기 위해 떠나는 것이니까요. 어찌 보면 강제적 의무 때문에 한창 젊음을 빛내야 할 시기가 유예되는 게 사실입니다. 하지만 어차피 해야 할 일, 다른 눈으로 보면 군대에서 발견하는 또 다른 의미가 있을 겁니다. 제가 군생활에서 저의 새로운 모습을 발견하고 자신감도 얻었듯 말이죠. 세상에 의미 없는 일은 없어요.

———— 제대할 때 받았던 월급, 얼마입니까?

문재인 4,500원!

———— 제가 제대할 때는 병장 월급이 3,800원이었습니다. 휴전선 근무를 하는 동안에는 하루 생명수당이 70원 나왔고요. 2017년 병장 월급은 21만 7,000원이라니 많이 오르긴 했습니다.

문재인 저희 땐 낙하수당이 더 많았습니다. 그 시기에는 군대에서 순직하는 사람들에 대한 보상이 아주 형편없었거든요. 공수부대는 점프하다가 순직하기도 하니까. 그러면 점프수당에서 공제했어요. 전 공수 장병이 순직병사 한 명에 500원씩. 그래서 공제되는 금액을 보면 이달에 몇 명 죽었구나, 알 수 있었습니다.

군대 시절은 의미 없다고, 청년들은 얼마든지 생각할 수 있어요. 그러나 경험보다 앞서는 지혜는 없습니다. 저는 구치소에 수감됐을 때도 배운 게 많았거든요. 거기서 또 다른 삶의 모습들을 봤어요. 수감자들 중에는 억울하게 끌려온 분들도 있지만 범죄자들도 있잖아요. 전혀 다른 세계의 사람들로 생각했던 이들을 바로 가까이에서 본 겁니다. 자신의 삶과 다른 삶들을 볼 때 세상을 바라보는 안목이 성장합니다. 인간의 행위에 대한 철학적 사고도 하게 되고요.

군대라는 사회도 그런 면이 있죠. 자기가 속했던 좁은 사회에서 벗어나 굉장히 생소하고 다양한 체험을 하고, 다양한 인간관계를 맺게 됩니다. 그래서 저는 대한민국의 건강한 청년이라면 다들 군대를 가는 게 좋겠다는 생각이에요. 신체 조건이 안 되는 분들은 그런 분들대로, 심지어 장애가 있는 분들까지도 할 수 있는 일들이 군대엔 많습니다. 전산병도 있고, 행정병도 있고, 레이더병도 있어요. 체력을 전혀 요구하지 않는 전문적인 일들이라 자기에게 맞는 일이 배분되면 누구나 군대 경험을 할 수 있는 거죠. 그래서 남북분단 시대에는 남자라면 모두에게 병역의무를 부과하는 국민개병제가 마땅하고, 복무 기간은 단축하는 게 바람직하다고 생각하고 있습니다.

―― 복무 기간은 얼마까지 단축하는 게 좋겠습니까?

문재인 참여정부 때 국방 계획은 18개월까지 단축하는 거였어요. 점차 단축돼오다가 이명박 정부 이후 21~24개월 선에서 멈춰버렸는데, 18개월까지는 물론이고 더 단축해 1년 정도까지도 가능하다고 봅니다.

―― 모병제에 대해서는 어떻게 생각합니까?

문재인 모병제는 훨씬 더 먼 미래의 일이겠지요. 아까 말한 대로 군복무 기간을 단축하면서 부사관을 비롯해 직업군인들을 더 늘리는 게 현실적입니다. 무엇보다 장병들, 징집당한 군인들의 급여를 훨씬 높여줘야 합니다. 지금은 사실 노동력을 착취하는 거잖아요. 청춘의 꿈을 국방을 위해서 접어둔 채 왔는데, 그에 대한 보상을 제대로 해주지 않기 때문에 군생활이 더 힘들게 느껴지거든요. 급여 수준을 대폭 높이면 굳이 모병제를 말하지 않아도 됩니다.

───── 지금 육군이 너무 많다고들 합니다. 해군력과 공군력, 사이버 전력에 대한 대비를 충실히 하려면 적절한 인력자원 조절과 예산 배분이 있어야 하지 않겠습니까?

문재인 지금 왜 그렇게 왜곡된 구조가 돼 있냐면, 우리 군이 독립적이지 못하고 미군에 의존하기 때문입니다. 공군도 미군에게 의존하고, 해군도 미군에게 의존하고, 그러다 보니까 우리는 보병 중심이 될 수밖에 없었죠. 이것은 기형적이고, 현대전에서는 불구에 가깝습니다. 공군력과 해군력을 높여서 현대전을 수행할 균형 있는 병력체계를 갖추어야 합니다. 그렇게 하려면 전시작전통제권을 우리가 갖는 자주국방 체계가 이뤄져야 합니다.

───── 모병제로 전환되는 방안은 전시작전통제권을 확보하고 자주국방 체계가 되고 나서 논의할 문제입니까?

문재인 그렇습니다. 모병제를 논의하기 이전에 당장 더 급한 것은 장병들의 처우를 개선해주는 거죠. 예를 들면 최저임금 정도는 보장해주는 겁니다. 다만 숙식을 제공하니까 이것을 감안해서 인력 조절 등 예산을 확보해 최저임금 대우는 해줘야 합니다. 모병제는 통일 이후가 바람직하다고 보고요.

———— 군복무를 하지 않은 사람들은 고위공직자나 공공기관 고위직 3급 이상으로는 진급을 못 하게 하는 제도가 있어야 하지 않을 까요?

문재인 정당한 사유로 못 간 분들이나 여성도 있으니까, 그런 분들은 제외해야겠죠. 그러나 군대를 안 갈 길이 있으면 안 가려고 노력하는 것이야 자기 자유겠지만, 그런 사람들은 적어도 고위공직은 탐하지 말아야죠.

———— 군 의무복무자에게 가산점 주는 것이 위헌이라고 해서 시행이 안 되고 있는데, 국가를 위해 헌신하는 사람들에게 최소한의 배려가 없다면 누가 기꺼이 군대에 가려고 하겠습니까?

문재인 앞서 말했다시피 예산을 확보해 군장병들에게 제대로 된 급여를 지급하는 일이 필요합니다. 또 종교적 신념 때문에 집총을 거부하는 양심적 병역거부자들에게는 대체복무를 할 수 있게 해주면 됩니다. 군이 종교적 신념을 인정하지 않고 군복무를 강요하고, 위반하면 구속시키고, 이럴 것은 아니거든요. 문제는 대체복무가 군복무보다 특혜처럼 느껴지는 것인데, 형평성 있게 하면 그렇지 않습니다. 사회복무는 무상으로 하고 복무 기간도 군복무 기간보다 훨씬 길게 한다면 조금도 특혜가 아니죠. 양심적 병역거부자가 자신의 종교적 신념을 지키겠다면 사회복무를 통해 또 다른 공익적인 활동을 하게끔 하면 되고, 그렇게 하면서 대체복무에 대한 거부감도 없앨 수 있죠.

:: 역사를 잃으면 뿌리를 잃는 것

미국에서는 버스 정류장에서나 극장, 식당에서 군인들을 기다리게 하지 않는다. 현역군인이든 재향군인이든 군복을 입고 있으면 누구 할 것 없이 "밀리터리!" 하고 불러서 다들 순서를 양보해주는 모습을 흔하게 볼 수 있다. 그들은 조국을 위해 목숨 걸고 싸우는 군인들을 존중한다. 거지들도 군인들에게는 구걸하지 않는 예의를 지킨다.

—— 예산 차원 말고 군인에게 문화적인 배려를 해줄 좋은 방안은 없겠습니까? 우리 5,000만 국민은 군인과 다 관련이 있지 않습니까? 부모거나 형제거나 친구, 애인이니까요.

문재인 과거에 군이 정치에 개입해서 군부독재를 한 오랜 경험 때문에 군인에 대한 대우는 일부 정치군인을 위한 것이었죠. 지금도 재향군인회나 군 · 관변단체는 일반 국민들이 바라는 민주주의나 평화, 인권을 위한 활동이 아니라 정권 지향적인 활동을 합니다. 미국은 재향군인회나 전쟁을 겪은 사람들이 반전 평화운동을 합니다. 왜냐하면 자신들이 전쟁의 참상을 직접 몸으로 눈으로 겪었기 때문에 반전평화운동을 하는 것을 아주 당연한 일로 생각합니다. 그래서 미국은 재향군인의 날을 만들어서 재향군인들을 사회적으로 대우해주고, 그리고 또 이분들은 그만큼 대접받고 존경받을 만한 일을 하는 겁니다. 국가를 위해 헌신하거나 희생한 분들에게 제대로 '보훈'을 해야 하죠. 6·25 참전수당, 월남전 참전수당, 고엽제 피해자 배상, 북파공작원 같은 특수임무 유공자들에 대한 포상을 한 것이 전부 김대중, 노무현 정부입니다. 군사정권은 하지 않았습니다.

──── 하와이 태평양사령부에 제이팩(JPACK)이라는 부대가 있습니다. 그 부대는 미국이 참전한 모든 전쟁에서 실종된 미군 유해들을 지금도 발굴해서 유전자 시스템을 이용해 유족들에게 돌려주고 있습니다.

문재인 그 말을 들으니 생각나는데, 한국전쟁 전사자들 유해발굴 작업도 참여정부 때 시작했습니다. 그전까지는 발굴작업이 제대로 되지 않았어요. 유전자 감식으로 유족을 찾을 수 있게 하는 독립부대 시스템을 우리도 반드시 갖춰야 합니다. 미국은 전사한 실종자 가족들 데이터베이스를 가지고 있어서 유해를 찾기가 상대적으로 쉬운데 우리는 그런 게 제대로 안 돼 있습니다.

나라를 위해 목숨을 바친 역사는 한국전쟁 이전 독립운동가들로부터 출발하지 않겠습니까? 독립운동가들이나 그 후손들에게 우리가 얼마나 제대로 보답을 했습니까? 제가 얼마 전에 안동 석주 이상룡 선생의 생가를 갔었습니다. 임청각이라고 하는데 원래 99칸짜리 집이었어요. 그 집이 대한민국 주택사, 주거사로도 소중한 가치가 있다고 합니다. 그런데 일제가 중앙선 철도를 내면서 그 집을 관통하도록 해 마흔 칸을 허물었어요. 석주 선생 집안은 안동 일대의 대단한 명문가였는데, 그분이 가산을 모두 처분하고 노비들 다 해방시키고는 일가를 솔가해서 만주로 갔습니다. 그렇게 간 집안이 석주 선생 말고 이시영, 이회영 형제 집안이 또 있습니다. 그렇게 세 집안이 주축이 되어 신흥무관학교를 세우고 항일무장독립운동의 기틀을 마련했습니다. 일제가 그 정신을 말살하기 위해 석주 선생 생가를 거의 반이나 허문 겁니다. 중앙선 철도를 직선으로 뚫기 위해 어쩔 수 없이 그런 게 아니라 일부러 그 집을 관통하도록 우회한 거죠.

석주 선생과 아들은 일제에 저항하다 죽고 그 집은 손자가 관리하고 있는데, 그 손자와 손녀는 해방 이후에 꽤 여러 해 동안 고아원에서 생활했습니다. 이회영 선생 집안은 다 순국했고 막내 이시영 선생이 살아 돌아와 초대 부통령을 해서 집안을 유지할 수 있었지만, 석주 선생 집안은 국가가 전혀 돌봐주지 않아서 독립운동가의 손자 손녀가 고아 생활을 한 겁니다.

지금도 우리는 독립운동가의 유족들을 제대로 보훈해주지 못하고 있습니다. 경제적인 보훈도 해드리고 국가 행사, 지방자치단체 행사에 그런 분들을 초대해서 가장 앞줄 좌석에 모셔야 합니다. 독립운동 가문은 특별히 더 존경받도록 만들어야죠. 그건 국가의 책임입니다. 동시에 노블레스 오블리주, 말하자면 사회 상류층들이 그런 일들에 더 앞장서서 헌신해야 국가의 공공성이 바로 섭니다. 그런데 거꾸로 금수저는 군대에 다 빠지거나 좋은 보직으로만 가고 흙수저만 군대 갑니다. 그렇기 때문에 국민의 기본의무인 병역의 의무를 면탈한 사람은 절대 고위공직을 맡아서는 안 되는 게 맞습니다.

백범 김구 선생의 소원은 뤼순감옥 뒷산에 매장됐던 안중근 장군의 유해를 효창공원에 모시는 것이었지만 그 소원을 이루지 못했다. 지금도 효창공원에 있는 안중근 장군의 묘는 가묘로 돼 있다. 지금 방치돼 있는 해외 독립운동 유적지가 24개국 905곳인데, 우리 정부가 소유권을 가진 것은 하나도 없다. 해외 독립운동 유적지는 우리의 역사문화재인데 현행법상 국외 문화재는 국내에서 반출된 문화재로 규정하고 있어 예산지원도 안 되고 있는 실정이다. 지금이라도 문화재법을 고치면 해외 독립운동 유적지를 보호할 수 있는데, 정부는 그런 일에는 아랑곳없이 일제강점기의 독립운동 역사를 축소시키려는 국정교과서에 45억여 원을 썼다.

——— 머지않아 해외 독립운동 유적지는 사라지고 말 것 같다는 생각이 듭니다. 일제강점기의 역사를 제대로 가르치지도 않고 있지요. 역사국정교과서, 어떻게 고등학생들까지 나서서 국정교과서 반대 피켓을 들게 할 수 있을까요?

문재인 민주주의는 다양한 관점과 가치들이 공정한 기준에서 발전하는 것입니다. 역사국정교과서, 당연히 폐지돼야죠. 우리는 정말로 임시정부를 기념하는 기념관 하나 없습니다. 적어도 효창공원에 독립열사들을 다 모시는 성역화 작업이 필요하고, 이와 연계한 임시정부기념관 건립도 해야 합니다.

——— 지금이라도 해외 독립운동 유적지를 역사문화재로 규정하도록 문화재법을 고쳐야 하지 않을까요? 저렇게 방치하면 몇 년 안에 다 사라질지도 모릅니다. 내년 안보교육에 들어가는 예산이 160억 원인데 해외 독립운동 유적지 905곳의 관리예산이 6억 원이라고 합니다.

문재인 우리가 독립운동의 역사마저도 제대로 조명해주지 못하고 해외유적지마저 보존하지 못하는 것은 정부의 직무유기입니다. 독립운동에 대한 무관심으로 또는 독립운동가들이 사회주의 계열이라는 이유로 아직 묻혀 있는 역사가 많습니다. 광복 이후 친일 청산이 제대로 안 됐던 게 지금까지 내려왔고요. 친일파는 독재와 관치경제, 정경유착으로 이어졌으니 친일 청산, 역사 교체가 반드시 있어야 합니다. 역사를 잃어버리면 그 뿌리를 잃어버리는 것과 다를 바가 없지요. 반드시 해내야 할 역사적 운명입니다.

―― 가령 일제강점기 시대에 태어났다면 어떤 선택을 했을 것 같습니까?

문재인 그걸 어떻게 자신 있게 말할 수 있겠습니까? 다만 부끄러운 일은 하지 않았겠지요.

그는 고개를 약간 숙이고 생각하는 듯했다. 그는 혼잣말로 묻고 있는지도 몰랐다. 그것은 우리 모두에게 해당하는 질문이기도 하다. 광복 이후 친일파 청산을 위한 반민족행위자특별조사위원회(반민특위)는 688건을 취급했으나 단 한 사람도 처벌하지 못했다. 이에 비해 프랑스 드골 정부는 '국가가 애국적 국민에게는 상을 주고 민족배반자, 범죄자에게는 벌을 주어야만 국민을 단결시킬 수 있다'고 천명, 불과 4년 동안 비시 정권 치하에서 나치에 부역한 프랑스인들 가운데 1,500여 명이 처형되고 14만 6,000여 명이 기소되었다. 나치 협력자 청산을 철저한 실천으로 보여주었다.

:: 상식과 정의를 토대로 한 시대정신

——— 세간에서 정직하다, 또는 너무 정직하다는 평을 하는데, 혹시 스스로 그 이유를 압니까? 왜 사람들이 정직하다고 평가하는지.

문재인 특별히 모르겠네요. 어쨌든 제가 일관되게 늘 정면으로 맞서는, 그리고 피하지 않는 삶을 살아왔죠. 제 개인사로 보더라도, 처음 유신반대 시위 때문에 잡혀 들어간 게 1974년이었어요. 그로부터 40년이 더 지났는데 과연 대한민국이 근본적으로 얼마나 달라졌나, 그런 생각이 듭니다. 한때는 우리가 많이 바꿨다는 생각도 했는데 다시 과거로 돌아가버리고 말았죠. 지난 10년간 우리는 아예 40년 전으로 돌아간 것처럼 위기감을 느낍니다.

——— 시대, 시대정신을 정면으로 품을 때 사람들은 정직해지겠죠. 도산 안창호 선생의 말씀처럼 정직이 모든 시대를 관통하는

정신이 아닌가 싶습니다. 사사로움에 깃들지 않고 정의로움에 삶을 바치는 일이 어느 시대에나 요구됩니다. 시대정신과 함께 서민들의 애환을 가장 잘 드러내는 게 유행가인데, 좋아하는 유행가 있습니까?

문재인 젓가락 장단 시절의 노래들 다 좋아합니다. 〈백마강〉이라든지 〈신라의 달밤〉 등 그 시절 노래는 다 좋아합니다.

유행가 이야기를 꺼낸 이유는 1990년대부터 알고 있었던 이용수 할머니 이야기를 하고 싶어서였다. 일제에 위안부로 강제징용돼 끌려갔던 이용수 할머니는 때로 시름에 젖으면 유행가 〈동백 아가씨〉를 즐겨 부르시곤 했다. "헤일 수 없이 수많은 밤을~" 하고 부르는 모습을 보면 할머니가 겪었던 참혹한 시절이 확 느껴졌다. 이용수 할머니의 뜻은 오직 한 가지였다. "일본이 진심 어린 사죄와 법적인 배상을 하지 않은 이상 우리에게 광복은 오지 않았다"는 것. 한일위안부협정은 위안부 할머니들에게는 치명적이었다.

—— 어떻게 하면 우리 역사의 상처인 위안부 할머니들의 눈물을 닦아줄 수 있겠습니까?

문재인 이용수 할머니는 얼마 전에 대구에 가서 만나뵀는데요, 정부가 일본으로부터 법적 책임 인정과 사죄를 먼저 받아내야 하는

데 한일위안부협정으로 졸속 합의를 해버렸습니다. 우선 국민들이 동의하기 어려운 합의고, 정부는 그것이 불가역적이라고 하는데 불가역적 합의는 있을 수 없어요. 그런 죄악을 국가간 합의로써 면책시켜준다거나 개인의 권리를 처분할 수 있는 것이 아니거든요. 그런 합의는 무효입니다.

—— 정말 우리에게 필요한 시대정신은 무엇이라고 생각합니까?

문재인 상식과 정의 아니겠습니까? 국가를 위해 헌신하면 보상받고, 국가 반역자라면 언제든 심판받는 국가의 정직성이 회복되어야 합니다. 성실하게 노력하면 잘 살 수 있다, 이런 상식이 기초가 되는 나라를 만들어야 합니다. 우리는 그럴 수 있는 기회를 두 번 정도 놓쳤다고 생각해요. 한 번이 해방 때였죠. 해방 때 친일 역사가 제대로 청산되고, 독립운동을 한 사람과 유족들에게 제대로 포상하고 그 정신을 기렸어야 사회정의가 바로 서는 것이었죠.

친일세력이 해방되고 난 이후에도 여전히 떵떵거리고, 독재 군부세력과 안보를 빙자한 사이비 보수세력은 민주화 이후에도 우리 사회를 계속 지배해나가고, 그때그때 화장만 바꾸는 겁니다. 친일에서 반공으로 또는 산업화 세력으로, 지역주의를 이용한 보수라는 이름으로. 이것이 정말로 위선적인 허위의 세력들이거든요.

또 한 번의 기회를 놓친 건 1987년 6월항쟁 땝니다. 이후에 곧바로 민주정부가 들어섰다면 그때까지의 독재나 그에 부역했던 집단들을 제대로 심판하고 군부정권에 저항해 민주화를 위해서 노력했던 사람들에게 명예회복이나 보상을 해줬을 것이고, 상식적이고 건강한 나라가 됐을 겁니다. 하지만 노태우 정권이 들어서면서 기회를 또 놓쳤죠. 제가 지난번에 국민성장을 비전으로 제시하면서 부패 대청소라는 표현을 썼지 않습니까? 부패 대청소를 하고 그다음에 경제교체, 시대교체, 과거의 낡은 질서나 체제, 세력에 대한 역사교체를 해야 합니다. 그러기 위해 법적, 제도적으로 근본적인 시스템을 마련해야 하고요.

짧게 느껴졌던 세 시간의 이야기를 마치고 거리로 나왔다. 홍대 부근, 그의 얼굴을 알아본 젊은 친구들이 다가와 사진을 찍자고 했다. 그는 선뜻 응하며 한 사람씩 함께 포즈를 취해주며 사진을 찍었다. 처음엔 시민들이 사진을 찍자고 하면 좀 수줍고 겸연쩍었는데 이제는 즐거운 일이 되었다고 한다. 인터뷰 도중엔 주먹을 쥐거나 두 손을 앞으로 내밀고 목소리가 높아지기도 했지만, 늦가을 투명한 햇빛 아래서는 청춘들과 함께 셀프 카메라를 즐기며 빙그레 웃고 있었다.

정자정야(政者正也), '정치는 바른 것이다.'
이 말이 좌우명입니다.
정치는 바른 정책을 행하고, 정의를 따르고,
사사로이 흐르지 않고
공사를 분명히 하는 것이 아니겠습니까?

問 ── 생년월일

文 ── 1953년 1월 24일.

問 ── 별자리는

文 ── 물고기자리.

問 ── 혈액형

文 ── B형. B형이 대세? 왜? 아~

問 ── 발 크기

文 ── 265센티미터.

問 ── 종교

文 ── 천주교. 어머니가 주신 묵주반지는 한 20년 동안 한 번도 뺀 적
이 없음.

問 키, 몸무게, 허리둘레

文 키는 172센티미터, 몸무게는 72킬로그램, 허리는 33인치.

問 추억의 장소

文 고시공부를 했던 해남 대흥사.

問 가장 자랑스러웠던 일

文 사법고시 합격.

問 가장 부끄러웠던 일

文 대입낙방.

問 엉엉 운 적은?

文 제대로 운 것은 영화 〈광해, 왕이 된 남자〉를 보고. 엔딩 장면
에서 노무현 전 대통령 생각이 많이 나서. 펑펑 울었음. 인터뷰
도 못 하고.

|사람

사람을 향하는
문재인의 동행

평범한 사람이 세상을 바꾸지 않습니까?
평범한 사람들이야말로
진정한 용기를 가지고 있기 때문입니다.

:: 촛불에 깃든 봄

겨울은 빠르게 왔고 금세 깊어졌다. 노랗게 거리를 점령했던 은행잎들은 갑작스럽게 떨어져 내렸고 한순간 거리에서 사라졌다. 11월, 박근혜 게이트가 터졌고 만나는 사람들의 얼굴이 그림자보다 더 어두워졌다. 머릿속이 휑하니 비워졌고 그를 만나서 묻고 싶던 질문들이 빗자루로 쓸어버린 듯 어디론가 날아갔다. TV 화면에 비치곤 하는 세월호 침몰 장면은 여전히 가슴을 먹먹하게 했다.

그와의 약속 장소로 가기 위해 국회의사당역에 내려 새누리당사 앞을 지났다. 50대 후반의 노동자가 갈색 점퍼를 입고 일인시위를 하고 있었다. 시계를 보았다. 아침 8시 30분. 부당해고를 항의하는 팻말이 지친 듯 그의 무릎께에 기대 있었다. 여의도 거리는 그래도 출근하는 사람들로 붐볐다. 문득 이런 생각이 들었다. 만약 박근혜 정권이 4년 중임제 아래 첫 번째 임기였다면 박근혜 게이트가 드러났을까? 가정은 필요 없을지 모르나 때로는 현실을 파악하는 관점을 제공하기도 한다. 언론은 여전히 눈치를 보고 집권세력은 가면무도회를 하듯 국민을 속이려 노력하지 않을까?

――― 걸어오다 보니까 그 사이에 은행잎이 다 지고 없습니다. 겨울이 찾아왔어요.

문재인 절기는 어김없으니까요. 그래도 얼음 저 밑에서 시냇물은 바다를 향해 흐르고 있지 않겠습니까? 우리 사춘기 시절에 유행했던 시가 있습니다. 겨울이 오면 어찌 봄이 멀 것이랴, 이런 시구가 마지막에 나오는.

—— 셸리의 '서풍의 노래'죠? 저도 그 시 좋아했습니다. 그 긴 시를 다 외우기도 했어요. 셸리는 자신의 자유주의 사상이 바람을 타고 세상에 널리 퍼뜨려지기를 바랐습니다. 그는 이렇게 외쳤지요.

예언의 나팔을 불어라! 오, 바람이여,
겨울이 오면 봄이 어찌 멀 것인가?

문재인 국민들이 두 손에 든 촛불이 바로 예언의 나팔 아니겠습니까? 정치인으로서는 한없이 미안하고 고마운 일이지요. 이제는 촛불이 한데 모여 등대처럼 길을 밝히고 있습니다.

:: 통일과 화합을 위한 각오

—— 저 빛과 함성이 정치인들의 귀를 울려 뼈를 아프게 해야 할 텐데요. "호남의 지지를 받지 않으면 정계 은퇴를 하겠다"는 지난 19대 총선 때의 발언에 대해 호남을 정략적으로 이용한 것이

라는 비난이 있습니다.

문재인 그 표현에는 저의 체험과 아버지의 기억이 함께 들어 있습니다. 정치인 누구나 동서화합을 이루겠다고 말해왔습니다. 그러나 저는 그렇게 상투적으로 표현하고 싶지 않았어요. 이제야 고백하지만 그렇게 말한 것은 가슴속에 오래 품고 있는 절실한 기억과 결심 때문이었습니다.

　　　　이야기가 좀 길어질지도 모르겠는데, 저는 거제에서 태어나 부산에서 자랐습니다. 아버지는 실향민이었죠. 아버지의 모습 중 기억에 많이 남는 모습은 담배를 피우시던 모습입니다. 돈이 없으니까 필터 없는 담배나 심지어 잎담배를 종이에 말아서 피우며 망연자실 고향을 그리워하던 모습이 선명히 남아 있습니다. 그러다가 면도를 하시던 모습도 자주 생각납니다.

―― 요즘은 면도칼을 보기 어렵지요. 기다란 가죽끈에다 긴 면도칼을 쓱쓱 문대곤 했었는데요.

문재인 예, 그랬었죠. 아버지는 금세 수염이 자라는 스타일이거든요. 그래서 면도를 자주 하셨는데, 솔로 비누거품을 바르고 면도하는 모습은 쓸쓸함 그 자체였죠. 원래 그렇게 말이 없거나 한

분은 아니었어요. 저희는 예전에 피난 온 집안끼리 1년에 한 번씩 돌아가면서 문중계 같은 모임을 했는데, 부잣집에서는 돼지도 한 마리 잡고 없는 집에서는 함흥냉면을 내놓고 시끌 버끌 이야기꽃을 피웠죠. 아버지도 그때는 즐겁게 대화도 하고 그러셨어요. 한번은 고향 사람들끼리 노래 부르는데 아버지가 덩실덩실 혼자서 춤을 추시더라고요. 제가 경남중학교 시험에 합격했을 때 굉장히 자랑스러워하셨는데 교복을 맞춰준다며 저를 국제시장으로 데려가셨죠. 학교 앞 교복집보다 국제시장에 있는 교복집들이 저렴하기도 했지만, 고향 사람도 만나고 교복도 맞춰주고 그러고 싶으셨던 것 같아요. 국제시장에 함경도 사람이 하는 교복가게가 있었거든요.

―― 고향이 그리우셨겠지요.

문재인 저는 아직도 제대로 짐작할 수 없는 그리움이 아버지 속엔 늘 있었습니다. 국제시장을 찾아가면 교복가게 주인이 "아들 공부 잘해서 좋겠다" 해주고, 그러면 아버지도 덕담 한마디 해주시고, 그러다 고향 이야기도 길게 하고 그러셨습니다. 이웃집에 대학생이 있었는데, 한일회담 때 데모도 하고 그랬던 형이었어요. 그 형이 한 번씩 제 아버지를 찾아와서 이런저런 대화를 하다 가곤 했습니다. 아버지는 그 형한테 왜 우리가 한일회담을 반대해야 하는지, 주욱 설명해주기도 했죠. 박정희 정부의 경제정책이 왜 잘못됐는지를 말해주기도 하고요.

그러던 아버지가 경제적으로는 무능한 가장이 되면서 점점 말수가 줄기 시작했어요. 나중에는 정말 묻는 말에나 답하는 정도 외에는 하루종일 말이 없으셨지요. 우리는 초등학교 때부터 시작해 많은 인간관계가 있어서 돈이 필요하면 어디 가서 빌릴 수도 있고, 힘든 일이 있으면 아는 사람 도움도 받고 하면서 서로 교류하며 살지 않습니까? 아버지는 고향 사람 외에는 어디 가서 도움을 청할 만한 곳이 없었습니다. 붕 떠버린 삶이 된 것이죠.

그래도 아버지 집안은 몇 가족이 함께 피난을 내려와 문중계라도 했지만, 외가 쪽은 어머니 한 분만 넘어와 어머니는 남쪽에 친척이 하나도 없어요. 하도 시집살이가 고달파 도망을 가고 싶어도 아는 사람이 없어서 못 갔다고 농담을 하시곤 했는데, 아버지도 어머니도 뿌리를 잃은 삶이라는 게 너무 힘들었겠지요.

―― 남쪽에 적응하기 위해 그래도 모든 아버지, 어머니처럼 애쓰셨겠지요.

문재인 아버지는 경남지역을 비롯해 호남지역에도 장사를 하러 다니셨어요. 장사하는 능력도 수단도 없으니 당연히 실패할 수밖에 없었죠. 그런데 저희 아버지가 장사에 실패했던 게 호남에서 했기 때문이라고 어느 호남 쪽 정치인은 악성 선전을 하기도 하더군요. 전혀 그렇지 않거든요. 아버지에게는 장사가 정말 어울리지 않았습니다. 장사하러 나갔다가 돌아오실 때 손에는 제게 줄 책만 달랑 몇 권 들려 있었을 뿐이지요.

아버지가 다닌 장소들이 어딘지 다 알지는 못하지만 여수, 순천, 목포 쪽을 많이 다니셨다고 들었습니다. 지금도 여수, 순천, 목포 하면 아련한 그리움 같은 게 있지요. 그래서 지금도 그쪽에 가면 정확히 어딘지는 모르지만 아버지 발길이 닿았던 곳이라는 감회가 느껴집니다. 그 시절에는 부산에서 여수나 목포로 가는 육로가 너무나 멀었습니다. 거의 비포장도로였고요. 그래서 아버지는 부산에서 통영, 거제, 남해, 여수, 이렇게 해서 목포로 가는 뱃길로 많이 다니셨습니다. 지금은 금방 육로로 갈 수 있는데 저는 땅길이 좋아지고 나서도 그쪽으로 여행할 때는 일부러 여객선을 더 많이 탔어요. 아버지 발자취를 따라가듯이 그랬죠.

지금은 다 쾌속선이지만 1960년대에는 3등 여객선이었습니다. 통영김밥이 유명하게 된 이유는 여객선 때문입니다. 배를 타고 가다 보면 안에 식당이 없기 때문에 따로 요깃거리가 필요했어요. 통영부두에 배가 도착하면 아주머니들이 함지

박에다가 김밥을 담아놓고 있다가 배가 대기하는 시간에 올라와 김밥을 팔았습니다. 통영김밥은 보통 김밥과 달리 맨밥을 김에 말고 따로 무나 김치나 꼴뚜기 몇 개를 주었는데 맛이 참 특별했었죠. 저는 그 김밥이 먹고 싶기도 하고, 아버지가 그 배를 타고 다니셨겠지 싶어서 그 배를 타고 그렇게 여수로 목포로 가는 여행을 했어요. 그런 정취가 있어 그쪽으로 여행을 많이 했습니다. 물론 다도해의 많은 섬들이 보이는 풍광도 좋았고요.

정치인이 되면서 남북 평화통일은 물론 동서화합은 제게 운명적인 각오이면서 동시에 약속이었습니다. 그렇기 때문에 제 약속은 바로 호남지역에 대한 오랜 그리움이 기초가 되어 있고 언제나 유효합니다. 군사정권에서 지역 사람들을 서로 대립시키기 위해 조작해 만든 감정이 지역감정이잖아요? 그래서 저한테 동서화합은 더 절실한 과제였지요.

:: 고인 물에는 생명이 없다

───── 비난에는 이유는 없어도 반드시 어떤 목적이 있지요. 최근 언론 인터뷰에서 JP가 여러 정치인을 평가하면서 "문 대표가 문제야"라고 하시더군요.

문재인 JP가 최고의 평가를 하셨죠. 문제를 품지 않고 어떻게 답을 찾아가겠습니까? 불평등, 양극화, 저출산, 청년실업, 북핵문제, 그리고 세월호 대참사 등등. 그분은 정말 많은 문제를 가슴에 품고 고뇌를 하고 있는 제 모습을 정확하게 본 노련하고 노회한 은퇴 정치인이군요. 국민이 고통받고 있는 문제를 가슴에 품지 않고 권력만 탐하는 지금의 무뇌아 정권 출신이 어떻게 지도자가 될 수 있겠습니까?

그렇지만 동시에 이런 생각도 듭니다. 언제 때 JP인데 지금도 JP입니까, 하는. 구식정치를 벗어야 한다는 의미지요. 다만 저는 JP로부터 좋은 평가를 받고 싶은 생각은 추호도 없습니다. 오히려 이야기하고 싶은 건, 이제는 정치와 초연한 어른으로 남으셔야지 현실정치에 영향을 미치려는 모습은 보기좋지 않다는 겁니다. 또 그를 찾아다니는 정치인들도 구시대적인 모습으로 비치고요. 저번에 누가 자신의 좌우명을 '상선약수(上善若水)'라고 했지 않습니까? 물이 세상에서 가장 좋은 것이라는 말이죠. 노자가 말한 상선약수는 이렇습니다. '물은 온갖 것을 이롭게 하고, 모두가 싫어하는 낮은 곳에 머문다. 마음을 쓸 때는 물처럼 그윽하게 하고, 말할 때는 물처럼 믿음을 좋게 하고, 움직일 때는 오로지 물처럼 때를 좋게 하라. 오로지 다투지 않으니 허물이 없다.' 정치는 바로 흐르는 물과 같습니다. 고인 물은 흐르지 않고 썩지요. JP는 오래 전의 고인 물입니다. 옛 정치인들은 이제 원로 반열에 올라가고 후진한테 길을 열어줘야죠.

──── 고인 물은 썩어버리기 쉽지요. 지금 4대강을 보면 알 수 있습니다. 이런 말이 있습니다. 정치인과 기저귀는 자주 바꿔줘야 한다고.

문재인 새로운 정치는 물처럼 흐르게 해야 합니다. 3김 시대가 얼마나 오래갔습니까. 미국이나 유럽에서는 40대면 대통령이 되고 총리가 되는데, 대한민국의 40대 정치인은 아직 어린앱니다. 구 정치에 기대면서 새로운 정치를 말하는 건 모순이지요. 이제 더 이상 지역주의를 조장하는 말도 해서는 안 됩니다. 그런 발언은 정치인으로서 자격이 없는 사람이나 하는 말이죠.

──── 어떤 언론인은 대담 프로에서 문 전 대표를 '평범한 사람에 불과하다' 이런 평가를 하더군요. 그런 말을 들으면 못마땅하진 않은가요?

문재인 평범한 사람이 세상을 바꾸지 않습니까? 평범한 사람들이 진정한 용기를 가지고 있습니다. 그분들은 평범한 사람들, 사회적 약자들이 세상을 바꾼다는 역사적 사실을 모르고 있는 모양입니다. 사실 그런 말은 대응할 만한 가치도 없습니다. 일일이 대응하면 오히려 그들을 가치 있게 만드는 거죠.

:: 언론과 대통령

—— 참여정부 때 노무현 대통령이 '검사와의 대화'를 한 것이 너무 치졸하지 않았나 하는 지적도 있습니다.

문재인 우선 참여정부 초기, 검사와의 대화는 노무현 대통령의 진정성에서 비롯됐습니다. 노 대통령은 사회의 공정성을 바로잡기 위해서는 무엇보다 일선 검사들의 책임과 청렴함이 소중하다고 판단했고, 그들을 존중하는 기본적인 사고에서 검사와의 대화를 시작했죠. 그런데 그걸 받아들이는 세력들이 고졸 출신 변호사였던 대통령에게 "학번이 어떻게 되냐?"고 묻는 식으로 거만했습니다. 기득권적인 사고를 버리지 않았던 겁니다. 노 대통령의 순정성이 깊었던 게 잘못이라면 잘못입니다.

—— 참여정부의 결정적인 실패는 언론과의 이길 수 없는 싸움을 한 거라는 평가가 있습니다. 지금도 언론개혁이라는 발언이 언론과의 싸움이라는 뜻으로 들리고요.

문재인 저는 그점에 동의하지 않습니다. 저는 할 말은 해야 한다고 봅니다. 대통령 되기 전까지 노무현은 언론으로부터 피해를 받는 것으로 보였는데, 대통령이 되고 난 뒤에는 언론에 대해 발언하면 언론을 공격하는 것으로 보이고 오히려 언론이 피해자처럼 보였습니다. 대통령이라는 힘 때문에 생기는 역전이었죠. 미세한 차이지만 그점을 제대로 고려하지 못했던 게 참여정부의 불찰이었습니다.

―――― 그건 미묘하지만, 굉장히 결정적이고 중요한 태도지 않습니까? 보수언론의 시각과 관점도 우리 사회에서 분명히 의미가 있지 않나요?

문재인 저에 대한 일부 언론의 공격은 제가 유화적인 발언을 한다고 해결될 문제도 아니고, 자기들 기득권을 위협한다고 생각하면 어떤 방법으로든지 공격하게 돼 있습니다. 그 부분은 극복해야 할 문제고 결국은 국민을 믿어야 합니다. 다른 방법이 없습니다. 심지어 노무현 대통령은 조폭언론, 이런 표현도 썼었죠. 노 대통령은 후보 단계에서 언론으로부터 많은 공격을 받았지만 그것이 대세에 영향을 주지는 않았다고 봅니다.

　　　　그러나 대통령이 되면 모두를 다 아울러야 할 필요도 있죠. 사실 노무현 대통령도 방향전환을 할 기회가 있었습니다. 저도 두어 번 정도 권유를 해서 공감을 하셨습니다. 첫 번째는 후보가 되셨을 때입니다. 이제는 후보니까 모두를 다 아울러야 한다, 그 명분으로 보수언론도 편견 없이 대하도록 하자고 제가 조언을 했습니다. 그래서 제게 좋다고 하셨는데, 그 시기에 보수언론에서 또 음모론을 제시했어요. 노무현 대통령이 후보가 된 부분을 두고요. 그러니 노 대통령으로서는 그런 언론과 화해할 수가 없었죠.

대통령이 되었을 때도 똑같은 말씀을 드렸어요. 이제는 대통령이니 반대자든 뭐든 다 함께 아울러야 하고 똑같이 대우해야 한다고. 그야말로 동행을 제안했지요. 노무현 대통령이 당선되고 난 이후에 인수위 단계부터 보수언론의 공격이 심했습니다. 심지어 노 대통령이 얼마나 화가 났으면 인수위를 마치면서 언론오보백서를 발간하기까지 했겠습니까. 다만 저는 언론에 대해서 이렇게 생각합니다. '언론이 없는 좋은 사회보다 나쁜 언론이 있는 사회가 더 낫다'는 말처럼, 그게 보수적이든 진보적이든 정당한 보도와 평가에 대한 가치는 존중해야 합니다. 그런 태도는 예전부터 갖고 있었고 지금도 그렇습니다.

:: 그들은 정말 몰랐을까, 박근혜 게이트

—— 박근혜 게이트와 관련해 그와 연루된 고위직 공무원이나 수석
들, 그리고 집권여당 사람들이 다들 "모른다"거나 "몰랐다"고
합니다. 한때 이름은 들어봤지만 그때는 1+1, 대통령이 하나
더 있는 줄은 몰랐다고. 아무도 책임지려 하지 않더군요.

커피가 다 식었지만 아무도 마시지 않았다. 그들은 정말 몰랐을까? 그러나 정말
몰랐던 사람들은 대통령을 비롯해 고위공직자들을 믿고 권력을 맡겨준 평범한
국민이었다. 몰랐다고, 지금도 모른다고 하는 이들은 정말 몰랐을까?

—— 그런 모습들을 보면서 고대 그리스비극《오이디푸스》생각이
났습니다. 오이디푸스는 자기 아버지를 죽이고 어머니와 결혼
하고 그 사이에 딸을 낳았다는 걸 정말 몰랐습니다. 그런데 가
뭄이 들고 나라가 황폐해지자 신탁을 통해서 자신의 비극적
운명을 알았습니다. 그때 오이디푸스는 자신의 가혹한 운명에
대한 선택을 합니다. 비록 몰랐지만 그는 왕위를 버리고 자기
눈을 스스로 찌르고 장님이 되어 자신의 왕국인 테베 땅을 떠
났습니다.
　　　　지금 박근혜 정부 권력 주변 사람들이 알았어야 하는데
도 정말 몰랐다면, 고대 그리스비극식으로 말하면 이건 정말

국민의 비극입니다. 지금이라도 그들이 눈을 빼는 각오로 자신의 자리에서 떠나야 한다는 게 바로 촛불이 의미하는 바라는 생각이 듭니다. 국회의원이나 관직에서 스스로 자리를 물러나는 책임을 지는 태도가 국민을 위한 최소한의 자세가 아닐까요?

문재인 그런 자세가 돼야겠지요. 그리고 청와대 수석들 또는 총리를 비롯한 고위공직자, 이런 사람들은 무한책임을 져야 합니다. 몰랐다는 말로 벗어날 수가 없는 것이죠. 자신이 알았어야 하는데도 몰랐다는 말로 피할 수 있다고 생각하는 태도가 공직자, 정치인으로서의 윤리의식이 마비됐음을 의미합니다. 박근혜 대통령은 최순실의 피해자처럼 행동하고 있습니다. 어떻게 하면 형사처벌을 모면할 수 있을까, 그 고민만 하고 있어요. 국민들이 촛불을 드는 이유는 간단하지 않습니까? 촛불을 밝히고 질문을 하고 있지요. 정말 몰랐는가? 대통령은 물론 책임자들 모두 자기 자리에서 물러나 양심고백을 하고 처벌을 받으라. 이게 촛불이 말하는 바 아니겠습니까?

그도 알고 있었다. 지금 이 비극의 핵심에는 세월호 대참사가 있음을. 희생자 수 304, 이 숫자는 단순히 희생자 수가 아니라 이 불행한 비극을 상징하는 고유명사와 같았다. 동시에 보통명사이기도 했다. 가족, 친구, 동생, 언니. 사람들은 세월호의 침몰은 대한민국 침몰에 대한 암시며 상징임을 알고 있었다.

———— 세월호 참사 이후 광화문광장에서 단식도 했죠. 어떤 심정이었
습니까?

문재인 박근혜 게이트는 제2의 세월호 대참사입니다. 세월호 7시간
의 진실은 반드시 밝혀질 겁니다. 세월호 7시간이야말로 지금
드러나고 있는 많은 범죄들보다 훨씬 더 심각한 죄고, 그 하나
만으로도 중요한 탄핵 사유가 됩니다. 참사 이후에 희생자 유
가족들을 대하는 태도는 정말 야비하고 가혹했죠. 유가족들
의 이루 말로 할 수 없는 슬픔을 정부가 보듬기는커녕, 그분들
을 오히려 적대시했습니다. 세월호 유가족들이 청운동주민센
터 네거리 한귀퉁이 노천에서 여러 달 동안 장기 농성을 했는
데, 청와대에서 단 한 사람도 나와보지 않았습니다. 경악할 일
이죠.
　　　참여정부 때도 청와대 앞에서 농성이 있었습니다. 지율
스님이 하셨던 농성이 가장 유명했지요. 저는 누가 농성을 하
든 퇴근할 때마다 거기 들렀습니다. 그분들 주장에 동조하든
동조하지 않든 말입니다. 그냥 그렇게 고생하고 있다는 데 대
해 위로하고 이야기를 들어드리고 그랬죠. 그런데 하물며, 그
생살 같은 아이들을 잃은 부모들이 청와대 앞에 와서 대통령

을 만나겠다고, 만나게 해달라고 농성을 하는데 어떻게 한 사람도 나와 보지 않고 한마디 위로도 하지 않습니까? 오히려 유가족들을 적대시하고 관변단체들을 동원해 유족들을 공격하게 했지요. 국가의 이런 몰염치와 부도덕을 저는 견딜 수가 없었습니다. 그래서 광화문광장에 나가 단식을 하게 됐던 겁니다. 유민 아빠 김영오 씨의 단식이 너무 길어지면서, 우선은 살아 있는 게 중요하니까 단식을 만류할 목적도 있었고요. 어쨌든 박근혜 정부는 그런 방식으로 세월호 유가족들의 농성도, 특조위의 활동도 모두 다 밟고 넘어갈 수 있다고 생각했겠지요. 박근혜 게이트가 터졌을 때 우리는 그 당사자들에게 분노했지만, 그 밑바탕에는 세월호 참사 때 정부가 국민의 생명을 무시하고 세월호 7시간을 은폐하려 했던 태도에 대한 분노가 동시에 깔려 있습니다. 지금 부도덕과 몰염치의 정부가 결국 국민의 심판을 받고 있는 거죠.

세월호 7시간, 그 부분은 또 하나 큰 문제가 있습니다. 실제로 대통령이 몇 시간 동안 상황 파악도 제대로 못 하고 제대로 보고도 받지 않고 스스로 무언가를 판단하고 행동할 수 없었던 것, 그건 일종의 안보공백이기도 하거든요. 비서실장도 대통령이 어디 있는지 모르니, 국군통수권자가 그 시간 동안 안보공백 상태에 있었다는 겁니다. 세계 최강국인 미국 대통령은 1분 1초까지 일과가 공개됩니다. 질병 치료를 위해 잠시 입원한다거나 몇 시간 마취주사를 맞아야 한다면 그 시간 동안에는 긴급 대응체계를 미리 세우고 들어갑니다. 안보 공백 상태가 있을 수 없습니다. 그러니 박근혜 대통령은 안보라는 면에서도 대단히 무책임했던 겁니다. 그 사건은 분명히 근무시간에 일어났지만, 근무시간 이후였어도 마찬가지죠. 대통령은 24시간 언제든 어떤 상황이 벌어지든 대응할 수 있는 준비가 돼 있어야 합니다. 안보 측면에서는 더더욱 그럴 필요가 있죠.

:: 위험은 피할 때 커진다

—— 세월호 참사가 지금 드러나고 있는 이 사태를 미리 경고하고 있었던 것일까요?

문재인 정말 그렇습니다. 그때 우리가 그 사건에 대해서 모든 문제를 밝히고 제대로 성찰하고 정말로 새로운 대한민국, 안전한 대한민국을 만드는 계기로 삼았다면 그 충격과 상처가 지금처럼 크진 않았겠죠.

—— 페이스북 창업자 마크 저커버그는 "위험은 피할 때 가장 커진

제 딸은 우연히 그 시간에 거기 없었고,

그 학생들은 우연히 그 시간에 거기 있었습니다.

그 학생들은 그 어머니 아버지만의 자식들이 아니라

우리 모두의 자식인 것이지요.

그 아픔을 함께하는 마음,

절절히 공감하는 마음과 공동체의식과 연대의식이 절실합니다.

다"고 했습니다. 지금의 사태도 피하고 감췄기 때문에 감당하기 힘들 만큼 위험이 커진 거겠죠. 지금 우리에게 가장 필요한 태도는 무엇일까요?

문재인 세월호 합동분향소에 가보니까 단원고 학생들의 영정이 죽 있는데, 그 속에 제 딸아이와 같은 이름을 가진 아이가 둘이나 있는 거예요. 제 딸아이 이름이 다혜입니다. 물론 성은 다르지요. 2학년 9반 정다혜, 2학년 10반 이다혜, 이렇게 둘이었습니다. 바로 이 학생들이 내 딸일 수도 있었다는 느낌이 들었습니다. 내 딸은 우연히 그 시간에 거기 없었고, 이 학생들은 우연히 그 시간에 거기 있었습니다. 그 학생들은 그 어머니, 아버지만의 자식들이 아니라 우리 모두의 자식인 것이죠. 그 아픔을 함께 하는 마음, 절절히 공감하는 마음과 공동체의식과 연대의식, 그런 것들이 지금 절실하겠죠.

　　세월호 참사 때 가장 아팠던 게, '세월호 피로'를 이야기하는 사람들이나 세월호 괴담을 퍼뜨리며 유가족들이 욕심을 부리는 것처럼 망언을 하는 사람들을 보는 거였어요. 그런 부분들이 참 아팠습니다. 그런데 그것도 실은 뒤에서 조종하는 일종의 정치적인 여론 작업 같은 것이었죠. 박근혜 게이트를 통해 국민들이 그 진실을 조금씩 알아가고 있으니 정말 다행스럽습니다.

박근혜 게이트에 국민이 그렇게 분노하고, 참담해하고, 허탈해하는 이유는, 우리가 정해놓은 법과 상식과 규칙이 슈퍼갑의 특수 권력과 돈에 의해 농락당했기 때문입니다. 대통령을 비롯한 고위공직자들이 도덕적, 윤리적 의무를 저버린 채 국정을 자기들 개인 일처럼 사사롭게 생각하고 사익을 추구했으니 용서받지 못할 일이죠. 게다가 상상도 하지 못한 범죄들이 비선조직, 비선실세에 의해 전방위적이고 무차별적으로 이루어졌다는 데 국민들이 더 허탈해하는 겁니다. 그러면서 세월호 참사의 진실을 왜곡하거나 은폐하고 진상규명을 방해하는 비인간의 모습에 질려버렸고요. 그렇게 국민에게 상처를 주고 국민의 아픔을 모르는 사람들이 또 어떻게 정의를 실현할 수 있겠습니까. 그래서 국민과 법 위에 군림하며 정의를 무너뜨린 주범에게 죄를 물으며 매주 광장의 촛불이 타오르는 것 아니겠습니까?

—— 정의를 실천하는 것은 보수 혹은 진보만의 문제는 아니겠죠?

문재인 그럼요. 진보와 보수 모두의 문제죠. 오히려 보수라면 특히 더 그렇습니다. 보수의 가치는 가족, 국가와 민족, 공동체를 더 소중히 여기고, 그것을 위해 희생하고 헌신하는 데 있으니까요. 그런데 그런 가치를 무너뜨리고 오직 사리사욕만 채우는 보수라면 그것은 사이비 보수, 가짜 보수인 겁니다. 진보, 보수의 이분법으로 국민들을 속여온 것도 이번 사태를 통해 확인되고 있고요.

—— 레이건 대통령 시절에는 백악관 참모 중에 필리버스터 업무를 가진 사람이 있었다고 합니다. 대통령이 뭔가 판단하거나 결정할 때 생각을 지연시키고 반대되는 의견을 내놓는 거지요. 한번은 레이건이 넥타이를 풀고 양복 윗저고리를 벗으면서 "왜 내 결정에 그렇게까지 반대하냐?"고 화를 내니까 그 참모가 "이건 내 직업입니다"라고 대답했다고 합니다. 지도자의 판단은 중요하지만 그 결정엔 잘못이 있을 수도 있고 모든 결정이 다 옳은 것도 아니죠. 참여정부 때는 어땠습니까?

문재인 서양은 과거 로마 시대 때부터 그런 개념이 국가제도에까지 포함돼 있었습니다. 예를 들어 집정관과 원로원에 대항해 일반서민의 권익을 보호했던 호민관제도 같은 시스템이 있었죠. 동양에서도 당 태종 시절 위징 같은 사람들이 늘 황제에게 반대 의견을 말했고, 그래서 당 태종도 그 때문에 그를 더 소중하게 여겼습니다. 우리나라도 세종대왕이 최만리 등 반대자들의 의견에 귀를 기울였고요. 조선시대 사간원 제도도 그렇죠.

　　참여정부 시절에는 청와대 내에서 토론이 항상 있었어

요. 그 시기에 정말로 토론이 필요한 일들이 많았습니다. 예를 들면 대북 송금 건, 이라크 파병, 한미 FTA, 제주도 해군기지 등 수없이 많은 일들이 있었고, 청와대 내에 그 모든 문제 하나하나마다 찬반파가 다 있었습니다. 대통령 의견에 대해서도 "그건 말도 안 됩니다" 이런 표현까지도 다 할 수 있었죠. 당시 참모들 가운데 민주화운동 출신들이 많았기 때문에 토론이 더 많았을 수도 있어요. 관료 출신 보좌진들 말고 외부에서 들어간 정무직들은 매 사안마다 반대가 더 많았습니다.

　　대북 인권문제와 이라크 파병도 반대가 많았고, 그런 반대 의견을 충분히 듣고 대통령이 결정을 내렸습니다. 이라크 파병 같은 경우엔 대통령 본인도 그랬습니다. "개인 노무현이라면 반대했을 텐데, 그래서 반대 의견도 충분히 공감합니다. 그러나 대통령으로서는 다른 결정을 하지 않을 수 없습니다"라고요. 그런 식으로 했기 때문에 반대파들도 결론을 수용할 수 있었죠. 뿐만 아니라 반대 의견들도 결론에 반영됐습니다. 그런 반대들이 있었기 때문에 이라크 파병은 했지만 가장 축소된 형태로, 그것도 전원 비전투원으로, 재건 및 복원을 위한 이라크 파병을 하게 된 거죠. 그래서 파병된 우리 장병들 중 단 한 사람도 희생이 없었습니다. 말하자면 우리 국익을 최대로 반영한 파병이었습니다. 물론 파병 자체를 원천적으로 반대하는 사람들이 있었지요. 한미 FTA 토론에서도 격렬한 반대가 있었기 때문에 미국과의 협상에 반영이 되었던 거고요. 그래서 트럼프도 선거운동 기간 내내 FTA 재협상을 요구하겠다고 주장하지 않았습니까? 당시 반대 의견들이 충분히 반영됐기 때문에 우리가 세계 최강의 미국을 상대로 당당하게 협상을 할 수 있었던 거죠.

────── 다산 선생의 《목민심서》에 보면 이런 말이 있습니다. '아첨하는 사람은 배신하지만, 간언하는 사람은 결코 배신하지 않는다.' 주변에 간언하는 사람이 얼마나 있습니까?

문재인 특별히 반대자가 있기보다는 우리 진영의 모든 사람들이 저를 가르치고들 있습니다, 하하하.

:: 페스카마 호와 인권

────── 요즘 새삼스럽게 시절인연이란 의미가 실감납니다. 진실도 시절인연처럼 오고 감이 다 때가 있나 봅니다.

문재인 정말 세상이라는 게 인연들의 연속인 것 같아요. 제가 변호사를 하던 시절, 특히 1980년대와 1990년대는 실제로 노동, 인권

등의 사건이 아주 많을 때였습니다.

—— '25-5511'이라는 전화번호 기억나십니까?

문재인 그 번호는 부산에서 노무현 대통령과 같이 했던 무료노동법률
상담소 전화번호였습니다. 그때 법을 모르고 돈이 없어서 억
울하게 쫓겨나거나 월급을 받지 못하는 노동자들이 많았어요.
그런 일을 해오다 20년, 30년 지나서 제가 힘들 때가 되니까
이 사람들이 어디선가 불쑥불쑥 나타나는 겁니다. 작게는 길
에서 우연히 절 보고 그때 도움을 받았던 사람이라며 격려해
주는 분도 있었고, 실제로 자기 영역에서 자발적으로 열심히
자원봉사를 해주신 분들도 있었습니다. 지난 대선 때는 그중
한 사람이 방송 찬조연설을 해주기도 하고, 또 그분들끼리 모
임을 만들어서 기자회견을 통해 제게 도움 받았던 이야기들을
공개하기도 했습니다. 한 번 스쳐 지나간 인연인데 세월이 흐
른 후에 또 다른 형태로 오는 걸 보면 작은 인연 하나하나 소
중히 해야죠.

—— 인터뷰를 준비하면서 《운명》을 읽다가 페스카마 15호 변론을
맡았다는 사실을 알고 깜짝 놀랐습니다. 원양어선 페스카마
호 살인사건에 저는 소설가로서 관심이 많았습니다. 조선족

선상 반란. 그중 한 사람이 조선족 학교 교사였죠.

문재인 맞습니다.

페스카마 15호는 1978년 일본 조선소에서 건조된 배로 25명이 타는 254톤급 참치잡이 배였다. 1996년 8월 2일 조선족 선원 6명이 참치잡이 항해 중 한국인 선원 7명, 인도네시아 선원 3명, 조선족 선원 1명을 살해한 비극적 사건이 그 배에서 일어났다.

문재인 페스카마 호 사건은 할 이야기가 많지요. 조선족들은 말하자면 기회를 찾아서 잘사는 조국을 찾아옵니다. 돈벌이를 위해여기저기서 빚을 내 가지고 오죠. 가장 쉽게 구할 수 있는 일이 원양어선 일인데, 이들 조선족들은 흑룡강성 출신들이었습니다. 배를 한 번도 타본 적이 없는 조선족들이 원양어선 페스카마 호를 처음 타면서 사건이 발생했습니다.

아시다시피 원양어선은 옛날부터 선상 폭력이 심했습니다. 요즘은 좀 달라졌지만 예전엔 윗사람들한테 욕먹고 선배들한테 기합받고 선생님들에게 회초리 맞고 군대 가서 또맞고 그러면서 상당히 단련이 되죠. 한국 선원들은 그래서 어느 정도 험한 일들은 잘 견딥니다. 그런데 그 조선족들은 사회주의 국가 출신이라 그런 일을 한 번도 겪어보지 못했던 겁니다. 상급자의 폭행이나 욕설에 굉장한 모욕을 느낄 수밖에 없었던 거죠.

흑룡강성 출신 조선족들이 작업에 너무 서툴렀어요. 처음엔 상당 기간 뱃멀미를 하고 일도 제대로 못 했죠. 그때 원양어선은 보합제라고 해서 정해진 급여 없이 어획량에 따라 선주 얼마, 선장 얼마, 이렇게 주고 나서 맡은 직책대로 배분하는 구조였거든요. 그러니 제대로 조업을 해서 어획량을 올리는 것은 모든 선원들에게 절실한 과제였습니다. 또 정해진 어획량을 채우면 나머지는 상어를 잡아 지느러미를 채취한다든지 해서 이런저런 부수입도 올렸습니다. 그러다 보니 일을 못 하면 가혹한 왕따도 당하고 그랬지요. 조선족은 말도 안 통하지, 일은 서툴지, 이러니까 두들겨맞기가 예사였던 겁니다.

한국인 일등 항해사가 페스카마 호 살인사건에서 살아남았는데, 그 조선족 선원들에게 많은 폭력이 가해졌다는 사실을 인정했어요. 이 사람들이 폭력을 참다못해 그들에게 가혹하게 굴었던 사람을 살해한 건데, 그다음부터는 완전히 이성을 잃은 채 여러 사람을 잔인하게 살해하게 된 거죠. 물론 피해자 유족들에겐 엄청나게 큰 상처를 입힌 사건이었고요. 그 사람들의 범행은 분명히 용서받을 수 없는 범행이었습니다. 하지만 그들은 그런 범행을 저지르기 전에는 잘사는 조국을 기회의 땅으로 삼아 열심히 살아보겠다는 열망을 가진 사람들이었죠.

그 사건을 다뤘던 법정에서 이런 일이 있었습니다. 방청석에 앉았던 한 분이 재판 과정을 죽 다 지켜보시고는 손을 번쩍 드는 거예요. 연세가 지긋한 분이었는데 광복회 회원이라면서 재판장에게 한마디 하게 해달라고 하셨어요. 몇 번이나 그러니까 재판장이 관대하게 허락을 해주셨죠. 이분이 자리에서 일어나더니 이렇게 이야기하는 겁니다. 이 조선족들은 일제시대 우리 임시정부가 독립운동자금이나 신흥무관학교 운영자금 등을 마련하기 위해 독립공채를 발행했을 때 받을 기약도 없는 채권을 사주고, 그 많은 망명 독립운동가들을 품고 먹여주고 활동자금을 대줬던 이들의 후손이라고 하셨어요. 그들이야말로 진짜 독립운동을 했던 사람들이고 분단이 되는 바람에 조국으로 돌아오지 못하고 중국 땅에 남아 살게 된 것이라고요. 그런 분들의 후손이 잘사는 한국으로 찾아오는데 우리가 잘 대해주지 못하고 가혹한 선상 폭행을 하다니 이게 될 말이냐, 한탄을 하시더라고요. 그분이 페스카마 호와 관련된 작은 책도 하나 발간할 정도로 굉장히 열심이셨죠.

그 사건은 1심에 변호인 선임 없이 국선변호인으로 진행됐는데 다 사형선고를 받았습니다. 재판 과정에 피고인 가족들 방청이 안 돼 한 사람도 와보지 못하고 제대로 된 변호 한번 받지 못한 채 전부 사형선고를 받았어요. 그때 중국 조선족 사회가 그 사실에 분노했습니다. 조선족 신문인《길림신문》 《요녕신문》에서 그들이 죄는 지었으나 얼마나 가혹한 일을 겪 었는지에 대해 몇 면을 활용해 보도하고 광복회 회원인 그분 의 수기도 싣고 해서 온 조선족 사회가 설움과 분노로 들끓었 지요. 그리고 돈을 모아서 조선족 '율사' 한 사람을 선임해 부 산으로 보냈습니다. 중국에서는 변호사를 율사라고 합니다. 그 율사가 부산변호사협회에 찾아왔습니다. 제가 그때 부산지방 변호사회 인권위원장 하던 시절인데, 그 사정을 듣고는 우리 부산지방변호사회가 법률 구조를 하기로 결정했지요. 제가 변 호를 맡았습니다.

우리 형사소송법에 특별변호인이라는 제도가 있어요. 변호사가 아니지만 특별한 사정이 있을 때는 변호사 아닌 사 람을 변호인으로 승인할 수 있는 제도입니다. 그때까지 한 번 도 활용된 적이 없는 사문화된 규정이었는데, 제가 그 규정을 찾아내서 그 조선족 율사를 특별변호인으로 선임해달라고 법 원에 요청했지요. 재판장이 그 신청을 받아들여서 저는 부산 지방변호사회의 법률 구조를 담당하고 그 율사는 특별변호인 을 해서 함께 변호했습니다.

선상 반란의 주범 격이었던 조선족의 사연은 그중 좀더 기구합니다. 이분이 조선족학교 조선어 교사였나 그랬는데요, 그 시기에 중국은 산아제한정책이 강력해서 한족은 1명, 소수

민족은 2명만 출산할 때였어요. 더 낳을 경우 엄청난 벌금을 내야 했죠. 이 사람이 딸만 둘이라 아들을 하나 갖고 싶어 하다가 드디어 아들을 낳았는데 그게 발각돼 벌금 2만 위안을 물어야 했어요. 당시 교사들 봉급이 500, 600위안, 우리 돈으로 10만 원 정도였어요. 벌금 2만 위안을 다 빌려서 납부하긴 했는데 평생 갚을 수가 없는 큰 금액이었던 겁니다. 오죽했으면 아들의 별명이 '2만 위안'이었겠습니까. 그 2만 위안을 갚으려고 조선어 교사를 그만두고 한국 와서 선원이 된 거였죠. 교사도 했지, 나이도 제일 많지, 그러니까 자연히 그 사건의 주범인 양 돼버렸습니다. 실은 그 사람이 가장 강하게 범행을 선동한 것은 아니었는데 교사 경력이나 연령 때문에 그렇게 인식이 됐어요.

——— 그 사건은 우리 역사의 굴곡과 현실의 민낯을 단적으로 보여주는 것 같았습니다.

문재인 그렇게 무료변론을 했는데, 주범을 제외한 나머지는 다 무기징역으로 감형됐고 뒤에 주범도 무기징역으로 특별감형을 받게 됩니다. 제가 재판 중에 그 가족들을 한국에 초청했어요. 항소심에서야 비로소 가족들이 한국에 와서 방청을 했지요. 무료변론을 해주고 그 가족들도 재판을 방청하면서 조선족 사회도 마음이 좀 풀렸고 《길림신문》과 《요녕신문》에서도 고마워했습니다. 나중에 무기징역으로 감형된 결과에 대해서도 '중국이었다면 아무리 딱한 사정이 있다 해도 무조건 사형이었을 것이고 이미 집행도 다 되었을 것이다'라고 보도를 했죠. 그때 부산에서는 그들을 돕는 모임도 만들어져서 면회도 가고 영치금도 넣어주고 그랬습니다.

그 사건은 조선족이 우리보다 못산다는 이유 하나로 그들을 멸시하고 함부로 대하고 심지어 폭행까지 하는, 그런 식의 문화가 중요한 이유가 됐지요. 또 일제강점기의 아픈 역사도 개입돼 있었습니다. 제가 뒤에 어머니를 모시고 만주 쪽에 살고 있는 어머니 친척들을 만나러 간 적이 있었습니다. 그때 심양에 들렀는데, 심양의 조선족 사회 지도자들, 조선족 신문의 발행인들, 문예잡지 편집장, 이런 분들이 많이 모여서 따뜻하게 맞아주셨습니다. 이 사건의 범인들은 처벌받아 마땅한 참혹한 범죄를 저질렀지만 그 속에는 우리 역사의 어두운 모습이 많이 숨어 있었지요.

───── 저도 만주 길림성과 흑룡강성 취재를 다녀본 적이 있는데, 그들이 현지에서 뿌리를 잘 내릴 수 있도록 정책적으로 지원할 필요가 있다는 생각이 많이 들었습니다.

문재인 우선은 우리가 조선족에 대한 태도를 바꿔야겠죠. 왜 바꿔야 하냐면, 이 사람들은 그냥 중국 국적을 선택한 게 아니에요. 조선 국적으로 남아 있다가 종전 이후에 나라가 분단되면서 못 들어오지 않았습니까? 그 이후 중국 정부가 일률적으로 중국 국적을 부여해버렸어요. 그냥 강제로 중국인이 된 겁니다. 우리의 법정신으로 보면 그 사람들은 여전히 한국인이죠. 이 사람들이 한국 국적을 스스로 포기한 적이 없어요. 그러니 우리 역사로는 우리 국적의 한국인이고, 법적으로는 중국 국적의 중국인이기도 한 상탭니다. 그러니까 이 사람들이 조국에 와서 한국 국적을 찾겠다고 한다면 언제든 허용해야 하고, 그 조상들이 남긴 재산이 대한민국에 있다면 그에 대한 상속권도 당연히 인정해야 합니다. 그들을 우리 국민처럼 대우하고 어느 국적을 선택할지는 그들 자유의사에 맡겨야 하는 거죠.

그런데 중국 국적을 가진 조선족에게 한국 정부가 특별한 대접을 하기란 조금 어렵습니다. 중국 정부가 그 부분에 아주 예민합니다. 소수민족들이 중국에 동화되지 않고 독자적인 노선을 갖고 가는 것에 대해 티베트나 위구르 대하듯 굉장히 민감해요. 그래서 한국 정부가 정책적으로 그들을 돕기는 쉽지 않은데, 다만 민간 차원에서는 한국에 오는 조선족들이 우리 사회에 잘 융화하고 권익을 보호받을 수 있도록 적극적으로 할 필요가 있습니다.

과거에는 조선족들이 중국인들보다 잘살았어요. 교육도 더 많이 받고 경제수준도 더 높았고요. 그래서 우리의 독립운동이 전개됐던 동북삼성 지역이 참 괜찮았는데, 중국이 경제성장으로 급격히 도시화하면서 다른 곳보다 경제수준이 훨씬 낮아지게 됩니다. 거기 살던 조선족들이 돈 벌러 한국은 물론 북경, 상해로 흩어져서 지금은 동북삼성의 조선족 비율도 굉장히 줄어들었어요. 이러다간 자치주의 자격을 잃어버릴 수도 있습니다. 그러니 한국의 기업이나 민간단체들이 그쪽에 좀 활발하게 진출해서 그들에게 일자리를 제공한다든지 하는 노력이 상당히 필요합니다.

── 우리말 쓰는 곳은 우리 땅이지요. 저는 언어가 우리의 영토라고 생각합니다.

문재인 그럼요. 그보다 더 소중한 게 없지요.

── 조선족들이 동북삼성을 중심으로 우리말과 우리 문화를 잘 지키며 살 수 있도록 민간 차원에서라도 모든 기술과 방법을 동원해 도울 수 있으면 좋겠습니다. 무엇보다 그곳은 해외독립운동 유적지가 가장 많은 곳이니 그와 연계해서 일을 할 수도 있고요.

문재인 한국에 입국해 있는 조선족에 대해서는 여러 가지 특별한 배려들을 충분히 할 수 있습니다. 한국에서의 범죄를 줄이고 중국 조선족 사회에도 큰 도움이 되는 방법이 있을 겁니다.

페스카마 호 사건 때 주범이었던 조선족 교사의 노모는 자식이 사형에서 무기징역으로 특별감형되자 "가족을 영영 볼 수 없게 된 피해자 유족들에게 속죄하고, 무릎 꿇고 기도하며 절을 올린다"며 눈물을 멈추지 못했다. 조선족, 조봉 율사는 조선족과 한국인 사이에 다시는 이런 비극이 일어나서는 안 되며 중국의 개혁과 한국의 경제발전에 서로가 새로운 조화의 국면을 개척하기를 바랐다. 또 이 소식을 조선족 사회에 보도했던 당시 《길림신문》 총경리 겸 주필 남영전 시인은, 그들의 죄는 용서할 수 없으나 비극이 생긴 원인을 파헤쳐 다시는 그런 일이 일어나지 말도록 하자고 했다. 만주 시골에 가면 조선족 아이들이 부르는 노래 중에 이런 노래가 있었다. "엄마 아빠, 우리를 버리지 마세요." 엄마, 아빠가 한국이나 일본에 돈 벌러 가버리고 할아버지 할머니 밑에서 공부하는 아이들의 노래였다. 그러나 한국에서는 돈 벌러 온 조선족과 관련한 사건들이 계속 일어나고 있었다.

:: 아름다운 사람, 아름다운 동행

───── 지금까지 정치현장에서 수많은 사람들을 만났을 텐데, 어떤 사

람이 가장 아름답다고 느꼈습니까?

문재인 저는 묵묵하고 꾸준한 사람이 좋습니다. 자기 분야에서, 일이나 직업에 대한 태도에서, 꾸준하고 신의가 깊은 사람이 아름답습니다. 꾸준히 멀리 내다보면서 뚜벅뚜벅 걸어가는 사람들이 좋아요. 예를 들면 학생운동을 하고 민주화운동을 했다가 민주화가 어느 정도 이루어진 뒤에는 달동네에서 가난한 집 아이들을 상대로 공부방을 한다든가, 사회에서 필요한 일들을 찾아가면서 한평생 꾸준하게 사는 분들. 그런 사람들이 아름답죠.

────── 자신의 생을 세상을 위해 내어놓는 그런 사람들이군요.

문재인 그렇지요. 과거 민주화운동 하던 사람들이 주목받고 각광받는 길로 많이들 갔는데, 끝까지 그런 길은 피하면서 자기를 바치는 삶을 살아가는 사람이 아름답습니다.

────── 민생현장을 찾아다니며 할머니와 손을 꼭 잡고 사진을 찍곤 하는데, 무슨 이야기를 주로 합니까?

문재인 이야기의 내용보다는 정말 우리 어머니 같으니까 위로를 하고 싶죠. 얼마나 고생이 많으시냐, 살기가 좀 나아지셨냐 이런 이야기들을 나눕니다. 그런데 시장에서 장사하시는 분들이 한결같이 하는 이야기가, 좋아질 기미가 보이지 않는다는 겁니다. 오히려 점점 더 나빠지고 있다는 거죠. 어려워도 조금씩 좋아진다는 희망이 있으면 견딜 수 있는데, 갈수록 나빠지고 일을 그만둘 수는 없으니 더 막막하다고 합니다. 그분들의 손을 잡으며 늘 어머니의 손을 기억합니다. 그때 구치소에 갇힌 저를 면회 와서 만나지도 못하고 호송차 밖에서 손만 내미시던 그 모습도.

───── 책이나 역사를 통해서 만난 인물들 가운데 본받고 싶다, 하는 인물이 있습니까?

문재인 무엇보다 다산 정약용 선생, 그리고 안중근 장군, 백범 김구 선생 같은 분들입니다.

───── 그분들의 어떤 정신이 자신의 삶에 영향을 주었습니까?

문재인 알다시피 다산 선생은 양반이면서 실학의 경지에 이른 분이었죠. 자신을 위해 충분히 더 안락한 삶을 선택할 수 있었지만 그러지 않고 백성을 위해 실학자로서의 삶을 살았습니다. 선생은 나라가 망하는 까닭은 관리의 부패 때문이라고 했습니다. 오직 백성들의 고통을 외면하지 않고 그 긴 유배 세월을 견디면서 꾸준하고 일관된 삶을 살았죠. 불과 서른한 살의 나이로 순국한 안중근 장군은 당당한 기백이 멋집니다. 장부가 비록 죽을지라도 마음은 쇠와 같고, 의사는 위태로움에 이를지라도 기운은 구름 같다고 외치는, 그야말로 열혈청년이었습니다. 그리고 백범 김구 선생은 독립투쟁과 함께 우리에게 민주주의가 무엇인지 알려주신 분이죠. 백범 선생은 "민주주의는 국민의 의사를 알아보는 절차 또는 방법"이라고 하셨습니다. 이분들 모두 지금 우리가 어떻게 살아야 하는지를 보여주고 있습니다.

—— 정계에 입문하면서 만났던 김대중 대통령, 김영삼 대통령, 노무현 대통령, 김근태 의원에 대한 남모르는 기억이 많을 것 같은데요.

문재인 김대중 대통령은 〈사상계〉라는 잡지를 통해 처음 만났습니다. 1960년대 당시 노동문제연구소 소장으로서 노동문제에 관한 글을 쓰셨죠. 그 시기에 노동문제에 관해 지금의 '노동삼권 보장' 같은 시각을 지녔다는 건 정말 보기 드문 일이었습니다. 굉장히 진보적이었고 지금의 노사정위원회, 노사정 대타협에 대한 개념도 이미 그때부터 갖고 계셨어요. 아마 대통령이 되신 뒤에 만든 노사정위원회도 그때부터 다듬어온 결실이라고 알고 있습니다. 여러 번 뵙고 말씀을 들을 기회가 있었는데, 제가 이 시대에 만난 정치인 중 가장 진보적인 분이라고 생각합니다. 물론 진보정당 분들도 있지만 그분들은 현실에 뿌리내리지 않은 관념적인 진보인 경우가 많은데, 김대중 대통령은 현실에 뿌리내린 가장 진보적인 정치인이셨죠. 우리 시대의 정치지형이 그분을 따라가지 못해 자신의 이상을 다 실천하거나 구현하지 못했을 뿐입니다.

그 말씀을 듣다 보면, 그분은 정치가이기 전에 사상가라는 생각이 듭니다. 가장 인상적인 대목은 이런 부분입니다. 우리 역사의 어떤 시기에 서양은, 중국은, 일본은 어떤 상황이었고 어땠는지 연대기적으로 쭉 관통하는 거예요. 보통 우리가 그렇게 생각하기 힘든데 말이죠. 예를 들어 다산 선생이 활동하던 시기에 유럽과 중국 등 외국의 사회적 분위기는 어땠는지 전부 꿰뚫어 말씀하십니다. 그 이야기의 도도함에 늘 감탄하곤 했죠.

김영삼 대통령도 여러 번 뵐 기회가 있었습니다. 3당 합당 전, 민주화운동을 이끌고 특히 영남지역에서는 상징적인 분이었죠. 그분은 늘 경청하는 분이었습니다. 제게는 개인적으로 같은 거제 동향 선배기도 하고, 경남중고등학교 선배기도 합니다. 저보다 22년 선배시죠. 처음 만났을 때가 야당 총재였을 땐데, 그때 우리 연배는 사회초년병으로 시민운동이나 민주화운동을 막 시작하는 단계였습니다. 그런데도 우리 이야기를 열심히 들어주셨어요. 김대중 대통령은 한 시간 만나면 제가 이야기할 수 있는 시간은 불과 2, 3분이라면, 김영삼 대통령은 만날 때마다 대체로 이야기를 들어주고 스스로는 말을 적게 하는 스타일이었습니다.

　　　노무현 대통령은 변호사 시절부터 세상을 떠날 때까지 그 긴 시간의 모습을 다 기억하고 있습니다.

―― 그 세 분들, 어떤 공통점이 있지 않습니까?

문재인 다른 점들은 몰라도, 모두 불의만큼은 용납하지 않는 단호함이 있었죠.

―― 저는 김대중 전 대통령에 대해 딱 하나 기억하는 모습이, 통곡하는 모습입니다. 노무현 대통령 서거 때 어린아이처럼 우는 노정객의 모습이 오래 기억에 남습니다.

문재인 노무현 전 대통령 서거에 대한 애도나 위로의 마음뿐만 아니라, 그 통곡은 당신이 평생 추구해서 이룬 성과들이 다 무너져

내리는 데 대한 비통함이었죠. 실제로 저한테 그렇게 말씀하셨습니다. 평생 동안 이루어온 민주주의, 남북관계, 그런 것들이 이명박 정부에서 무너지는 광경을 보고 있노라면 당신께서 꿈을 꾸고 있는 것이 아닌가 하는 생각이 들 정도라고 하셨어요.

── 통곡하는 모습을 보면서, 저 노정객의 가슴속에 정말 어린아이 같은 모습이 있구나, 싶었습니다.

문재인 노무현 전 대통령의 서거를 두고 자신의 절반이 무너져내린 느낌이라고 표현하셨죠. 실제로 굉장히 비통해하셨습니다. 직접 듣기도 했던 이야긴데요, 이명박 대통령 초기에 내세운 게 실용주의였기 때문에 남북관계 또한 이념을 떠나서 실용적인 태도로 잘하지 않을까 기대했다고 합니다. 주변의 보수적인 세력에 둘러싸여서 그렇지 그래도 잘 하겠거니 기대를 했다가, 노무현 대통령 서거 얼마 전부터 그런 기대가 다 무너진 것이죠. 그래서 이대로 가다가는 나라가 절단나겠다 싶어 노무현 대통령과 함께 우리 사회와 국가에 호소하는 걸 구상하셨다고 합니다. 그런 상황에서 노무현 대통령이 서거하신 거죠. 그렇게 무너진 것에 대한 비통함, 이제는 당신께서 할 수 있는 게 없다는 무력감이 그 통곡 속에 다 담겨 있었다고 생각합니다. 그리고 김근태 선배도 오래 전부터 민주화운동의 대선배였죠. 특히 청년 그룹에서 최고의 리더였어요.

───── 굉장히 너그러운 분이셨죠?

문재인 그렇기도 하고, 또 대단히 진지한 분이셨습니다. 예전에 민청학련 사건 이후 민주청년단체를 조직해서 의장을 하고 청년 민주화운동을 하셨습니다. 전국 각지를 돌면서 지역의 민주화운동 세력들을 만나 당시 정세를 공유하기도 하고, 운동의 나아갈 방향을 제시하기도 하고, 때로는 전국적으로 통일된 연대운동을 하기도 하셨죠. 부산으로 내려오실 때는 언제나 부산지역 민주화운동 세력을 모아달라고 하셨습니다. 그러면 각 운동단체의 상근 실무자 그룹들, 젊은 리더들을 모아서 함께 이야기하는 시간을 갖곤 했는데, 시종일관 진지한 분이었습니다. 말씀과 태도 하나하나가 겸손했어요. 끔찍한 고문을 통해서 용서와 너그러움, 이 세상에 대한 인내심과 깨달음을 터득한 분이셨습니다. 그렇게 진지한 분은 이제 찾아보기 어려울 듯합니다.

:: 사람들이 보는 문재인, 사람들이 원하는 문재인

—— '다른 사람이 보는 문재인'에 대해서도 어떤 인상이나 느낌이
있지 않습니까? 객관적으로 다른 사람들은 문재인을 어떻게
보고 있다고 생각하나요?

문재인 진지하지만 재미없는 사람. 그렇게 볼 것 같습니다.

—— 저는 재미있는데요. 지금 우리가 여러 번 만나 몇 시간씩 이야
기를 나누는데 수더분하면서도 주장이 분명하고 이야기는 달
고구마처럼 구수하기도 합니다. 요즘 가장 유력한 대권주자라
공격도 가장 많이 받고 있는데 그 심사가 어떻습니까?

문재인 사실 제가 진심으로 승복이 되면서 반성하게 만드는 정치적
공격은 없습니다.

—— 그런 공격이 있다면 참 좋을 텐데, 아쉽겠습니다.

문재인 그냥 정치적 공격일 뿐이죠. 오히려 저를 돌아보게 하는 건, 저
를 지지하는 사람들이 느끼는 안타까움이나 반대 의견입니다.
예를 들면 "더 강단 있는 모습을 왜 보여주지 못하느냐? 문재

인이 만들고자 하는 세상은 도대체 무엇이냐? 분명한 그림이 보이지 않는다"라는 지적이나, "자세히 보니 알겠는데 다른 대중들에게는 가닿는 것 같지 않다" 하는 지적들이 정말 와 닿죠. 저는 살아왔던 삶이 늘 공격받는 쪽에 있었습니다. 민주화 이전, 과거에는 민주화운동 세력을 두고 '몰지각한 소수'라는 표현을 썼습니다. 그런 식으로 늘 공격을 받았죠. 학생운동 이후 민주화운동 시기에도 마찬가지였습니다. 그 뒤에도 부산경남 지역에서 김대중 대통령 지지운동을 한다든지, 민주당 깃발을 들고 정치운동을 하는 것 자체가 다수의 공격을 받는 소수파의 삶이었죠. 그렇다 보니 저는 저하고 생각이 다른 입장에 있는 사람들의 일방적인 공격에 대해서는 정말로 눈 하나 깜짝하지 않습니다.

─── 그런 정치적 공격에는 개의치 않는다는 뜻입니까?

문재인 네, 그런 데 대해서는 아주 잘 단련이 됐죠. 그러나 우리 쪽, 우리 내부의 비판을 받는 건 뼈아픕니다. 노무현 대통령도 마찬가지였습니다. 우리는 주류 언론이나 새누리당 쪽 공격에 대해서는 전혀 개의치 않았습니다. 하지만 우리 진보진영 내부의 비판이나 한겨레, 경향 같은 진보언론의 비판에 대해서는 굉장히 아파하고 귀를 기울였습니다.

기존 우리 주류 정치 세력이 만들어왔던

구체제, 낡은 체제, 낡은 질서, 낡은 정치문화.

이런 것들에 대한 대청산 이후

새로운 민주체제로 교체해야 합니다.

—— 그래도 더 포괄적이어야 하지 않겠습니까?

문재인 그렇지요. 민주화운동을 하는 입장에서는 자신의 세계나 신념
체계만 고집하면 될지 몰라도, 정치를 통해 국민이 안심하고
살 수 있도록 나라를 새롭게 바꿔보겠다는 각오라면 전체를
다 통합하는 태도와 너그러움이 있어야 합니다. 지난 대선 때
도 후보가 된 후 가장 먼저 인터뷰한 곳이 조선일보와 MBN입
니다. 저는 우리 민주당 일부 시각인 '종편을 상대하지 않는다',
'조중동을 상대하지 않는다', 이런 태도를 갖는 게 좋다고 생각
하지 않습니다. 한 개인으로서야 그럴 수도 있겠지만, 하나의
정당으로서 또는 대중정치인으로서 그런 자세는 바람직하지
않다고 생각합니다.

—— 그건 정말 중요한 시각인 것 같군요. 최근 강조하는 표현이 '국
가 대개조'인데, 개조라는 표현이 조금 구식 같기도 하네요. 모
든 면에서 모든 걸 다 바꿔야 한다는 의미입니까?

문재인 우리가 이제껏 진보, 보수 할 것 없이 '개혁'이라는 말을 죽 써
왔는데, 지금 필요한 건 그걸 뛰어넘는 겁니다. 저는 과거부터
유력 정치인 가운데 가장 좌파라는 흑색공격을 많이 받아왔
기 때문에 표현할 때 자기검열을 하게 됩니다. 하지만 가장 강

럴하게 하고 싶은 말은, 우리 정치의 주류 세력들을 교체해야
한다는 역사적인 당위성입니다. 그런 말을 하고 싶은데, 그것
을 국민들이 심정적으로 가장 원한다 해도 조금 걸리는 부분
이 있죠. 그래서 대청산, 대개조, 시대교체, 역사교체, 이런 식
의 표현들을 합니다. 기존의 우리 주류정치 세력이 만들어왔
던 구체제, 낡은 체제, 낡은 질서, 낡은 정치문화, 이런 것들에
대한 대청산, 그리고 그 이후 새로운 민주체제로의 교체가 필
요하다고 봅니다.

:: 권력은 SNS에서 나온다?

────── 정청래 전 의원이 쓴 《국회의원 사용법》을 보니까 권력은 SNS
에서 나온다는 말이 있던데 공감이 갔습니다. 더불어민주당
차원의 안보전략 시스템과 미국, 중국, 러시아, 일본과의 외교
전략이 어떤 것이며 얼마나 효율적인지 SNS로 보다 적극적으
로 알려야 하지 않겠습니까?

문재인 저는 SNS를 통해서 표출되는 민심이 전체 민심을 대변한다고
생각하지는 않습니다. 약간 치우쳐 있을 수도 있어요. SNS를
보고 전적으로 민심을 판단하는 것은 위험할 수 있다고 봅니

다. 오프라인 민심까지 함께 아울러 보는 균형 있는 판단이 필요하죠. 지금 SNS로 정보를 얻는 사람들은 우리가 더 이상 설득할 필요가 없을 정도로 충분히 우리 주장에 공감하고 있습니다. SNS보다는 오프라인으로 정보를 얻는 사람들을 설득하는 게 우리의 과제인데, 이 부분은 우리 민주당 책임도 상당히 크다고 생각합니다. 우리가 분단 상황 속에서 전쟁을 겪었고, 그 바람에 반공 이데올로기가 지배했고, 그 토대 위에서 색깔론이 먹혔던 것은 분단 상황을 정권 연장을 위해 악용해온 결과입니다. 한완상 전 부총리께서 말씀하신 적대적 공생의 결과이긴 합니다.

우리가 제대로 대처하지 못했던, 반성해야 할 대목이 안보, 국방, 국가관, 애국심, 이런 부분들인데, 우리가 스스로 그에 대해 말하지 않았습니다. 말하자면 그에 대한 우리의 담론이 없었어요. 우리 민주당은 분단체제 극복이 더 중요하다고 생각해왔기 때문에 그런 담론에 약간 무심했던 거지요. 우리가 잘 할 수 있으면서도 담론을 하지 않으니, 사이비들이 그것을 가져가 자기들이 잘 하는 것처럼 호도해왔습니다. 지금 필요한 것은 우리가 더 안보를 말하고, 국가를 말하고, 애국심을 말하는 겁니다. 안보와 경제는 국가의 기본입니다. 국가를 떠받치는 두 가지 기둥이죠. 이 두 기둥에 대해서 우리가 유능하다는 것을 인정받아야 합니다. 그것이 바로 수권 능력이죠.

그리고 나머지 기둥은 외교입니다. 외교에서 국민의 신뢰를 받지 않고 우리가 어떻게 집권할 수 있겠습니까? 당연히 우리 민주당이 안보에 대해 훨씬 더 많은 관심을 표하고 우리가 유능하다는 사실을 알려야 합니다. 우리가 말하는 성장은 국민공동체 정신을 기본으로 한, 우리 민주당의 가치에 입각한 경제였듯이, 안보도 남북 평화통일이라는 역사적 사명의 가치에 입각한 안보여야 합니다. 남북대결 정책으로 추구해왔던 안보가 아니라 우리의 평화 가치에 입각한 안보를 말합니다. 우리가 안보를 말하면 말할수록 우리 민주당의 안보 정책에 대한 국민들의 신뢰가 높아질 겁니다.

지난번 총선이 그런 예가 됩니다. 지난 총선은 경제에서 야권이 우위에 선 첫 번째 선거였습니다. 항상 경제는 새누리당이 유능한 것처럼 오도돼왔는데 그것이 무너졌어요. 지금 여론조사를 해보면 새누리당이 경제에 유능하다고 답하는 사람이 적습니다. 소수예요. 오히려 우리 민주당이 잘한다고 하는 사람들이 많아졌죠. 그 배경에는 새누리당 정권의 2대에 걸친 참담한 경제 실패가 있습니다. 또 한편으로는 제가 당대표 하던 시절 유능한 경제위원회를 설치하고, 소득주도 성장을 말하고, 전문가를 영입했던 적극적 경제정책 방안이 있었죠. 심지어 김종인 대표까지도 영입했습니다. 이런 식의 노력들이 민주당에 대한 신뢰를 높여줬다고 봅니다. 안보도 마찬가지입니다.

　제 아버지 이야기가 안보와 연결될지 모르나 하나만 덧붙이자면, 아버지는 공산주의 체제가 싫어서 피난을 내려왔습니다. 공무원을 하면서 노동당에 입당하라는 강요 때문에 굉장히 시달렸다고 합니다. 끝내 입당하지 않고 피난을 왔는데, 내려오고 난 이후 이북에서 공직생활했던 사람들을 공무원으로 특채하는 식의 기회가 있었다고 합니다. 아버지는 그에 응하지 않았습니다. 북에 있을 때 공산당에 입당하라고 강요당했던 피해의식이 있어서 절대로 공직생활은 안 하겠다고 마음먹으신 거죠. 하지만 제가 평생 겪어본 아버지는 그런 일 말고는 정말로 무능한 분이었어요. 장사를 한다거나 독립적으로 경제활동을 할 만한 분이 아니었죠. 어쨌든 제 아버지가 공산주의가 싫어서 피난 온 분이고, 또 저 자신이 대한민국에서 특전사로 군복무를 당당히 하고 병장으로 제대했던 사람입니다. 저 보고 사상을 얘기하며 시비를 걸면 안 되죠.

:: 눈 내리는 〈세한도〉의 창밖

서울에 첫눈이 오던 날, 그는 홍대 입구 거리에서 짙은 청회색 외투를 입고 마이크를 들고 서 있었다. 어두운 하늘을 가르며 선을 긋듯 내리는 눈발 사이로 서 있는 그 모습을 보며 추사 김정희의 〈세한도〉 풍경이 떠올랐다. 〈세한도〉 왼쪽에는 제자 이상적에게 보내는 추사 선생의 발문이 적혀 있다. 이상적은 귀양생활을 하고 있는 선생을 만나기 위해 북경에서 서적을 사들고는 목숨을 걸고 파도를 넘나들며 제주도 서귀포 귀양지까지 찾아갔다. 무려 1,400권, 360책. 선생은 위험을 무릅쓰고 700리 바닷길을 건너오는 제자가 애처롭기도 하고 고맙기도 했을 것이다.

———— 12월 초순, 홍대 앞 거리에서 콘서트 행사를 할 때 먼발치에서 봤습니다. 무대 위에 서 있는 모습을 보는데 추사 김정희 선생의 〈세한도〉 속 풍경이 생각났습니다. 이런 제목이 떠오르더군요. '세한도의 약속.' 〈세한도〉 오른쪽 위에 보면 '장무상망(長毋相忘)'이라는 인장이 찍혀 있습니다. 추사가 제자 이상적에게 말한 것이죠. 오랫동안 서로 잊지 말자고. 우리가 오래도록 잊지 말아야 할 것은 무엇입니까?

문재인 아무리 세월이 가도 변함없는 인간관계, 우정, 사랑, 신의 아닐까요.

———— 지금의 이 시국과 연결하면 어떤 게 있을까요?

문재인 〈세한도〉의 장무상망은 어쩌면 우리가 잃어버렸던 정신이죠.

요즘 그 마음을 촛불에게서 봅니다. 질서정연하면서도 자유롭고, 분노하면서도 결코 격조를 잃지 않는 저 거대하고 단아한 움직임. 그와 같이 저는 높은 소리나 과격하거나 급한 행동보다는 묵묵하고 꾸준하고 일관된 것들을 소중히 생각합니다. 왜 이런 말씀을 드리느냐 하면, 아마 민주화운동을 해본 사람들은 공감할 겁니다. 민주화운동을 하는 과정에서는 많은 사람들이 열정과 고뇌, 수많은 사건들, 포기의 순간들과 부닥쳐야 했습니다. 그럴 때마다 아주 목소리가 큰 사람들이 있었죠. 그들의 과격한 주장들이 분위기를 휘어잡는 경우가 많았어요. 그런데 대체로 보면 그런 사람들이 일찍 그만두고 떠나는 겁니다. 양지바른 곳으로. 심지어는 아예 변절했다고 할 정도로 다른 사람이 된 경우도 있어요. 새누리당 쪽으로도 여러 명이 갔는데, 그런 사람들이 다 민주화운동을 했던 과거엔 누구보다 목소리가 높았던 사람들이었습니다. 저는 우리가 생각하는 가치를 변치 않고 꾸준하고 묵묵하게 지켜가고 실천해가는 얼굴, 약속의 얼굴이 좋습니다. 〈세한도〉도 그런 그림이 아니겠습니까?

—— 〈세한도〉는 세계에서 가장 여백이 깊고 누구에게나 친근하게 느껴지는 질박한 그림입니다.

문재인 추사 선생이 유배 갔던 제주도 대정리에 추사기념관이 지어졌죠. 고등학교 친구인 승효상 조각가가 설계했습니다. 거기 추사 동상은 임옥상 선생 작품이고요. 기념관 옆 유배가옥에 들어가면 〈세한도〉 느낌이 듭니다. 〈세한도〉에서 보는 그런 식의 창이 하나 있지요.

이야기를 나누는 그 시간에도 겨울은 깊어갔다. 겨울의 막막한 어둠이 찾아오는 거리, 별들이 지상으로 내려오기 시작했다. 광화문 거리에서, 전국 곳곳에서 촛불들이 점점이 모여들었다. 40대, 50대, 60대의 시민들부터 중고생과 대학생들, 아기를 안고 나온 부부들, 광장으로 나들이를 나온 가족들. 그들의 손에 들린 촛불들은 암담한 겨울의 지상으로 내려온 별무리처럼 보였다.

問 —— 존경하는 인물(국내외)

文 —— 국내는 다산 정약용, 해외는 미국의 프랭클린 루스벨트 대통령. 닮고 싶어서.

問 —— 동네 야구, 동네 축구할 때의 포지션

文 —— 야구는 포수나 내야수. 축구는 미드필더. 옛날에는 센터하프라고 했음. 반대표까지 뛰었음.

問 —— 사람을 만날 때 가장 먼저 보는 곳

文 —— 눈.

問 —— 가장 아름다운 사람은 어떤 사람

文 —— 자기 일에 몰두하고 있는 사람.

問 —— 좋아하는 가수(국내외)

文 —— 국내는 이은미, 국외는 사이먼 앤 가펑클.

問 21세기 매력적인 한국 여성의 모습은

文 김연아 선수. 세계 속에서도 당당하니까.

問 청년들에게 주고 싶은 선물

文 희망! 물건? 아, 묵주!

問 해외에서 배고픈 탈북자를 만나면 무엇을 먼저 사주고 싶을까?

文 기왕이면 한식. 쌀밥에 국.

問 잊지 못할 은인

文 아내. 어려울 때 늘 함께 해주고 기다려주고 견뎌줘서.

問 꿈에 보고 싶은 얼굴

文 우리 노무현 전 대통령. 꽤 여러 번 꿈에서 만났으나 대화를 못 해 아쉽고.

|광장
광장에 선
당신과 나
그리고
문재인

주권자 혁명은 비폭력적이고 평화적인 혁명입니다.
우리에게서 일상적인 행복을 빼앗아간
비겁한 권력으로부터
우리의 행복을 되찾아 오는 혁명입니다.

:: 달고구마와 어머니

마포의 3층 카페, 유리창 너머 햇빛이 오렌지색으로 번져가는 오후였다. 사람들은 그를 어느새 고구마로 부르고 있었다. 달변은 아니지만 그는 대화하는 내내 허리를 펴고 눈을 바라보며 말했다. 어느 여대생이 "문재인 대표님은 고구마 같은 분"이라며 했던 말이 생각났다. 추운 계절에도 따뜻하게 먹을 수 있고, 줄기도 버리지 않고 먹을 수 있는 고구마. 그는 버릴 게 없는 고구마 같다는 말이었다.

──── 이번 겨울에 대담 원고를 다 쓰고 군고구마 장사를 하면 어떨까 싶습니다. 문재인표 달고구마. 청년들은 물론 할머니, 할아버지에도 인기가 많을 것 같습니다. 별명이 고구마죠? 투박하면서도 정감이 있습니다.

문재인 진짜 고구마 많이 먹고 자랐네요. 중학교 입시 공부하느라 초등학교 6학년 때는 아예 저녁 도시락까지 싸가지고 가 학교에서 밤늦도록 공부하고 그랬거든요. 일요일에도 학교를 가기도 하고요. 도시락에 삶은 고구마 두 개를 넣어서 다니곤 했죠.

──── 어머니께서 매일 고구마를 삶으셨겠네요. 서문시장 화재 때 상인들을 위로하면서 어머니도 시장에서 자판 놓고 장사하셨다

고 쓴 글을 봤습니다. 시장에서 장사하시던 어머니의 모습, 어머니의 손, 어떻게 기억합니까?

문재인 만져보면 아주 거친 손이지만 또 늘 따뜻했던 손으로 기억합니다. 어머니 손은 약손이라고 하지 않습니까? 배 아플 때 어머니가 슬슬 문질러주시면 정말 싹 낫곤 했어요. 그 손으로 살림도 하시고 시장에서 장사도 하셨죠. 아버지도 장사하러 멀리 다니시곤 했지만, 우리 어머니도 가족의 생계를 오랜 세월 동안 책임지셨습니다.

────── 시장에서 장사하시는 모습을 많이 봤겠군요.

문재인 그럼요. 가서 자주 봤죠. 한국전쟁 이후 험한 세파 속에 고생을 많이 하셨습니다. 아버지도 그랬지만 어머니도 세상을 요령 있고 억척스럽게 살아갈 만한 분이 아니었고 아무것도 모르셨어요. 그런 상황에서 가족을 먹여 살리려고 나가서 일을 하셨는데, 겨우겨우 입에 풀칠하는 정도지 뭘 해도 돈벌이가 제대로 되지는 않았습니다. 돈 버는 게 좀 두렵고 힘드셨는지 제가 어릴 때는 장남이라고 절 많이 앞세우고 다니셨어요. 제가 《운명》에도 썼는데, 부산역에서 이문이 많이 남는다는 암표장사를 한번 해볼까 하시는 거예요. 혼자 가시는 게 무서우셨는지 중학교 1학년밖에 안 된 저를 데리고 나가셨다가 아무래도 이 일은 못 하겠다며 그냥 돌아오셨죠. 시장에는 자주 데리고 가셨습니다. 제가 나중에 변호사가 돼서 형편이 조금 나아질 때까지는 죽 그런 삶을 살아오셨어요. 여기 이 땅, 우리네 많은 어머니들처럼 그 긴 세월 수없이 많은 눈물과 한숨을 삼키셨겠죠.

───── 그때 어머니는 주로 어떤 일을 하셨습니까?

문재인 어머니가 자본이나 기술도 없고 장사에 소질도 없어 그냥 구호물자를 좌판에 늘어놓고 팔았습니다. 이미 그런 장사를 하고 있는 사람이 한번 해보라고 하니 그 말을 듣고 옆에서 같이 좌판을 벌여보는 식이었죠. 연탄 장사를 하더라도 번듯하게 규모 있게 하는 것이 아니라, 보통 연탄가게에서는 잘 가지 않는 언덕배기에 소량으로 연탄을 배달한다거나 하는 식이었어요.

───── 그때가 1960년대 초중반쯤 됐겠군요?

문재인 네, 그 시절입니다.

나무는 움직임도 없이 한자리에 뿌리내린 채 필요한 일을 해냅니다.

끊임없이 기다리면서요.

우리의 정신 속에도 그런 요소가 있을 겁니다.

:: 감나무, 데모, 아내

—— 양산 집에 있는 감나무가 궁금합니다. 양산 집 감나무가 열매
를 맺지 않으면 자른다고 해서 내내 감나무에게 말을 걸었다
는 이야기가 인상 깊었거든요. 정말 감나무가 그 목소리를 알
아들었을까요?

문재인 그럼요. 아주 오래전에 제가 감나무를 사다가 집 마당에 심은
적이 있습니다. 그런데 심은 지 3년이 되도록 감이 한 알도 맺
지 못하는 거예요. 감나무가 좀 허약하고 건강하질 못해 잎에
하얀 반점이 생기고 통 열매를 맺지 못했죠. 아내는 감나무가
비실비실하고 나무 밑의 화초들이 자라지 못한다며 자꾸 베어
버리라고 하는 거예요. 그래서 한 해만 더, 한 해만 더 하다가
제가 물 주고 거름 주고 지극정성으로 돌보면서 감나무한테
말을 걸었어요. 너 이번에도 감을 못 맺으면 우리 마누라가 널
베어버리란다, 빨리 건강해져서 올핸 꼭 감이 열리도록 해라,
그랬죠.
    나무나 식물들한테도 사람의 관심이 통한다고 믿어요.
실제로 농부들은 벼의 나락이 주인의 발소리를 들으면서 자란
다고 믿습니다. 농부들이 모를 심고 난 다음 잘 자라는지, 잡초
는 없는지 매일같이 둘러보러 가거든요. 보통 넓은 농로 쪽으

로 가고 먼 논두렁으로는 잘 안 가보게 되는데, 주로 농부의 눈길이 닿는 쪽이 훨씬 성장이 좋다고 합니다. 농부들은 그걸 느낀다고 해요. 그렇게 마음으로 격려하고 응원을 해주면 언젠가는 그 목소리가 들리죠. 저도 열매를 맺지 않는 감나무한테 중얼중얼 말을 걸고 둥치를 쓰다듬었어요. 그러니까 3년째 되던 해 정말 열매가 열리더라고요.

―――― 나무를 만지면 어떤 느낌이 전해집니까?

문재인 참 이상하게 나무는 사람을 느끼는 감각이 있는 것 같아요. 말도 알아듣고요. 정말 그런 느낌이 듭니다. 그래선지 저는 나무가 좋습니다.

―――― 저는 나무를 보면 참 좋은 사람을 보는 것 같습니다. 하염없이 평생 서 있고, 누군가를 위해 잎으로 그늘을 만들고, 나중에 목재로 집이 되거나 불쏘시개가 돼 또 누군가를 따뜻하게 해주잖아요.

문재인 나무는 또 다른 존재양식을 보여주는 존재죠. 나무는 움직임이 없이 한자리에 뿌리내린 채 필요한 일을 해내지 않습니까? 끊임없이 기다리면서요. 사람마다 차이는 있겠지만 우리의 정신

속에도 다 그런 요소가 있을 겁니다.

—— 감나무를 못 자르게 하고 다시 살려냈으니 젊은 시절 아내를 속상하게 한 일은 없었을 것 같습니다.

문재인 아닙니다. 아내를 속상하게 하는 일이야 수없이 많지요. 저는 지금도 여성을 잘 모르겠어요. 아마도 '여심'을 잘 몰라서 상처 입거나 상처 준 적도 많았을 것 같고요. 제가 인권변호사의 길을 간 이유는 변호사가 단순히 밥벌이 수단이 되어서는 안 되겠다는 생각 때문이었습니다. 그래서 생활 규모를 최대한 줄였죠. 해마다 노동자들 임금협상하듯 내년에 아이가 학교를 가니 얼마가 더 필요하다, 생활비는 해마다 얼마씩 올리자, 하는 식으로 서로 협상했습니다.

—— 대화와 타협, 아주 민주적이군요.

문재인 네, 좋게 보면 민주적이지만 어찌 보면 경제적으로 늘 제약을 받기도 했죠. 하지만 아무리 그렇다 한들 일반 서민들의 삶보다는 풍족하게 살았으니 경제적인 어려움을 말할 수는 없지요. 다른 변호사들과 비교해 늘 부족함을 느꼈으니 그런 부분이 아주 조금 미안한 정도랄까요.

─── 결혼하기 전 연애 이야기가 궁금합니다.

문재인 아내와의 연애담은 꽤 유명합니다. 연애 기간은 한 7년 정도. 아내는 대학에서 제가 처음이자 마지막으로 참석한 경희대 법대축제에서 파트너였죠. 1, 2학년 때까지 학교 과 행사에 일절 가지 않았더니, 3학년 때 과대표하던 친구가 축제에 좀 참석하라고 했습니다. 파트너가 없다고 하니까 그 친구가 자기 여동생 친구를 소개해줬어요. 그 여학생이 지금 우리 집사람입니다. 축제 마치고 나서 오며가며 얼굴을 한 번씩 보긴 했지만 그냥 인사나 하고 지나치는 정도였죠. 유신반대 시위를 할 때, 제가 주도하면서 전체 학생들이 비상학생총회라는 이름으로 모여서 시국토론을 하고 거리로 나가는 식으로 데모를 했습니다. 그러면 비상학생총회 때 발언자가 있어야 하는데 자발적인 발언자가 없을 경우를 대비해서 미리 발언자를 확보해둡니다. 남녀 비율도 적절히 섞어서. 그런데 아내가 음대 여학생이니까 좀 해달라고 부탁했어요. 본인이 하든 아니면 다른 여학생 누구든. 아내가 음대 과대표인 친구를 발언자로 소개했죠.

시국토론을 하고 저는 맨 앞에서 학생들과 함께 거리로 몰려나갔는데, 거의 1, 2미터도 안 되는 거리에서 시꺼먼 페퍼포그 차가 쏘는 최루탄 가스에 정신을 잃고 쓰러졌습니다. 그때 누군가 나를 데려가 물수건으로 닦아주고 했는데, 정신을

차려보니 바로 그 음대 여학생이었어요. 그 뒤 강제 입대할 때
는 훈련소 정문까지 배웅해주고, 제대할 때는 정문에서 기다
려주고, 긴 세월을 그렇게 기다려주었습니다.

:: 후회하지 않는 선택

—— 미국 시인 로버트 프로스트의 '가지 않은 길'이라는 시가 생각
납니다. 마지막에 이런 구절이 있지요. '숲속에 두 갈래 길이
있었다. 나는 사람이 적게 간 길을 택했다. 그리고 그 때문에
모든 것이 달라졌다.' 누구나 살면서 두 갈래 길을 만납니다.
한 길을 선택해서 가면 또 두 갈래 길이 나옵니다. 그렇게 두
갈래 길이 있었는데 인권변호사의 길을 택했고 그리고 정치인
의 길을 택했습니다. 두 갈래 길 앞에서 생각하는 선택의 기준
은 무엇입니까?

문재인 우리는 수없이 많은 선택의 갈림길에 섭니다. 뒤돌아보며 가지
않은 길을 생각해보기도 하죠. 그때 이랬더라면, 저 길로 갔더
라면, 하고 후회도 하는데 다 부질없는 일입니다. 왜냐하면 가
보지 않은 길이기에 비교할 수도 없으니까요. 가보지 않은 길
인데 그 길로 가면 더 좋았을지 나빴을지 어떻게 알겠습니까.

결국은 자기 마음이 시키는 대로 가는 게 최선이라고 봅니다. 그리고 그 선택을 후회하지 말아야 하고요. 저는 그게 삶의 지혜라고 생각합니다.

───── 마음에 걸림이 없는 선택이어야 하는군요.

문재인 우리는 선택의 문제를 놓고 아쉬운 경험들을 숱하게 합니다. 뭔가 내키지는 않는데 다들 그렇게 하기 때문에, 위험한 모험의 길보다는 안전한 길이 나을 테니까 명확한 이유나 목표도 없이 그 길을 선택합니다. 그렇게 마음이 원하는 것과 다른 길을 택하면 세월이 지난 후 반드시 후회가 따라옵니다. 저도 그런 경험을 해봤고요.

───── 마음이 가라는 길을 선택해서 행운이 올 때도 있지만 불행이나 재앙이 올 때도 있을 텐데요.

문재인 글쎄요, 진정 자기 마음이 원하는 대로 선택한다면 설령 어렵고 고통이 따른다 해도 후회가 없을 거라고 생각합니다. 그리고 전혀 고통이 없이 무엇을 이루는 경우는 별로 없지 않습니까? 고통이 따를지라도 나중에는 그것이 어떤 성취로 돌아오리라고 믿는 거죠.

가보지 않은 길인데 그 길로 가면 더 좋았을지 나빴을지 어떻게 알겠습니까.

결국 마음이 시키는 대로 가는 게 최선입니다.

그리고 그 선택을 후회하지 말아야 하고요.

저는 그게 삶의 지혜라고 생각합니다.

────── 재앙마저도 성취로요?

문재인 네, 그렇습니다.

그의 눈을 가만히 들여다보았다. 진정 자기 마음이 시키는 대로 하면 재앙이 오더라도 후회가 없을까. 재앙마저도 하나의 성취일까. 마음에 걸림이 없다면 말이다.

:: 지금은 촛불을 켤 시간

────── 지금 박근혜 게이트의 아주 사소한 출발점은 이화여대 학생들의 총장실 점거에서부터 비로소 터져 나왔습니다. 그런데 지금으로부터 40여 년 전인 유신시절에 이화여대 학생들이 손수건 하나를 300원씩에 팔아서 〈동아일보〉 해직기자를 도우려고 했습니다. 그 손수건에는 '나라에 도가 없으면 행동은 담대하게, 말은 겸손하게 하라'는 《논어》의 구절이 새겨 있었습니다. 윤동주의 '서시'가 새겨진 손수건도 팔았죠. 그렇게 손수건을 팔아 돈을 모으다가 긴급조치 9호 위반으로 구속됐습니다. 그때 손수건 판 돈으로 〈동아일보〉 해직기자를 도왔던 학생들의 정성이 유신정권 종말로 이어졌듯, 이번에는 이화여대 학생들

이 총장실까지 점거했던 사건이 박근혜 대통령 탄핵으로 이어지지 않았습니까? 그때와 무엇이 같고 무엇이 달라졌다고 생각합니까?

문재인 학생들이 정의를 실천하려는 많은 노력들이 있었다는 점은 같습니다. 제 개인사를 두고 봐도 제가 유신 반대 데모로 처음으로 잡혀 들어간 때가 1974년이었습니다. 거의 40년이 넘게 흘렀죠. 과연 그 시기 동안 우리 사회가 본질적으로 얼마나 달라졌느냐 하는 생각을 해봅니다. 한때 우리가 민주화를 이루었고 그래서 많은 개혁을 이루었다고 생각했는데, 그 뒤로 정권이 바뀌면서 다시 과거로 후퇴해버렸습니다. 과거처럼 국가폭력이 직접적으로 작용하지는 않지만 훨씬 더 교묘하고 교활해졌고, 그렇게 우리 삶을 억압하는 시스템이 지속돼왔어요.

—— 지금 모든 것이 다 되돌아가버렸으니 그 수많은 노력과 시간이 헛되이 되고 국력마저 낭비해버린 거죠. 이걸 정면으로 극복하는 시대적인 사명은 무엇일까요?

문재인 지금 국가적인 위기지만 한편으로는 대단한 기회를 우리가 또 맞이한 거죠. 이번에야말로 다시 한 번 국민들이 비폭력, 평화 정신으로 위대한 승리를 보여주고 있습니다. 이제 정치가 민심을 제대로 받들어서 국민의 뜻과 정치가 함께 승리하는 결과로 이어가야 합니다. 천만 촛불에는 이번 사건에 대한 분노뿐 아니라 우리 삶을 억압해온 많은 비정상적이고 낡은 구조들에 대한 청산과 대개조를 바라는 마음들이 담겨 있습니다. 그걸 실천해내는 게 바로 정치의 과제이자 사명입니다.

:: 사익을 추구하는 정부의 몰락

—— 이명박 정부와 박근혜 정부의 실패, 그 공통점은 무엇일까요? 인사정책 실패일까요, 아니면 사익추구일까요?

문재인 이명박 정부와 박근혜 정부는 본질적으로 아무런 차이점이 없습니다. 박근혜 정부가 더 극단적인 모습을 보여준 건데, 공통점은 기본적으로 국가의 대통령 또는 최고 고위공직자들의 공공성이 실종됐습니다. 국가권력을 아주 사사롭게 여기고 권력을 사익추구의 수단으로 삼는 공공성 결여가 우리나라 주류정치 세력과 새누리당의 공통점이었죠. 원래 보수란 국가, 민족, 공동체를 중시하고, 이를 위해 희생하고 헌신하는 품격과 고귀함을 존중합니다. 그런데 지금의 집권세력은 그야말로 가짜 보수, 사이비 보수였던 거죠. 그저 극우적인 수구세력이었을 뿐입니다. 새누리당 의원들 가운데 합리적인 보수가 전혀 없다고는 할 수 없지만 극소수일 뿐이었죠. 그런 실체들의 민낯이 드러나기 시작했는데도 박근혜 대통령은 자신이 무엇을 잘못했는지 모른다는 겁니다. 1차, 2차, 3차 대통령 담화는 국민의 분노만 더욱 부추겼습니다. 사과는 하지만 자신이 한 일은 전부 공익이나 국가의 이익을 위해서였을 뿐이라고 하면서, 모든 사태를 사람을 잘못 믿은 탓으로 돌렸습니다. 본인은 잘못이 없다는 겁니다.

—— 자꾸 거짓말을 하면 정말로 자신도 모르게 그렇게 믿게 되는 게 아닌가 하는 생각도 듭니다.

문재인 문제는 대통령의 사고 자체가 자기중심적이라는 겁니다. 자신이 곧 국가고, 자신의 가치가 바로 공익이라고 생각합니다. 국민이나 공동체의 관점에서 자신이 헌신하고 복무한다는 생각 자체가 없어요. 비단 박근혜 대통령뿐만 아니라 우리 사회 주류들도 마찬가집니다. 탄핵심판에서 피청구인을 대리하는 법률대리인이 한 말도 기가 막혔죠. 다른 대통령도 다 했지 않느냐. 참 어처구니없는 변명입니다.

—— 그런 말들이 무서운 건데요, 사회 전체를 오염시키는 부패 시

스템의 고리가 끝없이 이어져온 것 같습니다.

문재인 우리 사회의 보수 주류들이 그렇게 살아온 겁니다. 실제로 이명박 · 박근혜 정부의 내각 청문회를 통해 내내 봐온 게, 장관 후보들마다 거의 군대를 가지 않았거나, 세금을 안 냈거나, 위장전입을 했거나, 부동산투기를 했거나, 논문을 표절했거나, 그런 거였습니다. 어떻게 하나같이 그럴 수 있는지. 이렇게 자신의 의무들은 지키지 않고 반칙을 통해 특권만 누린 사람들이 우리 사회의 지배권력이었던 겁니다.

―― 이명박 정부와 박근혜 정부를 고사성어로 표현한다면 어떤 게 있겠습니까?

문재인 이명박 정부는 양상군자(梁上君子)가 맞겠습니다. 4대강 사업, 자원외교, 방위사업 비리로 얼룩졌으니까요.

―― 대들보 위의 도둑이라. 고사에 나오는 그 양상군자는 그래도 다 가난 때문에 빚어진 일이라며 잘못을 뉘우치지 않았습니까?

문재인 언젠가 그럴 때가 있겠지요. 그리고 박근혜 정부는 해당되는 고사성어가 너무 많습니다. 지록위마(指鹿爲馬), 후안무치(厚顏無恥), 그대로 적용되죠. 하늘도 알고 땅도 안다는 천지지지(天知地知), 손바닥으로 하늘을 가린다는 욕개미창(慾蓋彌彰)도 해당되고요.

—— 정말 많군요.

문재인 이명박 정부보다도 더 극단적인 모습을 보여줬으니 당연하죠. 과거에는 대통령 주변 사람들, 측근들이 호가호위한 거였는데, 지금은 대통령 자신이 공동주범입니다. 그래서 나라가 위태로운 지경에 이르렀으니 달걀을 쌓아둔 것 같은 누란의 위험, 누란지위(累卵之危)도 더해야겠습니다. 더구나 조류 인플루엔자로 2014년 대거 살처분에 이어 3,000만 마리의 닭, 오리가 살처분됐으니 딱 들어맞는 말이네요.

—— 고위공직자들이 사익에 골몰하거나 그런 일에 동조한다면 성실한 일반 공무원들은 어떻게 해야 하나요?

문재인 우리 사회의 정의, 보편적인 가치가 실종됐습니다. 정의의 실현, 가치에 대한 소중함은 잘못된 과거를 청산해야 비로소 생겨납니다. 권력층 주변에서 덕을 본 사람들은 결국 심판받는

다, 그런 의미에서 정의가 바로 서야죠. 단 한 번도 제대로 된 심판이 없었기 때문에 그저 때에 영합해 개인적인 이득을 취하고 출세하고, 그게 최고였던 겁니다. 오히려 바른말 하고 옳은 것을 추구하면 모난 돌이 정 맞는 꼴 돼버리는 게 지금까지 우리의 역사였던 거죠. 그래서 지금 공무원들이 영혼 없고 개념 없는 공직자란 말을 듣습니다. 공무원들은 국민 전체를 위한 봉사자가 돼야 합니다. 공직자란 국민의 세금으로 생계를 유지하는 사람이고 따라서 당연히 국민에 대한 책임을 져야 하죠.

──── 국민의 세금으로 먹고사는 사람이 공인인데, 우리는 겁이 나서 좀처럼 책임을 묻지 못하지 않았나 싶군요.

문재인 공무원은 국민을 위한 봉사자라고 법에 정의돼 있습니다. 그런데 지금 위에서 시키는 대로 복종하는 영혼 없는 공무원이 된 이유가, 그런 정의나 가치가 우리 사회에서 없어졌기 때문입니다.

──── 그런 사람들, 어떤 방식으로 책임을 물어야겠습니까?

문재인 박근혜 대통령 같은 경우는 형사책임을 져야겠죠. 거기에 공범관계에 있는 김기춘, 우병우, 이런 사람들도 당연히 형사책임을 물어야 합니다. 좀 더 나아가 이명박 정부 때 4대강 사업을 밀어붙이고 부화뇌동했던 공직자들이나 전문가들, 이런 사람들도 법적 책임을 지든 역사적 심판을 받든 해야죠. 그리고 사실을 투명하게 밝혀야 합니다. 그런 것은 개별적인 책임들이고, 전체적으로는 부패 시스템에 대한 대청산이 필요합니다. 그게 국민들의 진정한 바람일 겁니다.

:: 분노, 단식

—— 지금 모욕감, 분노, 불안, 슬픔이 우리 국민의 정서입니다. 가장 많은 상처를 받은 사람들은 청소년과 청년이라고 생각합니다. 부모들 마음도 더할 나위 없이 그렇겠지만요. 그래서 그들 또한 촛불을 밝히고 나왔겠지요.

문재인 수원 촛불집회에 갔다가 열일곱 살 여고 2학년 학생의 발언을 들었는데, 그 학생의 말에 답이 있었습니다. 학생이 열심히 공부해야지 왜 이런 델 나오냐, 그런 얘길 하는 어른들이 있는데, 열심히 공부하면 성공할 수 있다는 게 먼저 보장돼야 하는 거 아니냐고요. 그러면서 지금 세상은 열심히 하는 것과 성공은

별개의 문제고, 아무리 열심히 해봐야 소용없고 부모 잘 만나야 성공하는 그런 세상이라는 겁니다. 그래서 이제 와 사랑하는 부모님을 바꿀 수도 없는 노릇, 우선은 열심히 노력하면 그에 대한 보상이 따르는 세상을 만드는 게 먼저라는 생각이 들어서 나왔다고 합니다. 그런 세상이 오면 자기는 열심히 공부하겠다고요. 그런 세상을 만들어주지 못한 어른으로서 정말 부끄러웠습니다.

학생들, 젊은 사람들이 분노하는 이유는 이 사회의 불공정함 때문입니다. 학생들은 아무리 공부해야 돈 있고 빽 있는 특권층 자녀들에게 밀려나고, 청년들은 일할 자리가 너무 적은데다 그 적은 일자리마저도 흙수저에게는 기회가 오지 않으니까요. 그 불공정함의 극단을 이번에 최순실의 딸, 정유라를 통해서 보지 않았습니까?

—— 청소년, 청년들뿐 아니라 국민들은 공정한 세상, 사회적 안전망이 잘 갖추어진 세상, 신뢰할 수 있는 세상, 누구나 공평하게 기회를 갖는 세상, 실패를 두려워하지 않는 세상을 바라고 있습니다. 그게 주어지기까지 얼마나 더 분노해야 하는지 모르겠습니다. 정치인 문재인으로서가 아니라 인간 문재인으로서 가장 분노를 느꼈을 때가 언제였습니까?

이건 인간적으로 정말 참을 수 없다, 하는 순간이 누구에게나 찾아올 수 있다. 견딜 수 없는 순간에 우리는 어떻게 해야 할까. 정치인이 아닌 자연인 문재인으로서 정말 분노했던 때는 언제일까. 그는 학생운동 때를 떠올렸다. 처음 경찰에 잡혀갔을 때, 유치장에 들어가는데 유치장 앞에 세워놓고는 군대처럼 '앉아, 일어서'를 반복시키고 유치장 안에서 온갖 수치스런 점검으로 모욕당했던 순간이 잊히지 않는다고 했다. 그리고 그는 세월호를 떠올렸다.

문재인 정말 참을 수 없는 것은 폭력이나 폭력적인 법으로 인간의 존엄성을 짓밟으려고 할 땝니다. 그런 면에서 세월호 참사는 그 어떤 슬픔과 분노로도 다 표현할 수 없는 충격이었죠. 무엇보다 세월호 가족들을 적대시하는 그 점을 견딜 수 없었습니다. 그 참변을 겪은 부모와 가족들을 정부가 따뜻하게 보듬어주기는커녕 적대세력으로 보고 탄압하는 겁니다.

────── 유민 아빠의 단식을 말리기 위해 단식도 함께했죠.

문재인 유민 아빠가 단식을 계속하면 죽을지도 모르는, 그야말로 생사의 기로에 놓였는데 정부 당국에서는 어느 한 사람이라도 와서 위로하거나 단식을 만류하는 사람이 없는 거예요. 말이 안 되잖아요. 세상에 그런 나라가 어디 있습니까? 세상에 그런 정부가 어디 있어요. 그건 정부가 아닙니다.

그는 두 주먹을 꽉 쥐었다. 안경 너머의 눈빛에는 결연함과 슬픔이 어려 있었다. 목소리가 높아졌고 분노를 억누르려는 듯 떨려 나왔다. 유민 아빠가 단식을 중단할 때까지 옆에서 함께 단식을 하면서 트위터에 올렸던 그의 글을 찾아보았다.

'단식 3일째, 광화문광장에 비가 많이 내립니다. 유민 아빠의 상태가 아주 좋지 않습니다. 단식 39일째. 정신력으로 버티고 있지만 위험합니다. 단식을 멈춰야 할 텐데 말을 듣지 않으니 걱정입니다.'

그는 단식을 하면서 시민들과 같이 줄을 서서 시청 화장실을 이용했고, 유민 아빠의 숨소리가 들리는 바로 옆 간이천막에 누워 잠을 청했다. 그런 그에게 비방을 하는 이들도 있었지만 그는 개의치 않고 유민 아빠 옆을 지켰다. 세월호 참사 얘기를 할 때 그의 주먹이 꼭 쥐어지는 건 어쩌면 당연한 일이었다. 세월호 침몰의 기억에서 빠져나와 다른 질문으로 이어갔다.

:: 가장 낮은 곳에서 하는 이야기

성탄절이 다가왔다. 우리의 만남도 막바지에 이르고 있었다.

어렸을 때 나는 해마다 성탄절이 오면 아기예수가 태어나는 줄 알았다. 다음해 4월에 그 예수가 십자가에 매달리고, 그리고 부활하고, 또 눈 내리는 12월이 오면 아기예수로 다시 말구유에서 태어나는 줄 알았다. 그가 성당에서 영세를 받았던 어린 시절, 성탄절은 그에게 어땠을까. 성탄절을 며칠 앞둔 날이라 그의 어릴 적 크리스마스 얘기로 시작했다.

───── 어릴 때 성탄절 선물을 받은 적이 있습니까?

문재인 어릴 때 너무 가난해서 성탄선물 같은 걸 딱히 받아본 적이 없
어요. 초등학교 3학년 때 천주교에서 영세를 받아 어린이 미
사에 참례하고, 성당에서 나눠주는 맛난 빵과 과자를 먹고, 성
탄축제에서 연극과 합창을 구경하긴 했죠. 반짝반짝하는 크리
스마스트리도 있고 포근해 보이는 말구유도 있고, 그런 게 보
기 좋았습니다. 성당에서 보내는 성탄절이 그렇게 행복한 동
화 같긴 했지만, 개인적으로 크리스마스에 대해 환상을 갖거
나 해본 적은 없습니다.

───── 해마다 성탄절이 오면 어떤 생각을 합니까?

문재인 예수께서 사람의 아들로 세상에 오신 까닭을 생각해봅니다. 지
극히 높은 곳을 버리고 지극히 낮은 곳으로 온 이유를요. 저는
서로 섬기고 희생하는 모습을 보여주러 왔다고 생각합니다.
낮은 곳에 임하셨죠. 오른손이 하는 일을 왼손이 모르게 하라,
서로 사랑하라, 겸손과 사랑을 강조했고요. 조롱과 멸시를 당
하며 십자가에 매달렸지만 죽음을 통해서도 철저한 자기희생

과 구원의 희망을 보여줬죠. 어려서 교리 공부를 할 때 그런 걸 배웠던 것 같습니다.

그는 구호물자를 타기 위해 성당 앞에 줄을 서다가 영세를 받았다. 본명은 디모테오. 디모테오는 사도 바울로의 제자로 성모 마리아의 임종을 지켜보았다고 전한다. 디모테오 후서에 보면 사도 바울로가 디모테오에게 '나는 그대의 거짓 없는 믿음을 생각하고 있습니다……. 지금 그 믿음을 간직하고 있다는 것을 나는 확신합니다'라는 편지가 있다.

그는 어릴 적 성당에 구호물자를 얻으러 갈 때마다 과일과 사탕을 주었던 수녀를 천사로 표현했었다. 그런 그가 지난해 5월 어느 수녀에게 천사라는 표현을 또 한 번 했다. 20대 꽃다운 나이에 마가렛 수녀와 함께 소록도에 들어와 43년간 한센병 환자를 위해 헌신하다 말없이 고국으로 돌아간 마리안느 수녀를 만났을 때였다. 사실 두 분은 수녀가 아니라 간호사였는데 소록도 사람들이 수녀님이라고 불렀다. 문 전 대표는 소록도병원 100주년 기념식에 참석할 예정이었는데, 하루 전에 있던 할매수녀들 명예군민증 수여식에 말없이 참석해 축하해주었다.

그날 그는 이렇게 말했다.

"그분들의 헌신 앞에 한없이 겸손해질 수밖에 없습니다. 섬긴다는 말의 참뜻을 그보다 더 보여줄 수 있을까요. 천사가 있다면 그런 모습일 것 같습니다."

—— 선행을 할 때 오른손이 하는 일을 어떻게 왼손이 모를까요?

문재인 두 분 수녀님처럼 자신도 모르게 저절로 하니까요.

—— 아, 그렇군요.

문재인 그리고 해마다 성탄절이 오면 흥남철수 생각이 납니다. 부모님이 흥남부두에서 배를 타고 월남하셨는데 거제도 장승포항에 도착하셨을 때가 성탄절이었으니까요. 올해는 더 그렇습니다. 지난 12월 19일, 한국전쟁 당시 흥남철수 작전 때 10만여 명의 북한 피난민을 구하는 데 기여한 현봉학 박사 동상 제막식에 참석했습니다. 현 박사님은 '한국의 쉰들러'라고 불릴 만큼 인도적이고 인류애가 가득한 분이셨죠. 실제로 그분은 참여정부 때 '우리민족서로돕기운동본부' 고문을 하면서 남북 화해와 협력 분야에서도 일하신 분입니다.

—— 아기예수는 성인이 되어 십자가에 매달립니다. 그리고 사흘 만에 상처 입은 몸 그대로 부활합니다. 두 손과 두 발, 옆구리 상처 그대로요. 부활은 상처 입은 자만이 할 수 있다는 상징으로도 여겨집니다.

문재인 상처 없이 어찌 부활할 수 있겠습니까?

—— 상처를 결코 잊어서는 안 된다는 말로도 들립니다. 상처, 하니까 우리에게는 분단의 상처가 가장 크지 않나 싶습니다. 분단현실에서 가장 고생하는 이들은 국방의 의무를 다하는 군인들이 아닌가 싶고요. 그 소중한 청춘들 중 군대에서의 의문사 같은 불행한 사고를 당하는 군인들이 가끔 있죠. 부모가 자식을 군대에 보냈는데 죽어서 돌아왔다면 그 심정이 어떻겠습니까? 의문사인지 자살인지 밝혀지지 않아서 아직까지 시신 인도가 안 돼 군병원 냉동실에 차디차게 누워 있는 장병이 열두 명입니다. 이런데 누가 마음 놓고 국가를 위해 군복무를 하겠으며 어떤 부모가 마음 놓고 자식을 군대에 보내겠습니까? 군대 내 의문사 원인을 밝혀야 하고, 비록 자살이었다 해도 나라에서 예우하고 책임져야 하지 않겠습니까?

문재인 그럼요. 요즘은 가정마다 아이가 하나인 경우가 많죠. 자식은 부모에게는 전부입니다. 그런데 국가가 국방의 목적을 위해 그 소중한 자식을 불러 간 것 아닙니까? 그러면 온전하게 건강하게 돌려보내야죠. 가능하면 그 기간 동안 여러 가지 소양도 쌓고 전문 기능도 익히게 해서 사회로 돌려보내는 게 국가의 도립니다. 만약 불행히도 몸이 온전하지 못하게 됐다면 정확한 원인을 밝히고 국가가 책임을 져야 합니다. 설령 개인이 정신적으로 문제가 좀 있어서 조직생활을 견뎌내지 못했다 해도 그 사람에게 맞지 않는 조직생활을 강요한 국가의 책임이 있는 거고요. 국가는 군인들에게 무한책임을 져야 합니다. 그리고 기본적으로, 제가 '군대도 안 갔다 온 사람들'이라고 말하는 이유가 있습니다. 군대를 가보지 않으면 국방의 의무가 얼마나 신성한지 그들은 모릅니다. 그리고 군이 사실을 속이고 왜곡한다는 의심을 받으면 그에 대해서도 납득하고 수긍할 만한 해명을 성실하게 해야죠.

—— 저도 스물두세 살 동부전선에서 하루 생명수당 70원 받으면서 그런 일을 많이 봤습니다. 비무장지대에 불이 나서 화재진압을 하러 들어갔다가 연기에 질식해 죽은 병사들도 있었습니다. 또 의문사는 아니지만 군인들을 혹사시키고 뒤로 돈을 착복하는 일도 있었죠. 병사들이 소양강에서 돌을 지고 능선을 오르고 전기, 미장 등 진지 벙커 공사를 다 하는데 그 노동을 전부 인제, 원통, 현리의 민간인 노동자들이 하는 것처럼 만들어 인건비를 누군가 다 가져가는 겁니다.

문재인 1970년대에는 그런 비리가 많았습니다. 침투훈련을 하느라 비트를 파고 그 안에 들어가 있다가 흙이 무너져 죽은 병사가 있었는데, 당연히 지휘관이 안전조치를 잘못한 것이죠. 그에 대한 문책을 피하려고 다른 작전 중 사망한 것으로 조작한 것이라든지, 구타로 사망한 사람을 다른 사유로 바꿔버린다든지, 그런 일이 비일비재했습니다. 지금도 간혹 그런 일이 행해지고 있죠. 그걸 실제로 겪어본 사람이라면 군의문사 진상규명이 얼마나 필요한지 절실히 알 겁니다. 군생활을 해보지 않은 사람들, 해봤더라도 장교생활만 했다거나 꽃보직에 있던 사람들은 정확히 알 수가 없습니다.

——— 군의문사 재판에서 변호한 적이 있습니까?

문재인 군에서 자살한 사람에 대해 제가 국가 책임을 물어 승소한 적이 있는데 거의 최초일 겁니다. 신병훈련 때 영점사격을 하는 도중에 사대에서 뛰쳐나가서 총에 맞아 자살을 한 건데, 결국은 영점사격이 주는 압박감 때문이었습니다. 처음 군에 입대하면 얼마나 겁주고 합니까. 결국 그 압박감을 견디지 못해 다른 사람이 쏜 총에 맞아 죽은 것인데, 국가에 그 책임이 있는 것 아닙니까? 그 사람이 정신적으로 그렇게 취약한 상태였다면 애초에 입대를 시키지 말거나, 또는 입대하더라도 충분히 적응할 수 있게끔 하는 게 필요했습니다. 그걸 못 했으니 국가 책임인 거죠. 결국은 승소했습니다.

───── 군납비리도 큰 문제죠. 군납비리야말로 가장 큰 종북 아니겠습니까?

문재인 무엇보다 무기비리나 군납비리는 그야말로 매국 행위입니다. 또 진단서 조작, 서류 조작으로 군복무를 피하고 자신만의 출세를 위해 살아가는 이들이야말로 우리 사회의 암덩어리죠.

───── 우리 사회의 상처와 부패는 곳곳에 다 번져 있지만 그 치유와 부활을 위해 교육, 출산, 군 의무복무 장병들에 대한 처우에 집중투자한다는 계획인데, 그 재원확보 방법은 무엇입니까?

문재인 기본적으로 소득에 대해 제대로 과세하면 됩니다. 결국은 소득에 따른 차등과세죠. 법인세도 적절하게 조정해야 하고, 부동산임대소득에 대해 제대로 과세가 안 되고 있는데 그것도 제대로 해야 합니다. 부동산임대소득에서도 전세보증금의 경우는 나중에 돌려줘야 할 채무여서 그에 대해 과세하기는 어렵지만, 적어도 일정 금액 이상의 월세 소득에 대해서는 확실히 과세를 해야 합니다. 물론 섬세하게 접근하긴 해야겠지만요. 고소득자의 소득에 대해 과세하지 않고 넘어가는 부분이 너무 많습니다. 현재 부동산보유세도 국제기준보다 낮습니다. 그것도 높여야겠고, 일반소득세도 고소득자의 소득세 부분은 구간에 따라서 더 높일 필요가 있습니다. 주식양도차익에 대해 일반과세를 하면 역시 주식거래를 위축시키기 때문에 증권거래로 인한 소득의 세금을 높여야 합니다. 현재 주식양도차익에 대해서는 과세를 하지 않고 있죠. 다만 일정한 금액 이상의 주식양도차익에 대해서는 반드시 과세해야 합니다. 일종의 자본소득이니까요.

—— 그럴 경우 과세저항이 크지 않겠습니까?

문재인 그렇지 않을 겁니다. 세계적으로 국제적인 기준보다 우리 소득세 기준이 너무 낮아요. 고소득자들이 그만큼 납세를 많이 하는 건 일종의 노블레스 오블리주라고 생각합니다. 그렇게 해서 부자가 존경받을 수 있는 사회 분위기도 필요하고요.

:: 명예로운 부자가 많은 나라

—— 상류층에 대해 평가도 좀 명예롭게 달라져야 하고 그 기준도 새로워져야 하겠습니다. 부자를 명예롭게 하는 방법이 있겠습니까?

문재인 서양의 경우 로마 시대 때부터 부자들, 특히 높은 장군들, 이런 사람들이 공공시설을 짓는다든가 재산을 환원하는 게 당연시 돼왔습니다. 전쟁이라도 일어나면 그들이 먼저 앞장서서 달려갑니다. 빌 게이츠는 오늘날 자신을 이렇게 만들어준 것은 시골의 작은 도서관이었다며 도서관을 짓는 데 많은 후원을 하고 있습니다. 그는 부자는 하늘이 내는 것이라며 재산을 사회에 환원합니다. 우리 역사에도 경주 최부자집을 비롯해 전 가산을 팔아 독립운동에 바친 가문들이 있지 않습니까?

―――― 박근혜 게이트 청문회에 불려나온 대기업 회장들을 보면서, 우리나라 최고 기업인 삼성은 어쩌면 10년 안에 망하겠구나, 이런 염려마저 듭니다. 저렇게 먹고 누릴 것을 많이 가진 자들이 지향하는 정신이 무엇인지 알 수가 없습니다. 맹자는 항산항심(恒産恒心), 먹을 것이 있으면 마음도 일정하다고 했는데, 저렇게 먹을 것이 많은 대기업들이 국민과 함께할 공동의 가치는 무엇이라고 생각합니까?

문재인 지금 저들의 모습은 항산무항심(恒産無恒心)이죠. 먹을 것이 일정한데도 아예 한결같은 마음이 없으니까요. 무엇보다 능력 있고 가진 자들이 항산항심이기를 바랍니다. 적어도 재벌그룹의 창업주는 그래도 창업가 정신이 있었죠. 그 기업들이 하는 창업이 적어도 우리나라 전체의 먹거리가 되었고, 그 기업들의 방향과 우리 경제가 가야 할 방향이 맞아떨어졌습니다. 외국 나가서 우리 기업의 광고판을 보면 다들 어깨가 으쓱해졌죠. 뉴욕에 있는 삼성과 엘지의 광고판을 보면 기분이 좋지 않습니까? 국민은 대기업이 자랑스러웠고 국민도 국가도 재벌도 함께 성장하는 구조였는데, 2세, 3세로 내려오면서 나라의 먹거리가 되는 창업은 없어지고 중소기업 영역을 침범하고, 특허를 도용하고, 일감 몰아주기를 하고, 쉽게 돈을 버는 일에만 몰두합니다. 10대 재벌만 해도 550조나 유보금이 쌓여 있습니다. 재벌의 경제활동이 국가경제에는 도움이 되지 않고, 오히려 재벌경제가 국가 경제성장의 발목을 잡는 지경에 온 겁니다.

──── 그렇다고 갑자기 재벌에 제재를 가하면 경제가 위험하지 않겠습니까? 삼성그룹의 기업총생산이 국내총생산의 20퍼센트가 넘는다고 합니다.

문재인 재벌을 개혁하고 규제한다고 재벌의 활동 자체를 위축시키면 안 되죠. 재벌은 세계시장, 큰물에서 제대로 경쟁력을 발휘할 수 있도록 활동하게 해주고, 작은 연못에는 또 중소기업이 힘을 키울 수 있도록 해줘야 하는 겁니다. 서로 상생하는 관계를 정부가 조정해줘야 합니다.

────── 지금 대기업은 국민들과 함께하는 공동체정신이 없다는 의미군요. 삼성이 전자공장에서 일하다 백혈병으로 죽은 여성 근로자에게는 몇 년을 끌어서 겨우 500만 원 주고, 최순실 일가에는 몇 백 억 주었다고 해서 비난이 많습니다. 처음 삼성의 창업정신이 사업보국(事業報國)인데 정권과의 거래에 골몰했으니 그 미래가 정말 걱정됩니다. 삼성을 위해 얼마나 많은 이들이 헌신하고 희생했습니까. 국민들에게 존경받을 수 있는 기업가 정신이 그립습니다. 사업으로 보국하는 창업정신을 잊었을까요?

문재인 그렇습니다. 기업정신이 공동체정신을 배척하거나 무시해선 안 되죠. 재벌쯤 되면 국민경제를 이끌어가는 중요한 역할을 하기 때문에 공공성이 대기업의 가장 큰 자산이 돼야 합니다.

:: '악의 관료성'을 제거하기 위하여

────── 무감각한 관료주의도 나라의 큰 상첩니다. 사고력의 결여는 곧 타인의 고통에 관심을 갖지 못하고 아무 생각 없이 악을 저지

르게 합니다. 2차대전 때 상부의 명령에만 충실했던 나치전범들은 어떤 죄책감도 느끼지 않았죠. 이를 정치철학자 한나 아렌트는 '악의 평범성' 또는 '악의 진부성'이라고 했는데, 최근 공권력의 사유화, 교육계에까지 번진 관료들의 부패를 보면서 저는 차라리 '악의 관료성'이라고 말하고 싶습니다. 관료체계가 심각하게 병들어 있어요.

문재인 영혼 없는 관료라고 거듭 이야기하는데, 저는 관료나 공직자뿐 아니라 검찰이나 법조계 등 모든 분야가 그렇다고 생각합니다. 예를 들어 검사의 경우, 처음 검사가 됐을 때는 마음가짐이 아주 정의롭지 않았겠습니까? 정의를 구현하고 우리 사회불의를 타파하는 데 큰 역할을 해야겠다, 그런 마음을 먹었겠죠. 그런데 조금 시간이 지나면 검사가 직업화되는 겁니다. 일단 자신이 수사한 사건은 어쨌든 죄로 만들어야 하는 거죠. 법정에 가서 유죄를 받아내야 하고요. 진실이 중요한 게 아니라 자신의 실적이 중요하게 됩니다. 판사도 마찬가지라고 봅니다. 처음에 판사가 됐을 때는 두렵고 떨리는 마음으로 공정한 재판을 해야지, 라고 결심하겠지만 어느덧 판사가 직업화되면서 그런 마음들은 사라지고요. 오히려 승진이라든지 개인적인 영달에 신경을 쓰게 되지요. 어떤 직업이든 소명의식이 있어야 하는데, 그런 의식은 사라지고 승진과 출세를 바라죠. 물론 처음의 신념을 버리지 않고 날카로운 칼끝처럼 정의와 불의를 가려내는 검사도 있고, 억울한 사람이 없는 세상을 만들려고 노력하는 판사도 분명히 있겠죠. 그런데 처음의 마음을 버린 사람들 때문에 국민들이 검찰과 법조계에 대해 불신이 큰 겁니다.

—— 그런 악의 관료주의를 비판하며 양심에만 호소할 수는 없는 일입니다. 제도적인 장치가 달라져야 하지 않겠습니까? 관료 사회가 자기 영역과 밥그릇을 지키는 데만 골몰하는데, 이를 국민들이 모두 들여다볼 수 있는 투명한 감시기구가 필요해 보입니다.

문재인 공감합니다. 투명하게 할 수 있으면 좋은데, 저는 기본적으로는 정의나 민주주의 가치가 바로 서는 세상이 돼야 한다고 봅니다. 그게 안 되는 이유가, 우리가 그들에게 한 번도 제대로 책임을 물은 적이 없었습니다. 일제강점기 친일파들은 해방 후에 그들이 한 친일행위에 대해 확실하게 심판을 받아야 했습니다. 그런데 그게 아니라 해방 이후에도 독재세력과 붙어서 또 떵떵거리면서 잘 살았지 않습니까? 민주화가 되고 나면 독재시대 때 누렸던 부분에 대해 대가를 치러야 하는데 여전히 지금까지 잘 먹고 잘 사는 겁니다. 정의에 대한 우리 사회의 가치기준이 없어졌습니다. 그 시기에 줄 잘 서고 수단방법 가리지 않고 계속 부와 권력을 누렸던 게 관행화되고 일상화되면서 정의가 실종된 거죠. 그게 극단적인 형태로 나타난 것이 지금 박근혜 게이트고요. 반칙이나 특권을 통해 이익을 보고 혜택을 누리면 결국 심판받는다는 걸 이제 분명히 보여줘야 합니다.

예를 들면 과거 이명박 정부 4대강 사업도 아름다운 우리 국토를 완전히 망쳐놓은 게 아닙니까? 처음부터 말도 안 되는 계획이었습니다. 그런데 그것이 대한민국 국토와 4대강을 살리는 일이라도 된다는 듯 허울 좋게 포장을 했던 거죠. 그걸 주도했던 관료들뿐만 아니라 부화뇌동했던 전문가 집단, 얼마나 많은 교수들이 4대강 사업을 지지했습니까. 결국 2013년에 4대강사업 감사 결과 총체적 부실로 드러났습니다. 22조라는 막대한 국고를 투입한 국가사업이 총체적 부실이라면, 지금이라도 진상조사를 해서 책임 있는 사람들에겐 책임을 물어야죠. 그런 면에서 정책실명제도 필요합니다.

──── 전관예우 등 법 위에 군림하는 사람들을 위해 사법시험을 검사, 판사, 변호사로 완전히 구분해 분류하는 방법은 어떻겠습니까? 검사를 선택하면 평생 검사 일만 하다가 퇴직해서 연금을 받는 식의 방안도 고려할 만합니까?

국가적인 위기지만 우리가 또다시 대단한 기회를 맞이한 겁니다.

다시 한 번 국민들이 위대한 승리를 보여주고 있습니다.

비폭력과 평화정신의 승리입니다.

이제 정치가 민심을 제대로 받들어야 합니다.

국민의 뜻과 정치가 함께 승리하는 결과로 이어가야 합니다.

천만의 촛불에는 분노뿐 아니라,

우리 삶을 억압해온 수많은 비정상적이고 낡은 구조들에 대한

청산과 대개조를 바라는 마음들이 담겨 있습니다.

그걸 실천해내는 게 바로 정치의 과제이자 사명입니다.

문재인 미국의 경우 먼저 변호사 자격을 취득하고, 판사, 검사는 변호사 가운데 선거제도 등을 통해 발탁됩니다. 우리와는 조금 다르지요. 우리도 얼마든지 그렇게 갈 수 있습니다. 우리와 제도가 유사한 나라가 일본인데, 일본은 제한하는 칸막이가 있지는 않습니다. 다만 어느 정도 이상의 고위직 판사, 고위직 검사는 변호사 개업을 하지 않는 게 관행이자 문화입니다. 우리나라도 그렇게 가야 한다는 반성이 있어서, 요새는 대법관이나 헌법재판관 출신 가운데 변호사 개업을 하지 않고 대학에서 강의하거나 봉사활동을 하는 분들이 늘어나고 있습니다. 이것이 정착되면 적어도 부장급 이상 판검사 출신이라면 변호사 개업을 자제하는 어떤 룰이 생겨나지 않을까 싶습니다. 저는 법적, 제도적으로 칸막이를 쳐버리는 건 어렵다고 생각합니다.

:: 공공성, 공정한 권력의 회복

―――― 우리 사회의 양극화, 불평등, 교육세습, 저출산, 저성장, 공적 권력의 사유화 등은 부패 때문이라는 것을 이번에 국민들은 뼈아프게 확인하고 있습니다. 그 무엇보다 교육의 부패는 모든 부패의 끝이기도 합니다. 다시 정신적, 문화적 가치를 복원하고 회복할 수 있기 위한 어떤 약속, 대전제는 무엇입니까?

문재인 결국 공정성의 문제겠죠. 공정을 깨고 반칙하고 특권을 얻기 위해 거래하고, 그것이 부패입니다. 핵심 키워드는 공정함, 투명함인데, 우리 사회의 공정성을 회복하기 위해서는 대대적인 노력이 필요하죠. 대통령 직속기구가 있어야 한다고 생각합니다. 불공정 신고를 받는 일종의 범국민 신고센터를 만들고 싶습니다. 재벌 간, 중소기업 간 불공정 문제는 이미 드러나 있기 때문에 우리가 한눈에 알 수 있죠. 그러나 생활 곳곳에 불공정, 갑질, 인종차별, 남녀차별, 학력차별, 불평등이 존재합니다. 고졸이든 대졸이든, 명문대졸이든 지방대졸이든, 남자든 여자든 같은 출발선에 서게 해야죠. 우리가 모든 민간영역에 일일이 개입할 수는 없고 그렇게 해서도 안 됩니다. 그러나 적어도 공공성에 있어서는 철저하게 공정함이 유지될 수 있도록 해야 합니다.

―― 그것이 대통령에 출마하려는 진정한 이유입니까?

문재인 그렇습니다. 국민으로부터 위임받은 권력이 '공정함'을 이루도록 하는 게 우리 사회의 부패를 청소하는 출발점이죠. 국민들이 절실하게 공감하고 있습니다. 물론 아무리 공정해도, 똑같은 출발선에 서더라도 능력에 차이가 있기 때문에 우열이 나타납니다. 그러나 그런 차이가 나더라도 공정한 경쟁을 거쳤다면 승복이 되죠. 억울하지 않습니다. 그리고 실패해도 다시 시작할 수 있는 기회를 가질 수 있게 만들고, 자신의 잘못이 아닌 이유로 피해를 받거나 억울한 일을 당하지 않도록 해야 합니다. 일상적인 행복을 추구하는 안전한 나라를 만들고 싶습니다.

—— 미국 외교전문지 〈포린 폴리시〉에서 맥스 부트 미국 외교협회 연구원이 '문 전 대표가 대통령에 당선되면, 트럼프가 한국의 주한미군 방위비 분담금을 늘려달라고 요구할 경우 한국은 주한미군이 철수하도록 내버려둘 수도 있다'고 전망했다는 국내 보도가 있었습니다. 트럼프의 미 대통령 당선 등 대외적인 정세변화 속에 이 발언은 안보와 안정을 중시하는 중도층에게 반감을 주는 효과가 더 클 것으로 예측하는 이들이 적지 않은데, 트럼프 정부와는 어떻게 관계 설정을 해나갈 건가요?

문재인 〈포린 폴리시〉가 보도한 것에 대해 국내 일부 언론이 '방위비 분담 증액을 요구하면 우리가 미군 철수를 요구할 수 있다'는 것처럼 왜곡보도를 했는데, 논점은 그게 아닙니다. '트럼프가 방위비 분담 증액 요구를 한다고 했는데, 한국에서 문재인이나 이재명 같은 사람이 당선된다면 그 협상이 녹록하지는 않을 것이다'라는 데 주요 방점이 있는 것이죠. 트럼프에 대해 〈포린 폴리시〉가 비판적으로 쓰면서 그렇게 보도했습니다.

실제로는 협상이 녹록지 않아야 합니다. 방위비 협상은 원래 5년 단위로 하는데 2018년까지 분담이 정해져 있죠. 그런데 만약에 그 기간 전에 트럼프가 방위비 인상을 요구한다면 그건 국제협약에 맞지 않습니다. 그런데 사전에 방위사업청장이 먼저 나서서 미국이 증액을 요구하면 들어줄 수밖에 없다는 얼빠진 발언을 하지 않았나요? 2018년 이후 방위비 협상시기가 되는데 트럼프 대통령이 무리한 요구를 할 거라고 보지는 않습니다. 현재 우리는 절반 정도 방위비를 분담하고 있는데, 독일이나 일본 같은 경우는 방위비 항목별로 어떻게 사용되는지에 대한 자료를 요구하고 있지만 우리는 전체 비용만 전달하고 세부적인 자료에 대해서는 '묻지 마' 식입니다. 그래서 미국은 상당한 방위비 금액을 예치하기도 해서 상당한 이자가 발생하기도 합니다. 대한민국은 부지를 제공하고 있는데 방위비에서 현재 부지사용료는 계산하지 않고 있습니다. 독일이나 일본은 부지사용료까지 계산해서 방위비를 분담합니다. 무엇보다 한국은 국가 GDP(국내총생산) 대비 안보비용이 세계적으로 높은 나라고, 미국무기 수입 1등 국가입니다. 이런저런 것 다 감안하면 한국은 충분히 방위비 분담을 적절히 하고 있기 때문에 트럼프 행정부도 무리한 요구는 하지 못하리라 판단하고 있습니다. 만약 무리한 요구를 해오면, 우리는 국

익을 잘 지켜가며 미국 입장에서는 녹록지 않은 협상을 해야
하는 것입니다.

───── 이 정권 들어 가계부채가 무려 1,300조로 사상 최대 규모로 증
가했습니다. 폭탄보다 더 무서운 가계부채, 어떤 해결방안이
있습니까?

문재인 가계부채는 물론 국가부채도 심각한 상탭니다. 첫째, 가계소득
을 높일 수 있도록 해주는 게 최고의 해법입니다. 우선은 더 확
대되지 않도록 총량규제가 필요합니다. 앞으로 금리인상이 가
장 큰 압박이기 때문에, 가급적 저금리 대출로 갈아탈 수 있도
록 조절해야 합니다. 이와 함께 원천적으로, 실제 변제 가능성
이 없는데 무리하게 소멸시효를 연장해가면서 억지로 유지하
는 채권들에 대해서는 사실상 채무를 면제해주고, 정상 신용
자로서 경제활동에 복귀할 수 있게 해주는 것입니다. 현재 주
빌리은행에서 그런 일을 하고 있습니다. 이 은행에 참여하는
사람들이 민간기부로 금융기관과 협약을 체결해서, 상당히 많
은 금융기관들이 부채를 탕감해주기도 합니다. 주빌리은행이
적은 돈으로 부실채권을 매입해 탕감해주기도 하죠. 거기에
국가도 더 적극 참여해 확대하고 지원할 필요가 있습니다. 그
렇게 해서 사실상 변제가 불가능한 상황에서 아주 장기간 신

용불량자로 머물러 있는 사람들을 경제활동 대열로 편입시키고 안정적으로 가계부채를 줄여가야 합니다.

:: 국민권력에 의한 국민혁명

—— 탄핵이 헌법재판소에서 받아들여지지 않으면 혁명뿐이다, 라고 해서 과격한 것 아니냐 비판하는 목소리도 많습니다. 그 혁명은 구체적으로 어떤 혁명을 말합니까?

문재인 바로 주권자혁명입니다. 혁명이라는 용어에는 가슴이 뛰는 순결한 정신적인 가치가 새겨져 있습니다. 그래서 우리가 '시민혁명'이라고 표현하든, '명예혁명'이라고 표현하든, 다 주권자혁명입니다. 촛불혁명이기도 합니다. 사실 이 혁명이란 참 정신적이고 명예롭고 고결한 것인데, 혁명이란 말에 약간 경기를 일으키는 경향이 있는 것 같아요. 특히 다른 사람이 혁명을 말하면 괜찮은데 제가 혁명을 말하면 불온하게 여기는 이유가 있습니다. 군사정권 이후 기득권을 누려온 세력들이 바로 5.16 군사 쿠데타를 혁명이라고 했던 사람들입니다. 그러니 이 사람들의 뇌리 속에 '혁명'은 군사 쿠데타입니다. 그것은 사실 정신적인 것인데 말이죠. 이들에게는 혁명이 총칼처럼 아주 폭력적인 것이라는 이미지가 있지만, 주권자혁명은 비폭력적이고 평화적인 혁명입니다. 우리에게 일상적인 행복을 빼앗아간 비겁한 권력으로부터 우리의 행복을 되찾아 오는 혁명이고요.

—— 그렇다면 헌법정신에 투철한, 민주주의 가치를 실현하는 혁명이라는 뜻입니까?

문재인 그럼요. 지금 국민들이 추운 거리에 나와 촛불을 드는 것도 혁명의 모습입니다. 국민들이 저항권을 행사하고 있는 것이고, 불복종운동을 하고 있는 겁니다. 헌법에서 저항권은 국민의 기본권입니다.

—— 헌법 제1조에는 모든 권력은 국민으로부터 나온다고 돼 있죠. 이 조항은 모든 권위도 국민으로부터 나와야 한다는 뜻이라고 생각합니다.

문재인 헌법에는 권력이라는 말이 딱 한 번 나옵니다. 우리가 권력이라는 말을 많이 쓰고 특히 공권력이나 국가권력이라는 말을 많이 쓰는데, 헌법에는 권력이라는 말이 단 한 번 나와요. '모든 권력은 국민으로부터 나온다.' 그다음 나머지는 다 '권한'에 대한 겁니다. 대통령의 권한, 정부의 권한, 국회의 권한. 국민의

권력으로부터 부여받은 권한이 되는 거죠. 우리 헌법은 그런
용어를 아주 정확하고 세심하게 쓰고 있습니다.

그는 거듭 말했다.
지금은 모든 희생이 국민으로부터 나온다고.

問 ── 새벽에 잠깨면 하는 일

文 ── 눈비비기. 음…… 뭐…… 돌아눕기.

問 ── 화투 48장에서 가장 맘에 드는 그림은?

文 ── 8광! 몰라요? 38광땡도 몰라요? '섰다' 할 때 족보 중에서 제일
높은 건데.

問 ── 사막에 불시착했다면 무엇을 먼저 할까?

文 ── 방향 찾기.

問 ── 화났을 때 참는 법

文 ── 많이 화나면 혼술.

問 ── 주량, 술버릇

文 ── 소주 1병, 특별한 술버릇은 없고.

問 ─── 남들이 모르는 습관 한 가지

文 ─── 긴장하면 손에서 땀이 남.

問 ─── 노래방에 간다면 즐겨 부르고 싶은 딱 한 곡

文 ─── 〈꿈꾸는 백마강〉

問 ─── 아내에게 불러주고 싶은 노래

文 ─── 패스. 듣기 싫어할 것임. 노래를 잘 못하니까.

問 ─── 돈, 건강, 명예의 우선순위

文 ─── 명예, 건강, 돈. 명예를 버리면 못 견딜 것 같아.

問 ─── 어제, 오늘, 내일의 우선순위

文 ─── 내일, 오늘, 어제.

問 ─── 인생철학 딱 한마디로

文 ─── 어려울 땐, 무조건 원칙적으로.

약속
행동하는 양심,
깨어 있는
시민을 위한
약속

지금 우리 사회에서 가장 불안한 요소는
기회의 차단입니다.
기회를 갖지 못한다는 것.
기회마저 적다는 것.
적은 기회마저 불공정하고 불평등하다는 것.

프란치스코 교황은 "모든 세계인들이 자유와 정의에 대해 희망을 가지고 그것을 회복하는 것은 오직 한 가지, 공동선으로 서로 돕는 것, 상호부조를 하는 것"이라고 했다. 교황은 또 "가난과 부의 나눔, 기술의 나눔이 지속적이며 모든 사람을 참여하게 하는 방법으로 나아가야 하고 이런 배려가 있는 문화를 만들기 위해 용기 있는 행동을 해야 한다"고 강조했다. 남북관계도 7·4 남북공동성명부터 남북기본합의서, 6·15 남북공동선언, 10·4 남북공동선언 등 모든 조항에서 교황이 이르는 상호부조의 정신으로 민족 공동의 번영과 이익을 추구하자는 원칙적인 약속을 변함없이 하고 있지만, 개성공단도 금강산 관광도, 남북 철로도 지금은 모든 통로가 막혔다. 더욱이 북핵문제는 어쩌면 남북 화해의 피할 수 없는 장벽이기도 하고 국제사회에서도 예측할 수 없는 심각한 문제를 야기한다. 평화와 안전함, 그리고 멀리는 남북 평화통일로 가는 길은 정말 무엇일까? 그 길을 어떻게 찾아나갈 수 있을까?

:: 남북교류, 어떻게 다시 시작해야 하나

—— 현재 한반도는 휴전 상태고 북핵문제 때문에 늘 긴장 상태에 놓여 있습니다. 남북대화나 통일에 대한 구상은 무엇입니까? 그리고 남북 간에 화해와 평화의 물꼬를 트는 근본적인 입장은 어떤 것입니까?

문재인 일단 2단계 통일과정을 생각할 수 있습니다. 먼저 경제통일을 이루는 거죠. 경제통일은 우리 경제를 살리는 길이고, 우리 경제의 새로운 돌파구이기도 합니다. 얼마 전 러시아가 일본에 철도 연결을 하자는 제안을 했는데, 그 제안을 보고 가슴이 무너지는 것 같았어요. 그것은 우리의 꿈이거든요. 우리의 철도가 북한을 통해 시베리아 철도로 연결되고 시베리아 철도가 중국의 철도와 연결돼 대륙으로 유럽까지 가는 루트, 김대중 대통령께서 말씀하셨던 철의 실크로드를 추진해오다가 이명박 정부 들어 중단되고 말았습니다. 박근혜 대통령도 말은 했지만 아무 일도 안 했습니다. 철도만이 아니죠. 철도가 연결될 수 있다면 가스관이 시베리아로부터 북한을 경유해 남쪽까지 올 수도 있고, 몽골에 대규모 태양광이나 풍력발전이 이뤄진다면 전기가 아시아 실크로드와 북한을 통해 남쪽으로 올 수도 있습니다. 무궁무진한 경제영역이 생기게 되는 겁니다. 그런 기회를 가지고 있는 나라는 우리나라밖에 없습니다.

그런데 일본하고 러시아가 철도 연결을 하게 되면 우리는 대륙으로 나갈 수 있는 기회와 통로를 잃어버리게 됩니다. 경제통일이 이루어지면 8,000만 인구의 내수시장을 갖게 되고, 그 자체만으로도 상당한 성장잠재력을 높일 수 있어요. 그렇게 되면 미국, 중국, 독일, 일본 다음가는 정도의 경제대국이 되거나 일본을 추월할 것이라는 세계연구기관의 전망도 있습니다. 이렇게 경제통일이 되면 그다음에는 언제가 될지 모르지만 정치·군사적 통일의 길이 자연스럽게 뚫릴 거라고 봅니다. 작은 물방울이 바위를 뚫는 것처럼 말이죠.

—— 지난 10년간 남북교류가 거의 단절된 상탭니다. 남북교류와 관련해 박근혜 정부와 이명박 정부를 어떻게 평가하십니까?

문재인 제가 강연을 다니면서 열심히 밝히고 있는 게 있습니다. 현 정권이 과거 김대중·노무현 정권과 비교해 경제도 무능하고 안보도 무능하다는 겁니다. 김대중·노무현 정부의 경제 성적, 이명박·박근혜 정부의 경제 성적을 비교해보면 모든 경제지표에서 김대중·노무현 시절이 월등합니다. 경제성장률, 소득증가율, 수출증가율, 하다못해 주가지수, 고용률, 실업률 등등 어떤 지표를 들이대도 김대중·노무현 정부가 우월합니다. 이명박·박근혜 정부 때는 너무나 참담하게 경제가 실패했고 국민적 삶 자체가 어려워졌죠. 낱낱이 설명을 하지 않아도 이 부분은 국민들이 거의 공감하고 있을 겁니다.

그런데 안보, 국가관, 애국심, 이런 쪽은 여전히 아직도 새누리당 쪽이 뭔가 잘할 것 같은, 뭔가 확실한 것 같다는 고정관념을 가진 분들이 있습니다. 그래서 툭하면 종북몰이 같은 안보 프레임을 꺼내들죠. 저는 이제 안보 부분도 정면으로 승부를 해야 한다고 봅니다. 김대중·노무현 정부의 안보 성적과 이명박·박근혜 정부의 안보 성적을 하나하나 비교해서 보여주면, 김대중·노무현 정부의 안보 성적이 월등히 좋았다는 것을 누구나 인정할 겁니다. 실제 그 결과를 보면 지금 남북관계는 심각하게 파탄나버렸고, 우리의 안보는 전쟁을 걱정할 상황이 되어버렸습니다.

안보 부분도 우리 민주당이 이제는 더 이상 방어적이거나 수세적이 아니라 더 능동적이고 공세적으로 나가야 합니다. 사실 새누리당을 비롯한 현 정권은 '안보무능 세력', 나아가서는 '비애국 세력', 군대도 거의 안 갔다 온 세력입니다. 그들은 걸핏하면 색깔론, 종북몰이로 갑니다.

안보무능은 하나하나 비교할 수 있습니다. 김대중 정부 때는 두 차례의 해전이 있었지만 오히려 북한에 더 큰 피해를 주면서 격퇴했습니다. 〈연평해전〉을 보신 분들은 잘 알 겁니다. 그리고 NLL을 철통같이 지켰지요. NLL 밑으로 북한이 한 발짝도 못 내려오게끔 막아냈지 않습니까? 노무현 정부 때는 남북한에 군사적 충돌이 단 한 건도 없었습니다. 군사적 충돌 때문에 아까운 목숨을 희생한 국민이나 장병이 단 한 명도 없었고, 북한이 NLL을 침범하려는 시도조차 하지 않았습니다. 예방적으로 안보를 해낸 것이죠.

그런데 이명박 정부 들어서는 어땠습니까? 천안함 사

건, 연평도 포격사건이 일어나는 등 NLL이 뚫리고 무력해졌어요. 장병들, 국민들이 아까운 목숨을 잃었습니다. 정부 발표에 따르면 천안함 사건은 북한 잠수함이 우리 영해로 들어와서 백령도 남쪽에 있는 우리 군함을 폭파시키고 북한으로 되돌아갔는데 감쪽같이 몰랐다는 겁니다. 지금도 그 경로를 모르기 때문에 정부의 발표가 국제사회에서 제대로 신뢰받지 못하잖아요. 이게 안보에 유능한 겁니까? 박근혜 정부 와서는 아예 전쟁 걱정을 합니다. 대통령 입에서 전쟁 이야기가 나왔습니다. 섬뜩한 일이죠. 국민을 안심시켜주고 안전을 보장해주는 게 안보인데, 철저하게 실패한 겁니다.

예를 들면 국방예산 증가율이 참여정부 때는 연평균 9퍼센트 정도였습니다. 일반예산 증가율보다 훨씬 높았습니다. 그것이 이명박 정부, 박근혜 정부 와서는 5퍼센트, 4퍼센트 대로 떨어졌습니다. 참여정부 시작할 때 국방예산이 차지하는 비중이 우리 GDP 대비 2.7퍼센트 됐어요. 참여정부는 그것을 3퍼센트 정도까지 높일 목표를 세우고 2012년에는 2.9퍼센트까지 올렸습니다. 그러나 이명박·박근혜 정부를 거치면서 2.4퍼센트로 낮아졌어요. 참여정부는 국방예산 증가 때문에 진보진영으로부터 굉장히 많은 비난을 받았습니다. 그러나 전시작전통제권을 가지고 자주국방을 해야 한다는 궁극적 목표가 있었기 때문에 그런 비난에도 자주국방 태세를 갖추기 위해 그만큼 많은 국방예산을 투입했던 것이죠. 말하자면 국방을 위한 재정적 노력이라는 면에서도 김대중·노무현 정부가 월등히 높았습니다.

김대중·노무현 정부 내각에 기용된 사람들은 과거 민주화투쟁으로 처벌받은 경력 때문에 군대를 갈 수 없었던 사람들을 빼고는 다 군복무를 했어요. 노무현 대통령도 사병으로 군복무를 했습니다. 그런데 이명박·박근혜 정부를 통틀어 군대를 갔다 온 국무총리가 한두 명밖에 없어요. 연평도 포격 사건 때 청와대 '지하벙커'라는 말도 이 사람들이 쓴 거예요. 참여정부 때는 상황실이었는데, 그것을 군이 지하벙커라고 표현하면서 이명박 대통령이 공군 점퍼 입고 안보관계 장관회의를 한 거예요. 안보관계 장관회의에 참석한 사람들 가운데 정상적으로 군대 갔다 온 사람은 육사 출신 국방부장관 한 사람밖에 없었습니다. 대통령, 국무총리, 비서실장, 국정원장 줄줄이 다 군미필이었어요. 이런 사람들이 무슨 애국심이 있으며, 무슨 국가관이 있겠습니까? 국가에 대한 의무는 반칙으로 빠지고 특권은 누리려는 사람들이죠.

안보의 성적 면에서나 국가관과 애국심 면에서나 비교도 안 될 정도로 김대중·노무현 정부가 우월합니다. 우리는 국가와 민족을 위해 민주화운동을 하다가 구속되기도 하고, 학교에서 제적되고, 직장에서 쫓겨나기도 하고 해서, 나라를 위해 희생하고 헌신하는 DNA 같은 게 몸속에 있어요. 그런데 그 사람들은 그런 게 없는 거지요.

:: 남북문제 해결을 위한 발걸음

―― 점점 악화되고 있는 남북문제를 해결하기 위한 일로 우선순위 가 있다면 어떤 게 먼저겠습니까?

문재인 김대중 · 노무현 정부 당시 진도를 내놨던 게 있기 때문에 거 기서 다시 출발하면 됩니다. 남북 경제협력 방안들에 서로 다 합의를 했었습니다. 당시 어떤 내용까지 들어갔었냐면, 북한 은 군사안보의 굉장히 중요한 군항인 해주도 개방하기로 했었 어요. 그래서 경제협력단지를 만들고, 동해안 쪽은 군항인 안 변에 우리의 조선단지가 들어가도록 경제협력 사안이 다 협 의돼 있었습니다. 이렇게 되면 우리에게는 굉장한 기회죠. 물 론 북한에게도 도움이 되겠고요. 저는 이제 경제협력이나 지 원 같은 용어가 적절치 않다고 봅니다. 말하자면 거래예요, 경 제거래. 아마도 북한하고 우리하고 내부거래 방식의 FTA 같은 걸 체결해야 할지도 모르죠. 이렇게 경제거래를 하면 우리 기 업들이 북한에 진출해서 북한 SOC 공식사업에 참여하고, 그다음에 개성공단처럼 북한 땅에 우리가 진출하는 거잖아요. 곳곳에 기업 진출을 늘리고 북핵문제와 동시에 진행해 나간다면 이보다 더 좋은 안보, 이보다 더 좋은 경제활동이 어디에 있겠습니까?

—— 북한 노동자들이 굳이 개성공단이 아니라도 인력이 부족한 우리 남쪽에 와서 돈 벌어서 가라, 이런 전향적인 생각은 어떻습니까?

문재인 얼마든지 그럴 수도 있죠. 개성공단 같은 것을 비무장지대 바로 남쪽에 만들 수 있어요. 그게 제가 이미 지난번 대선 때 공약으로 내걸었던 겁니다. 예를 들면 강원도 고성이나 경기도 파주, 이런 곳이라면 얼마든지 북한 노동자들이 출퇴근하는 방식의 공단을 만들 수 있습니다. 개성공단 때문에 유사시에 남한 근로자들이 인질이 되지 않겠냐는 불안이 있다면 거꾸로 그런 발상도 할 수 있는 거죠.

—— 비무장지대 안에 남북한 공동연구소, 이런 거 만들면 어떻겠습니까? 토종종자연구소나 식물표본연구소, 농업기술공동연구소, 바이오연구소 같은 게 있으면 기술지원도 하고 학술연구도 할 수 있는데요.

기본적으로 언론과 권력은 건강한 긴장관계여야 합니다.

권력에게도 더 바람직한 길입니다.

문재인 얼마든지 가능합니다. 하다못해 산불이라도 나면 남으로 북으로 불이 번지잖아요. 38선이 화재를 막아주는 게 아니기 때문에 산불에 대한 공동협약도 기본적으로 필요한 것들이죠. 해야 할 일이 너무나 많습니다. 참여정부 때는 그런 부분들이 굉장히 활발했어요. 예를 들면 소나무 재선충 공동방제 등 남북이 함께 해야 할 일들이 수없이 많은 거죠. 북한에서 심각하게 번지고 있는 폐결핵 문제도 그들만의 문제가 아닙니다. 인도적인 차원에서도 그렇고 남쪽으로의 전염을 사전에 예방하는 차원에서도 꼭 필요한 지원사업입니다.

—— 북한의 존재를 인정해줘야 한다는 게 기본 생각입니까?

문재인 당연합니다. 북한은 이미 국제법적으로는 유엔에 우리와 동시 가입한 국가입니다. 언젠가는 통일을 이뤄야 하겠지만요. 그래서 그동안 햇볕정책이라든지 지원, 협력, 이런 식의 표현들을 써왔던 것인데, 보수적인 분들에겐 '퍼주기'라는 오해를 불러일으켰습니다. 북한체제의 존속을 돕는다거나 심지어는 그것이 핵개발에까지 이용된다는 논리를 펴는 분들도 있죠.

　　　　하지만 북한을 경제협력 대상으로 본다면 전혀 다르게 해석될 수 있습니다. 우리가 자본력이나 기술력에서 우위에 있으면서 저렴하고 질 좋은 북한의 노동력과 결합하는 것이기 때문에, 당연히 북한이 얻는 이익보다 우리가 훨씬 더 많은 이익을 얻습니다. 개성공단만 해도 북한 노동자들이 임금을 통해서 얻어가는 이익보다 우리가 적어도 10배 이상의 이득을 얻습니다. 우리 기업들이 거기서 연관되는 후방효과까지 얻기 때문이에요. 남북관계를 우리 경제를 위한 거래라는 관점으로 본다면 굉장히 중요한 일이죠.

또 하나는 북한에 시장경제를 전해서 북한을 우리에게 의존하게 만드는 겁니다. 그래야 평화통일이 되죠. 햇볕정책이 그동안 추구했던 목표는 그런 것입니다. 북한에 시장경제를 퍼뜨리고, 북한을 중국이 아닌 우리에게 의존하게 만들어야 해요. 실제로 김대중·노무현 정부 동안 상당히 진척이 됐었습니다. 그런데 이명박·박근혜 정부가 이 모든 것을 끊어버리고 북한을 중국에 의존하게 밀어붙였지요. 이제는 북한에 급변사태가 생기면 북한이 어디에 손을 내밀겠습니까? 중국에게 의존하고 중국에게 SOS를 치겠죠. 북한에 친중 정권이 들어선다면 우리가 그 급변사태를 무슨 수로 민주평화통일에 활용할 수 있겠습니까? 오히려 점점 통일로부터 멀어지는 겁니다. 북핵문제도 이런 관점에서 풀어야 합니다.

:: 사드 배치와 북한 핵개발 해법

———— 사드 배치 결정으로 북한은 물론 중국과의 관계도 상당히 민감해진 상황인데 사드 배치, 어떤 해법이 있겠습니까?

문재인 지금은 이미 사드 배치에 한미간 합의를 했기 때문에 다시 논의를 한다는 게 복잡하죠. 이 국면에서 우리가 결코 잊지 말아야 할 것이 있습니다. 한반도를 둘러싼 강대국들이 우리 한반도를 중심으로 각축을 벌인 일은 구한말에도 있었습니다. 청일전쟁, 러일전쟁 등 강대국들의 각축이 한반도를 무대로 한반도 위에서 일어난 겁니다. 그 때문에 우리는 국권을 잃는 뼈아픈 역사를 겪었거든요. 그런 비극은 피해야죠. 사드 배치는 한반도 안에서 또 한 번 강대국들의 각축을 불러올 수도 있습니다. 북핵문제에 대한 대응을 넘어서 민족사, 문명사 같은 큰 차원으로도 바라봐야 합니다. 과연 무엇이 바람직한 것인지를. 우선 무엇보다 과정과 절차가 필요한데, 박근혜 대통령이 일방적으로 결정했죠. 이런 문제는 국회의 비준동의가 필요한 만큼 국회에서 충분히 검토해서 결정했어야 할 일입니다.

사드 배치에 대한 한미간 합의 자체가 대단히 성급하고 졸속으로 이뤄졌습니다. 그렇게 합의를 하기 전에, 사드 배치 문제를 놓고 사회적인 공론화가 이뤄졌어야 합니다. 사드가 북한의 고고도미사일에 대해 우리 한반도 내에서 효용이 있는지, MD체제와 별개로 우리가 추구해왔던 K-MD의 일부로 기능이 가능한 것인지, 아니면 MD체제에 필연적으로 편입되는 효과를 가져올 것인지를 충분히 검토했어야죠. 그다음 이에 대해 중국 쪽의 반발이 없을지, 이것을 중심으로 중국과 러시아와 북한이 결합하고 한미일이 대치하게 되는 외교적 상황들을 어떻게 극복할 수 있을지, 이런 많은 검토들이 필요했습니다.

사드의 효용은 미국에서조차도 입증되지 않았습니다. 미국 텍사스에 사드가 배치되었다고 하는데, 실제로 텍사스에는 사드가 배치된 게 아닙니다. 배치를 못 하고 그냥 텍사스에 있는 거예요. 충분히 검증되지 않았기 때문에. 그런 것인데, 어쨌든 지금은 한미간 협의를 했고, 그나마 효과를 볼 수 있다면 북핵문제로 불안해하는 국민들에게 심리적으로 불안을 덜어주는 정도겠죠. 또 북한을 압박하는 효과가 있다면 그런 정도도 인정할 수 있겠고요.

하지만 역시 미리 검토했어야 하는 부분들, 이런 부분들에 대한 검토가 반드시 필요합니다. 그다음에 사드 배치 장소를 성산포대에서 성주골프장으로 옮겼기 때문에 이제는 국회에서 비준동의를 받아야 할 필요성이 훨씬 높아졌어요. 성산포대의 경우 포대기 때문에 큰 재정부담은 없다, 중대한 재정부담을 초래하지 않기 때문에 국회비준동의가 필요 없다고 변명이라도 할 수 있었는데, 지금은 골프장 매입비용만 최소 1,000억 원이 드는 거예요. 그러면 중대한 재정부담을 초래하는 국제간 합의가 된 겁니다. 그래서 이제는 국회비준동의가 필요해요. 그것을 피하기 위해서 성주골프장과 군 소유 토지를 바꾸는 방식으로 해도, 돈으로 주나 땅으로 주나 재정부담은 같습니다. 이렇게 하나 저렇게 하나 국회에서 비준동의를 받는 과정이 필요한 거죠.

—— 김대중 · 노무현 정부가 북한에 돈을 퍼줘서 북한이 핵개발에 이용하도록 했다는 식의 비판이 있었습니다. 그로 인해 북한의 인권문제는 외면했다는 비판도 적지 않고요.

문재인 그런 식으로 여론몰이를 해왔죠. 그런데 이제는 과거 10년간의 정권이 경제는 물론 안보에서도 정말로 무능하다는 걸 많은 국민들이 알게 됐습니다. 적어도 2040 세대들은 그런 식의 주장을 전혀 믿지 않습니다. 일부 고연령층 분들이 그런 말들을 믿고 있는데, 그런 부분도 굉장히 많이 완화됐어요. 색깔론 같은 게 더 이상 먹히지 않는 걸 보면 알 수 있죠. 이제는 국민들이 그런 생각에 사로잡혀 있지 않습니다. 우리 더불어민주당은 제대로 된 안보정책 시스템을 가지고 있고, 10년간 대결 일변도였던 이명박 · 박근혜 정부의 안보 무능을 확실히 대비해서 보여주고 설득할 수 있는 상황이 돼 있습니다.

:: 대선을 앞둔 대북 외교와 사드 문제 해법

—— 지난번 흑색선전이 두렵다는 말씀을 했는데, 이번에도 상대가 종북, 좌빨 등 흑색선전을 하면 어떻게 대처하겠습니까? 대통령이 되면 북한부터 먼저 가겠다는 발언이 본인의 의도와는 달리 우려로 받아들여지는 것도 사실이고요.

문재인 한비자에 삼인성호(三人成虎)라는 말이 있는데, 세 사람이 합치면 없던 말도 만든다는 뜻입니다. 근거 없는 거짓말도 여러 번 들으면 곧이듣게 됩니다. 그러나 이제는 국민들이 저의 진정한 안보관에 대해 잘 아실 거라고 생각합니다. 판단력이 있는 분들이라면 사악한 색깔론과 망국적인 종북몰이에는 더 이상 속지 않습니다. 종북은 군대를 피하고 방위산업비리를 저지르고 총알이 뚫리는 방탄복으로 병사들의 생명을 파는 것, 악의적으로 국민들의 편을 가르는 것이 종북입니다.

그리고 미국이냐 북한이냐, 선택하라는 질문 자체는 사실 참 슬픈 질문이면서 동시에 근본적인 질문이죠. 한반도 평화를 구축하고 북핵문제를 해결하기 위해서는 어디든 못 가겠습니까? 지옥이라도 가야죠. 다만 우리에게는 그 질문에 대해선 미국이라고 답해야 한다는 제한된 사고가 있는 것 같습니다. 그게 정말 슬픈 일이죠. 그에 대한 답이 사상검증처럼 된다는 것도 슬픈 일이고, 그 답이 미국이어야 하지 않느냐는 생각이 지배적이라는 것도 슬픈 일입니다. 미국은 우리와 오랜 우방이자 오랜 친굽니다. 반면 북한은 우리의 협상 대상입니다. 핵문제를 해결할 수 있다면, 또 역대 남북합의들을 이행하고 실천할 수 있는 관계로 회복시킬 수 있다면 당연히 북한부터 가야 하는 거죠. 미국은 오랜 친구니 도움도 받고, 의논도 하고, 전략도 충분히 논의하면 됩니다. 다시 강조하지만 핵문제를 해결하고 남북평화를 해결하기 위해서라면 그곳이 어디든 가야 합니다.

───── 북한에 가서 남북경협도 의논하고 그 물꼬도 트겠다, 했는데 그런 방향이 대북 기본정책입니까?

문재인 물꼬를 틔우는 것만으로는 부족합니다. 북한은 우리가 대륙으로 진출할 출구가 될 수 있습니다. 그렇게 된다면 우리가 중국, 러시아, 일본, 미국과 동북아시아 평화를 구축하는 데 주도적 역할을 할 수 있습니다.

——— 대륙으로 진출할 수 있는 출구란 어떤 의미입니까?

문재인 우리 경제가 국제경제의 침체, 보호무역주의 등으로 수출과 내수가 한계에 이르렀습니다. 북한과의 평화 교류는 우리 경제의 새로운 활로입니다. 젊은 사람들에게 러시아, 중국으로 진출할 많은 기회를 줄 수 있는 길이기도 하고요. 우리 경제 영역이 북한을 통해 대륙으로 확장돼나가는 것 외에는 남아 있는 출구가 별로 없습니다.

——— 북핵문제는 민감한 이슈입니다. 아직도 북한에 돈을 퍼줘서 그것으로 북한이 핵을 개발했다고 생각합니다. "그런데 또 북한에 먼저 간다는 말인가?" 하고 불안해합니다.

문재인 그러면 욕만 하면서 북핵을 그냥 두자는 겁니까? 적극적인 대책 없이 비난만 하면서 해결하지 못했기 때문에 북한 핵이 저렇게 무기화한 겁니다. 북핵문제에 있어 국제공조에 따라 제재를 하는 이유는 협상테이블에 앉히기 위해섭니다. 궁극적으로는 대화와 협상이죠. 북한은 지금 적어도 폭격기에서 핵을 실어 투하할 수 있는 수준까지 갔습니다. 조금 더 지나면 미사일 탄두에 탑재할 수 있는 수준까지 간다고 판단하고 있습니다. 이렇게 북한 핵이 고도화할 동안 이명박 · 박근혜 정부가 뭘 했느냐는 겁니다. 욕만 했지요. 욕한다고 멈춰집니까? 북핵을 해결하려면 국제적으로 제재하고 공조하고 압박도 해야 합니다. 그러나 이 제재나 압박조차도 협상을 위해서입니다. 그런데 이런 노력은 전혀 해보지도 않고 삿대질만 해서는 아무것도 안 됩니다. 이제 국민들은 국민에게 전쟁 불안만 안겨주는 이명박근혜 정권의 안보정책, 북핵에 대한 무대책을 비판해야 합니다.

—— 미국에 트럼프 정부가 들어서고 강경파들이 대거 입각하면서 사드를 한국에 조속히 배치해야 한다는 메시지가 들어오고 있는데, 사드 배치 여부 결정을 다음 정부로 넘기라는 입장은 여전히 유효합니까?

문재인 트럼프의 외교정책이나 대북정책이 어떤 방식이든 우리는 실용적으로 대처해야 합니다. 이명박근혜 정부가 빠졌던 오류는 실용적이지 못하고 이념적이었기 때문이에요. 우리 사회에 늘 색깔론을 들먹이면서 이념적으로 사람을 나누는 게 새누리당 정권이 집권 연장을 위해 늘 해왔던 전략입니다. 이념으로만 북한을 보니까 우리 국익을 위해 실용적으로 접근하지 않고 완전히 타도해야 할 대상으로만 봅니다. 한반도와 동북아시아의 평화를 위해서도 사드 배치 문제는 실용적 측면에서 해법을 찾아야 합니다.

─── 미국은 한국보다 오히려 일본과 전략적으로 더 가깝지 않나 싶은데요. 논설위원으로 일할 때 태평양사령부 초청을 받아 하와이에 가본 적이 있습니다. 이라크전쟁 중이었는데, 이라 크 파견 미군은 하와이에서 훈련을 받아 투입됩니다. 그때 태 평양사령부 사령관 전용부두에 여러 나라 국기가 걸려 있었어 요. 일장기는 보이는데 태극기가 보이지 않았어요. 손님을 초 대해놓고 진주만을 폭격한 일장기는 달고 우리 태극기가 왜 없냐고 웃으면서 항의했습니다. 손님에 대한 예의가 아니지 않느냐고. 주한미군도 태평양사령부 관할에 있습니다. 그들은 신사적이었어요. 미안하다면서 태극기를 걸어주며 자신들은 일본을 적으로 생각하지 않는다는 이야기를 하더군요.

문재인 우리나라의 상류, 주류, 기득권세력이 냉정하게 인식해야 할 점이 바로 그 부분입니다. 미국과 일본의 관계는 우리와 미국 의 관계와 다릅니다. 이미 1700년대, 1800년대부터 서양사회 는 일본과 일본문화에 대한 동경이 있었어요. 일본문화가 유 행처럼 돌기도 했고요. 지금도 미국에 가보면 가구나 인테리 어에 일본문화가 많이 깃들어 있죠. 미국과 일본은 구한말 가 쓰라 태프트 밀약 때부터 함께 국제적 영향력을 논의해온 관계입니다. 2차세계대전 때 유일하게 서로 전쟁을 치렀을 뿐이에요. 그 뒤 오랜 세월 동안 우호적이었고 태평양지역 방어와 세계전략을 함께 논의했던 것이죠. 일본을 바라보는 차원과 전혀 다르게 미국은 한국을 도움을 주는 차원으로 생각합니다. 한미일 관계에서 미국은 태평양지역 방어비를 상당 부분 부담하는 일본을 훨씬 배려합니다. 이제 한국은 미국과 진정한 동반자 관계로 위치를 격상시켜야 합니다. 주한미군도 한국의 안보뿐 아니라 미국의 태평양 방어에도 중요한 역할을 하고 있으니까요.

—— 그런 점에서 한일군사정보보호협정도 여전히 다시 재검토하고 국회비준을 받는다거나 하는 절차적인 방법을 고려해야 한다고 생각합니까?

문재인 협정의 유효기간이 1년이어서 매년 연장해야 하니까 충분히 재검토할 수 있다고 생각합니다. '국회에서 충분한 설명을 한 뒤 협정을 체결하겠다는 약속을 국방부가 지키지 않은 점, 독도와 위안부 할머니들 문제 등에 대한 국민의 대일 감정을 고려하지 않은 점, 그리고 이 협정이 한미일 대 북중러 간의 대립 구도를 고착화한다는 점 등의 문제가 있습니다. 한일군사비밀 정보보호협정에 앞서 북한과의 대화로 한반도 문제를 우리가 주도하는 게 먼저입니다. 그 바탕에서 논의할 수 있는 문제죠.

한일군사비밀정보보호협정도 서로 정보를 교환하기 위한 겁니다. 우리가 일본으로부터 북핵에 대해 고급 정보를 받을 수 있다면 그 부분에서는 도움이 되는 면이 있습니다. 그런데 과연 미국이나 일본이 우리에게 얼마나 고급 정보를 주느냐는 문제가 있습니다. 우리가 고급 정보를 줄 수 없으면 그들도 고급 정보를 주지 않습니다. 우리가 북한과 대화하면서 한반도 문제를 주도해갈 때 외교적으로도 미국, 일본으로부터 국격에 맞는 대우를 받고, 정보를 서로 교환할 때도 그들이 훨씬 정밀한 고급 정보를 보다 더 빨리 제공하게 됩니다.

—— 워낙 중요하고 중국과의 관계도 개입된 난해한 문제라서 한 번 더 질문하겠습니다. 사드 배치 문제도 여전히 같은 생각입니까?

문재인 사드 문제도 관점은 똑같습니다. 사드를 배치할 수도 있죠. 그러나 우리가 한반도 문제를 주도해나가야 한다는 입장에서는 사드 배치의 득과 실을 구체적으로 검토해야 하는 겁니다. 배치한다 해도 그 절차와 과정이 공식적이고 투명해야 하고요. 국회비준을 거쳐야 할 뿐만 아니라, 북한이 이렇게 계속 핵실험을 하고 미사일 탑재기술을 고도화하면 한미동맹 관계를 공고히 하기 위해서도 사드 배치를 충분히 고려할 수 있다는 입장을 중국에 강조해야 합니다. 북한이 당장 핵폐기까지는 아니더라도 핵동결, 즉 추가적인 핵실험을 하지 않도록 북한에 어떤 역할을 해달라, 그렇지 않으면 우리는 부득이하다는 식으로 외교적인 노력을 해나갈 필요가 있어요. 그러면 다른 해법들이 강구될 수도 있고, 설령 사드 배치로 간다 해도 중국이 한국에 경제 제재를 할 명분이 없게 됩니다. 국방부가 미국에서 요청받은 적도, 협의한 적도, 결정한 적도 없다고 하다가 어느 날 갑자기 뒤통수치는 식으로 사드 배치를 공식화하는 것은 외교와 안보 측면 모두 완전히 실패한 거죠.

—— 우리가 우주로켓 발사 계획 등 우주항공개발계획을 세웠다가 주춤하고 있는데, 미래세대와 기술 확보를 위해서라도 위성개발 또는 장기적으로 달 착륙이나 화성탐사 등에 대한 기본 청사진이 필요하지 않을까요?

문재인 최첨단과학기술을 위해서도 그렇고 우주에 대한 궁극적인 인류 진출의 교두보를 마련해야 한다는 점에서도 그렇고, 우주개발계획을 추진해야 합니다. 위성이나 우주 진출도 우리가 자체적으로 개발동력을 가지면 그런 기술의 발전이 육해공군 균형을 이루게 하는 최고의 국방력을 확보하게 해줍니다. 중

장기적으로 달과 화성에 진출하는 기본 계획도 꼭 마련해야
하고요.

──── 우주 진출은 청소년들에게 꿈과 희망, 환상을 줍니다. 우리가
30년 안에 화성에 갈 수 있겠습니까?

문재인 네, 그렇게 해야죠. 대륙 간 탄도미사일과 우주로 가는 로켓이
똑같은 원리인데 용도만 다르거든요. 우리는 그것을 인류의
평화적인 미래에 투자해야 합니다. 그와 동시에 우주개발은
과학기술을 발전시키고 자주국방과 그 궤도를 같이합니다.

:: 미국과 북한 사이, 남북문제 해결하기

──── 이명박 정부 이후 대북정책이 거의 단절되다시피 했습니다. 미
국에는 북핵문제에 대해서는 강경 일변도의 트럼프 정권이 들
어섰고요. 트럼프 행정부 내에서는 핵문제를 해결하기 위해
북한정권이 바뀌어야 한다는 관점도 있습니다. 한국전쟁 이후
남북은 휴전 중이지 않습니까? 우리에게 남북간의 종전협정이
나 미국과 북한 관계에서 평화협정이 필요하다고 봅니까?

문재인 원래 북한에 대한 선택 가능한 정책 속에는 그런 것들이 있습니다. 북핵에 대해 제한적인 군사공격을 해서라도 원천적으로 파괴해야 한다는 정책, 북한의 정권을 교체해야 한다는 정책, 북한사회 자체를 민주화해서 북한 내 반체제운동을 지원하자는 정책, 북한과 대화를 통해 외교적으로 해결하자는 정책 등, 다양한 선택지들이 있습니다. 미국에서 이야기하는, 북핵에 대한 제한적인 군사공격이 곧바로 미국의 대북정책은 아닙니다. 미국이 그런 식으로 드러내는 이유는 선택 가능한 옵션을 제공하는 식으로 북한을 압박하자는 거죠. 국제적인 제재도 마찬가지고요. 결국 이런 압박의 끝은 협상을 통한 해결입니다. 제한적 군사공격이든 국제적인 압박이든 체제전복 시도든, 우리가 협상 우위에 서서 문제를 해결하기 위한 것이에요.

그런데 우리 정부는 앵무새처럼 북핵 폐기 없이는 대화는 없다는 말만 되풀이하고 있는 겁니다. 외교도 없고, 책략도 없고, 국가경영전략도 없는 거죠. 우리 정부는 미국이 우리 입장과 대응해 늘 함께해줄 것이라 믿는데, 미국은 북한과 대화 창구를 열어두지 않습니까? 지난 10월에도 이른바 세컨드 트랙 회담을 했습니다. 북한은 한성렬 외무성 부상과 유엔주재 차석대사 등 현직 관리들이 참석했고, 미국은 민간인이었지만 로버트 갈루치 전 국무부 북핵특사와 전 6자회담 차석대표 등 굉장히 비중 있는 인사가 나왔죠. 민간 차원의 세컨드 트랙

이라고 말하지만 실은 준 공식대담이나 마찬가지였습니다. 곧 공식대담으로 넘어갈 수 있는 가능성이 있지요. 한반도 문제의 주인공은 우린데, 우리는 어느덧 국외자가 되어버리고 구경꾼이 되어 있습니다. 오히려 미국과 북한이 한반도 문제를 논의하게 만드는, 그런 어리석은 선택을 지금 이 정부가 하고 있는 거죠.

——— 북핵문제를 비롯한 남북관계, 이제 어떻게 바뀌어야 한다고 보십니까?

문재인 우리가 한반도 문제를 주도적으로 해결해야 합니다. 그래야만 우리가 미국이나 일본으로부터도 발언권이 세지고 국제적인 영향력도 발휘할 수 있습니다. 대미관계에서도 제대로 대접받고, 한일관계에서도 마찬가지고요.

지금 많은 국민의 반대에도 불구하고 한일군사정보보호협정을 체결했기 때문에 국민 저항이 크지 않습니까? 우리가 북한과 한반도 문제를 놓고 대화하고 주도할 때 비로소 정보의 양도 많아지고 정보의 가치도 올라갑니다. 그런 점에서도 남북대화에 적극적이어야 하는 거죠. 지금처럼 남북관계가 막혀 있으면 활발한 대북정보 수집도 불가능하고, 그렇게 되면 서로간에 정보 제공이 제한적일 수밖에 없는 겁니다. 우리

가 한반도 문제를 주도해야만 동북아 전체 정세에서 해법의
열쇠를 쥔 주인공으로 참여할 수 있습니다.

:: 무기 수입, 방산비리

—— 남북문제는 동시에 안보문제가 함께 따라 다닙니다. 2017년
국방예산이 40여 조 원으로 전체 예산의 10퍼센트를 넘어섰습
니다. F35 전투기 도입 문제부터 무기 비리 문제도 여전히 심
각하게 제기되고 있죠. 방탄조끼가 총알에 뚫리고, 부실 잠수
함에다 만 원짜리 USB 하나를 95만 원에 사는 등등 무기 비리
는 어이가 없을 정도로 심합니다. 참여정부 5년 동안 무기 도
입에 대한 합리적이고 체계적인 시스템을 만들었으면 좋았을
텐데요.

문재인 참여정부 때 무기 도입 비리를 철저히 막는 시스템을 만들었
습니다. 결국은 무기 비리라는 것도 지금 우리 사회의 보수층
들, 안보에 대해 더 유능하고 철저하다는 보수층이 얼마나 위
선적인지를 드러냅니다. 이건 보수나 진보의 문제가 아니라
애국, 비애국의 문제인데, 방산비리야말로 비애국의 극치 아니
겠습니까? 참여정부 때 그 이전 정부의 숱한 방산비리에 대한

대안으로 만든 것이 방위사업청이었습니다. 정치권력, 군부로부터 독립된 전문가들이 방위산업에 대한 정책들을 결정하고 무기도입도 결정하는 방식이었지요. 이명박 정부 들어와서 이 방사청 사람들이 방해가 되니까 방사청 권한을 극도로 약화시키고 무력화한 겁니다.

—— 우리나라가 무기 수입 1위입니다. 차라리 미국처럼 공식적으로 로비스트에 관한 법을 만들어서 투명하게 공개하는 방법은 어떻습니까?

문재인 저는 그 부분은 확신을 갖지 못합니다. 그렇지 않아도 불법 로비행위가 넘쳐나고 있는데, 여기에 합법이라는 날개까지 달아주는 것은 문제가 있죠.

—— 무기 도입 원칙을 정하면 어떻습니까? 모든 수입무기에 대한 공동 생산과 기술 이전을 원칙으로 하고 무기거래 관계를 양성화하면 차라리 비리 근절에 도움이 되지 않겠습니까?

문재인 양성화해서 더 건강하게 만들자는 취지일 텐데, 저는 그것이 건강하게 될지는 확신할 수 없습니다. 다만 기본적으로는 국방의 문민화가 필요합니다. 우리나라 역대 국방부장관은 전부

군 출신이었습니다. 단 한 번 4·19 혁명 후에 민주당정부 내각에서 민간인 출신 국방부장관이 있었지만, 곧바로 5·16 쿠데타가 일어나 단명으로 끝났죠. 그 뒤로는 늘 군 출신이 국방부장관을 맡았습니다. 참여정부 때는 적어도 임기 중반쯤에는 문민 국방부장관을 목표로 하고 있었습니다. 처음에는 군출신이지만 군을 떠난 지 오래되는 사람을 했다가, 그다음에는 해군과 공군 출신, 그다음 민간인 출신으로 한다는 계획이 있었죠. 그런데 그 시기에 북한 핵실험이라든지 위험요소들이 생기면서 안보가 더 중요해져 시행을 못 했습니다. 문민 국방부장관을 통한 국방부의 문민화 과정이 꼭 필요합니다. 군대가 더 세련되고 국방이 튼튼해지기 위해서는 민간인 전문가들이 많이 참여해야 합니다.

―― 그것이 무기 비리를 막는 첫 번째 단계라고 생각하십니까?

문재인 그렇지요. 폐쇄적인 구조에 민간인 전문가들이 함께 참여해야합니다. 물론 국방부에 군 출신이 있어야 하는 것은 당연하지만 점차적으로 민간인 전문가가 더 많이 함께 참여하는, 보다다양하게 열린 투명한 구조가 돼야 합니다.

―― 이번 방산비리에서 처벌받은 사람이 거의 없습니다. 어떻게 된

일인지 모르겠어요. 한국전쟁 당시 거창에서 군수비용을 횡령해 6만여 명 이상을 얼어 죽게 한 국민방위군 사건으로 이승만 대통령 당시 다섯 명이 사형됐습니다. 민족주의자인 이시형 부통령은 그 충격으로 사표를 냈죠. 그런데 지금은 아무도 처벌을 받지 않아요. 정말 군인이 존중받고 군인이 가장 좋은 물건을 쓰는 사회를 만들기 위해서라도 국방예산을 훔쳐가는 부패의 고리가 제거되어야 하지 않겠습니까?

문재인 아까 방산비리 부분을 좀 더 이야기하자면, 사실은 그 용어 자체가 조금은 문제가 있어요. 방산비리 하니까 국내 많은 방산업체들이 다 비리를 저지르는 것처럼 느껴지는데, 그렇지 않습니다. 물론 이런저런 비리들도 있긴 하겠지만, 정말로 우리의 안보 능력을 잠식하는 거대한 비리들은 전부 해외무기 도입 비리입니다. 그게 핵심이에요. 해외무기 도입 비리는 정말 거대합니다. 이명박·박근혜 정부에서 있었던 무기 비리들이 제대로 규명되지 않고 있는 거죠. 그래서 이번 박근혜 게이트 속에도 이른바 최순실과 린다 김을 통한 F35 전투기 선정 비리들이 존재한다고 추정되는 부분이 있습니다. 앞으로 이 부분은 특검으로 규명돼야 합니다. 특검이 규명하지 못하면 다음 정권에 가서라도 규명돼야 할 부분이죠. 여기에서 비리가 드러난다면 그 규모는 지금까지와는 비교가 안 되는 수준일 겁니다. 안민석 의원이 했던 말처럼, 지금까지의 비리는 껌값이라고 말할 수 있을 정도예요. 군대는 자랑스러워야 합니다. 그래야 군복무도 더 자랑스럽게 여기게 되겠죠. '군대도 안 갔다 온 사람들이 걸핏하면 안보 운운한다'는 말을 했을 때도 그런 뜻이 있었습니다. 정말 나라를 팔아먹고 종북하는 이들은 바로 비정상적으로 군대를 빠지고도 고위공직 자리를 차지하고 있는 이들이고, 무기 비리로 치부를 하는 자들입니다.

—— '군대도 안 갔다 온 사람들' 하는 말을 들으니 속은 시원한데, 군대를 합당한 사유로 가지 않은 이들도 있지 않습니까?

문재인 물론 합당한 이유로 군대를 못 간 사람들은 절대 차별받아서는 안 되죠. 그러나 고위공직자나 권력층이 부당한 특권을 이용해 빠져나가거나, 금수저로서 군대 면제를 받거나 좋은 보직을 받는 것에 국민들은 심정적으로 분노를 느끼고 있습니다. 그런 사람들이 미꾸라지처럼 법을 피해 다니면서 두드러기 질환 등등, 이런저런 편법으로 군대에 안 가는 건 자기들 자유일지 몰라도, 적어도 그런 정신으로 고위공직을 맡을 생각은 하지 말아야죠.

:: 검찰과 경찰 개혁의 답은 지방분권

—— 지금 국민들 사이에서 일제강점기에 친일한 기록이 분명히 있
는 사람들은 국립묘지에서 퇴출하자는 이야기가 나오고 있습
니다. 이런 것도 적극적으로 추진해봐야 하지 않겠습니까? 지
금 촛불축제에 초등학생, 중학생이 나오고 있거든요. 이 세대
들은 민주화가 굉장히 잘 훈련된 세대들입니다. 지금은 단순
히 '박근혜 하야'를 외치고 있지만, 국민들은 박근혜 대통령이
하야한다고 해서 세상이 완전히 달라진다고는 절대 믿지 않습
니다. 권력구조 자체가 변화해야 한다는 요구들이 거셉니다.
특히 검찰개혁 문제도 그렇습니다. 각 광역자치단체별 검찰청
단위의 선거제는 어떻습니까?

문재인 저는 미국처럼 각 지방검찰청 단위의 검사장 직선제를 당장
하자는 주장에는 그리 공감하지 않습니다. 그건 지방 분권이
확실히 되고 나서 가능한 일이죠. 그렇게 되면 경찰도 검찰도
분권화돼야 합니다. 그러면 검사장도 분권화된 구조 속에서
각 지방 단위마다 선출제도를 나름대로 선택할 수 있는데, 얼
마든지 주민들 선거로 뽑는 게 가능합니다. 그러나 우리는 지
금 분권화가 제대로 돼 있지 않고, 검찰조직도 완전히 중앙집
권적이에요. 이런 형태 속에서 그냥 검사장만 직선한다는 게

현실적으로 불가능하다고 생각됩니다. 지방분권화가 제대로 되고, 그에 따라 검찰도 분권화하는 토대가 만들어져야 가능하다는 판단입니다.

────── 장기적으로는 지방정부에 맡겨서 검찰분권화가 완전히 가능하도록 하자는 의미인가요?

문재인 언젠가는 가야 할 길이라고 생각하지만, 그러기 위해서는 훨씬 더 지방분권화가 돼야 하고, 동시에 경찰도 분권화돼야 합니다. 참여정부 당시 경찰분권화를 시작했습니다. 제주도에서 시범적으로 먼저 실시했죠. 범죄수사에 관한 부분은 여전히 중앙정부 관할로 두고, 대신 민생이나 방범, 교통 같은 부분들은 지방경찰에 위임했습니다. 제주도가 특별자치도이기 때문에 시행했고 시범단계를 거쳐 다른 지방으로 확산해보려 했는데, 그조차 그 뒤로 멈춰버려서 결실을 맺지 못한 게 아쉽습니다.

────── 일단 검찰분권화도 그렇게 한 지역을 시범삼아 해보는 게 좋지 않습니까?

문재인 그래서 우리 사회가 해야 하는 권력구조의 개혁 가운데 가장 중요한 것이 지방분권을 강화하는 겁니다. 중앙정부에 집중된 많은 권한과 재정을 지방으로 분산시키는 것이고요, 그 분권이 이루어지고 나면 그 토대 위에서 검찰, 경찰 분권도 가능하게 되는 거죠.

───── 아마도 박근혜 대통령 하야 촛불시위 이후에 국민들이 모두 강력하게 권력 재편을 요구할 것이라 생각합니다.

문재인 검찰 개혁과 관련해서 지방분권 강화 전에 지금 당장 할 수 있는 일은, 검찰에 너무 많이 집중된 권한을 법으로 조정하는 겁니다. 집중된 권한 때문에 '무소불위의 검찰'이 되었고 권력의 눈치를 보는 정치검찰도 등장했습니다. 현재 검찰이 갖고 있는 수사권과 기소권을 분리해서 수사권은 경찰에게, 기소권은 검찰에게 분리 조정하는 것이 가장 빠르게 개혁할 수 있는 부분입니다.

───── 지난 참여정부 때 그걸 못 하지 않았습니까?

문재인 그렇지요. 우리가 하려고 노력했지만 끝내 해내지 못한 과제 중 하나입니다. 실패한 이유가 있어요. 당시에 우리가 사법개혁위원회 같은 기구에 맡겨서 객관적으로 제도개혁을 했어야 했는데, 그걸 검경 간 자율적인 조정으로 맡겨졌습니다. 결국 접근방식이 잘못되었기 때문이라고 반성하고 있습니다. 국회 법사위에서 법안 통과가 막혀버렸죠. 그러나 이제는 그렇게 해야 검찰의 비리나 잘못, 위법에 대해 수사가 가능하다는 것을 국민들도 알고 있습니다. 지금은 검찰이 다 갖고 있기 때문에, 그들의 잘못이나 치부에 대해서는 제대로 수사하지도 않고 팔이 안으로 굽는 식으로 해결해버리는 거죠. 수사권이 경찰에게 간 다음에도 경찰이 검찰을 제대로 수사할 수 있으려면, 어느 정도 시간이 걸릴 거라고 봅니다. 그게 완전히 제대로 되기 전까지는 고위공직자들이 수사를 받는 기구가 한시적으로 필요합니다.

—— 예를 들면 대통령까지도 수사할 수 있는 그런 기구입니까?

문재인 그렇죠. 고위공직자뿐만 아니라 대통령과 대통령 측근까지 조사할 수 있는 독립적인 고위공직자비리수사처가 있어야 합니다.

—— 검찰개혁이 다들 중요한 문제라고들 합니다. 아무래도 사법부가 검찰보다는 비리가 적지 않습니까? 아예 검사도 판사처럼 양심과 법률에 의해 기소한다는 법 조항을 넣으면 어떨까요? 검사 독립의 원칙을 적극적으로 도입하면 검찰이 진정한 국민

의 공복이 될 수 있지 않을까요?

문재인 그 부분은 조금 이의가 있을 수 있는데, 검찰은 특수하긴 하지만 행정권의 일부거든요. 그래서 나름대로 행정의 일관성이나 통일성 같은 것이 필요합니다. 그런데 그게 검사마다 들쭉날쭉하고 오로지 검사의 주관적인 판단에만 맡겨진다면, 행정의 통일성이나 일관성이 무너질 수 있어요. 그래서 검사의 완전독립원칙에 대해서 조금 자신이 없습니다. 검찰 내에 기소 또는 불기소에 대해 이의가 있을 경우 이를 심사하는 심의위원회를 둘 수 있겠죠. 예를 들어 검사가 이 사건은 당연히 기소해야 하는 사건이라고 생각하는데 상부가 반대한다면, 독립된 심의위원회의 심의를 거치게 하는 거예요. 또는 어떤 사건에 대한 불기소, 기소 여부를 심사하는 위원회를 두는 방법도 있겠죠. 일본에 이런 제도가 있고, 우리도 물론 있긴 있습니다만 그런 기능이 굉장히 미약합니다. 그 기능을 강화해서 보다 적극적으로 시정할 수 있는 방법이 있을 거라고 봅니다.

—— 국가권력이 국민으로부터 보다 더 신뢰받기 위해서는 먼저 공수처 신설, 기소권과 수사권 분리, 이것이 가장 우선적으로 진행되고 차차 지방분권이 더 강화되어 권력과 예산을 지방으로 이전해야 한다는 계획입니까?

문재인 그렇습니다.

―――― 국정원의 국내정보 같은 부분을 경찰에 넘기는 건 어떻습니까? 경찰조직 내에 정보과가 다 있지 않습니까? 그러니까 국정원은 대북관계와 국가안보 문제, 대외정보와 산업정보 쪽으로 집중해야 한다는 의견도 많습니다.

문재인 맞습니다. 국내정보 기능은 없애고 대북한, 해외 정보와 국가안보, 테러, 산업비밀을 외국에 유출하는 것 감시 등으로 국정원 업무를 한정할 필요가 있습니다. 그래야 더 전문성이 강화되고 국민들을 위한 정보기관이 될 수 있겠죠. 그런데 그 경우 한편으로 어떤 문제가 생길 수 있냐면, 경찰권이 지나치게 비대해질 수 있어요. 수사권이 경찰로 넘어와도 경찰권이 비대해질 가능성이 있고요. 그러면 이 부분은 또 경찰의 분권화를 통해 비대화를 막을 수 있습니다. 국가조직 전체가 하나의 거대한 건물처럼 섬세하게 잘 설계가 돼야 합니다.

―――― 지방경찰청 분권화는 차기정부에서 가장 먼저 시행할 만하겠습니다.

문재인 경찰분권화는 지방분권화에 맞춰 바로 따라갈 수 있습니다. 경찰분권화는 범죄수사와 민생과 구분해서 국가경찰과 자치경찰로 나누는 방법을 1단계로 하고, 2단계로는 수사권까지 다 갖는 지방경찰로 완전히 분권화하되, 미국 FBI처럼 연방경찰제를 도입하는 것도 하나의 방법이겠죠. 물론 그 단계는 장기적인 과제입니다.

:: 청년실업과 교육문제 해결을 위한 대책

노량진 공시촌에 가면 공무원 시험을 준비하는 수험생들이 2,000~3,000원짜리 컵밥을 사 먹으며 하루하루를 버티고 있다. 사법시험이나 행정고시를 준비했던 이들은 거의 떠나고 20대 청춘에서부터 늦깎이 40대 중년들이 그 자리를 채우고 있다. 그들의 얼굴에는 막막한 불안의 그림자가 짙게 깔려 어두운 풍경을 이룬다. 인생에서 모험은 사라지고 오직 안전한 삶에 대한 욕구만 그들의 목까지 차올라 있을 뿐이다.

―――― 지금 29만 명이 공무원시험 준비를 한다고 합니다. 그들 얼굴에는 불안의 그림자가 가득합니다. 지금까지 살아오면서 가장 불안했던 순간, 길이 보이지 않던 시절이 있다면 언제였습니까?

문재인 대학 다니다가 유신 반대 시위로 구속, 제적됐을 때입니다. 대학에서 제적됐다는 사실 자체보다는 정상적인 삶의 궤도에서 완전히 낙오된 것 같다는 불안이 컸죠.

────── 지금 우리 사회에서 가장 불안한 요소가 뭐라고 생각합니까?

문재인 기회의 차단이죠. 기회를 갖지 못한다는 것. 기회가 적기도 하고 불공정, 불평등하기도 하고요.

────── 사회학자들은 사회계층을 결정짓는 요소로 교육, 결혼, 유산, 이렇게 세 가지를 말합니다. 거의 대부분의 흙수저들에게는 오직 교육밖에 없습니다.

문재인 교육이라는 게 원래 기회를 그만큼 늘려나가는 계층 상승의 사다리였죠. 1970년대까지만 해도 부모들이 허리띠 졸라매고 아이를 고등학교까지만 졸업시키면 됐습니다. 가난하면 상고나 공고를 보내 졸업시키면 그 뒤부터는 잘살 수 있었습니다. 대학까지 나오면 더 성공할 수 있었죠. 그래서 자식들은 부모보다 나은 세상에 살 수 있었는데, 이제 불평등이 심화돼서 있는 사람은 더 높은 수준의 교육을 받고 없는 사람은 더 낮은 교육을 받습니다. 교육 자체가 대물림처럼 돼버리고 계층 상승의 사다리가 부서져버렸어요. 누구나 평등한 교육을 받을 수 있게끔 대개혁이 필요합니다.

────── 지금 교육에서 가장 큰 문제가 대학입시인데, 입학사정관제가 도입되면서 가난한 사람들이 더 불이익을 받고 있거든요. 원래 이 제도는 1920년대 미국에서 만들어진 제도라고 합니다. 명문대학에 유대인이 너무 많이 들어가니까 자원봉사 같은 항목을 넣어서 유대인 학생들 입학을 막으려고 만들었다는 것으로 알고 있습니다.

문재인 무엇보다 입시제도를 단순화해야겠죠. 수능이든 내신이든 특기전형이든, 이런 것 중 하나만으로 입학이 가능하게끔요. 입학사정관제도가 불평등을 조장해서는 안 됩니다. 근본적으로는 대학 서열화를 없애고 전문분야로 재편되어야 한다고 생각합니다. 일종의 대학평준화가 필요하다고 보는 거죠. 예를 들면 공동입학, 공동학위제가 가능합니다. 이 과목은 저 대학에서, 저 과목은 이 대학에서, 단순히 학점을 주는 정도가 아니라 공동학위를 주는 겁니다. 제가 지난 대선 때 국공립대학부터 먼저 공동입학, 공동학위제를 하겠다고 공약을 했었습니다. 서울대학을 비롯해 지방 국공립대는 함께 입학하는 겁니다. 말하자면 캠퍼스만 다른 거죠. 교수도 다른 대학에서 강의할 수 있고, 학생도 다른 학교에서 강의를 들을 수 있고. 그러면 적어도 서울대학과 지방 국립대학 간의 서열화는 줄어들지 않겠습니까? 서울대를 폐지하는 것이 아니라 지방 국립대를 서울대 수준으로 끌어올리는 것이지요. 그러면 서울과 지방 간 대학 서열화도 막을 수 있고요. 이 제도가 정착되면 사립대학으로 확대할 수도 있다고 봅니다.

—— 지금 서울대는 거의 특목고 학생들이 입학정원의 절반 가까이 입학하고 나머지는 강남과 전국 지방의 수재들이 들어가거든요. 결국 교육 세습이 될 수밖에 없죠. 입시제도를 단순화하고, 명문대학 지방할당제라든가 하는 제도를 만드는 건 어떻습니까?

문재인 할당제는 너무 기술적인 것이라 생각하고요. 고등학교도 특목고는 그야말로 그 분야의 전문성을 살리기 위한 특수 목적으로만 가야 하죠. 그렇지 않고 입시학원처럼 명문대 가기 위한 방편으로 운영되는 특목고는 다 없애야 합니다. 우수한 학생은 다 특목고로 가버리고 일반고등학교는 희망 없는 아이들이 모여 희망 없는 교육을 받는 일은 없어져야죠. 공부를 못 해도 세상에서 필요한 분야가 얼마나 많은지 모릅니다.

—— 역사 국정교과서가 결국 교육부 예산만 낭비하고 말았습니다. 교육부가 정권의 앞잡이가 되는 현실이 딱합니다. 그래서 교육부를 없애고, 국가교육위원회가 교육정책을 개발하고, 나머지 기능은 지방자치단체로 넘기는 방안은 어떻습니까?

문재인 국가교육위원회는 필요하지만 권한을 그쪽으로 다 넘기고 교육부를 없앤다는 건 비현실적입니다. 교육부의 기능을 대폭 축소할 수는 있겠죠. 중등학교까지는 현재 지방교육청에서 관장하게 돼 있다 해도 아직 완전 지방자율화는 안 돼 있으니 그 권한을 더 강화해서 넘기고, 교육부는 대학교육만 담당하고, 교육 전체를 관통하는 국가 백년대계를 세워나가는 일은 국가교육위원회가 하면 됩니다. 국가인권위원회처럼요.

—— 노년은 돈도 없고 질병으로 불안하고, 청년은 실업이 불안하고, 여성도 출산이나 보육 등 여러 가지로 불안합니다. 성장의 과실을 대기업과 정치인들이 가져갔다고 청년들은 노년세대를 원망하고 있습니다.

문재인 공시촌에 가보면, 정말로 많은 젊은이들이 컵밥 먹으며 고시텔, 쪽방에서 삽니다. 거기 들어가보면 책상 하나, 침대 하나뿐입니다. 책상에 의자를 놓을 공간이 없어서 침대 모서리가

의자 역할을 하는 그런 방에서 생활하는 거예요. 그런데 공무원시험 경쟁률이 적게는 몇 십 대 1, 여경 같은 경우 200 대 1, 300 대 1 이렇거든요. 이 경쟁을 뚫는 게 정말로 바늘구멍 통과하는 것보다 어려운데, 실제로 공공부문 공무원을 더 고용할 능력이 없느냐 하면 그렇지 않습니다. 예를 들어 소방공무원 정원이 6만 6,000명 정도 되는데 현재 소방공무원이 4만 명입니다. 2만 6,000명이나 부족한 거예요. 공공부문들이 일찌감치 3교대로 전환했는데, 소방 쪽은 2교대에서 전환 못 하고 있다가 최근에 와서야 3교대로 전환했습니다.

───── 예산 때문이겠지요.

문재인 그렇죠. 3교대 근무를 했는데 인원은 2교대 인원 그대로 둔 채 전환하니 이제는 근무 인원이 3분의 1로 줄어든 겁니다. 그러니 소방차가 출동하면 탑승인원이 필요한데 그 인원이 모자라는 거죠. 지난 울산 물난리 때 소방관 한 명이 사망했습니다. 간호학과 출신으로 담당업무가 구급인데, 인원이 부족해서 구조업무 나갔다가 그만 순직한 겁니다. 그러니까 기본 근무 인원을 늘려야 하는 거죠. 그게 국민의 안전한 삶을 위해 필요합니다.

—— 사회안전망 확보를 위해 공공인력을 우선적으로 늘리자는 방안입니까?

문재인 우리 국민들의 안전이나 보건, 공공서비스를 위한 부분은 얼마든지 늘려야죠. 그에 대한 국가재원이 부족한 것도 아니고요. 국가재원 우선순위의 문젭니다. 그동안 신자유주의 사고가 작은 정부를 지향해서 김대중, 노무현 정부가 공공부문을 늘린다고 하면 한나라당, 새누리당에서 엄청나게 비난했습니다. 아주 잘못된 비난이죠. 국민들의 안전한 삶을 위한 예산확보가 가장 면접니다.

—— 공공인력 활성화, 사회안전망 확충, 21세기식 공공인력 뉴딜 정책인가요?

문재인 그럼요. 지금 사회가 발전하면 할수록 국민안전에 대한 공적 서비스 수요가 늘어나거든요. 실제로 유럽의 스웨덴, 덴마크, 독일 같은 나라는 2000년대 이후 늘어난 일자리 중 90퍼센트가 공공부문에서 만들어졌다는 통계가 있습니다. 우리는 지금도 공적 서비스인데 자원봉사에 의존하거나 개인에게 미루는 경우가 많잖아요. 예를 들면 아이들 등하고 때 학교 주변에서 교통정리하는 것도 학부모들한테 당번 정해서 시키고, 학교 청소도 학부모들에게 시키고, 빠지면 오히려 벌금까지 내야 한답니다. 이런 공적인 서비스를 왜 학부모님들께 떠넘깁니까? 공공부문에서 인력을 활용해 해결하면 훨씬 더 전문적으로 잘할 수 있고 일자리도 채워집니다. 이게 결코 비용 낭비가 아닌 것이, 그렇게 해서 가계소득이 높아지면 이 사람들이 소비를 살리는 방향으로 역할을 하는 겁니다. 그러면 결국 세금으로 돌아오고요. 이렇게 인식의 전환이 필요한데, 우리가 여전히 허리띠 졸라매던 박정희식 개발국가 시절 패러다임에 머물러 있는 거예요. 군인들이 군부대에 필요한 토목일까지도 하는데 그런 일들은 민간에 용역을 주면 됩니다. 전방부대도 나무를 자른다거나 하는 일들은 민간업체에게 주면 일자리가 느는 거죠. 군인들은 국방에 집중하고요. 공적노동이 필요한 일을 군인들 무상노동에 의존하려는 사고를 바꿔야 합니다.

—— 부모들은 자녀의 대학입시를 위한 사교육 때문에 허리가 휘청거립니다. 우리가 정말 복지사회를 지향한다면 고등학교만 졸업하고도 잘 살 수 있는 시스템이 필요하지 않겠습니까? 유럽에는 중고등학교 때 1년을 휴학할 수 있는 제도가 있어요. 그 시간에 자신의 적성에 맞는 직업을 경험해본다든가 할 수 있겠죠. 이런 시스템이 필요하지 않겠습니까?

문재인 그 부분에 대해 저도 지난 대선 때 중학교 2학년 한 학기를 진로도 찾고 다양한 경험도 쌓고 학교 수업에서 해방되는 휴식 학기로 하자는 정책을 공약했었습니다. 과거에는 공고나 상고만 졸업해도 충분히 취업도 하고 대접받고 엘리트도 될 수 있었죠. 지금도 금융기관에는 상고 출신들이 많습니다. 노무현 대통령도 그렇고요. 지금 다시 조금씩 되살아나고는 있지만요. 마이스터고나 특성화고 취업률이 상당히 높고, 대학 진학률도 한때 80퍼센트까지 치솟았다가 지금은 70퍼센트로 내려가고 있습니다. 마이스터고나 특성화고를 더 활성화해서 이들이 대졸자들과 차별 없이 똑같은 출발선에 서게 하면 됩니다. 고등학교만 나오든 대학을 가든 독학을 하든, 똑같은 기회가 제공되면 되는 거죠. 취업에서 학력을 기준으로 한 채용 요소가 완전히 배제돼야 합니다. 그다음 한편으로 생각할 수 있는 건 대학 진학의 길을 다양하게 만드는 겁니다. 고등학교 졸업 후 중소기업에 상당 기간 근무하면 대학 진학도 가능하게 한다든가요.

—— 대선 때마다 후보들은 서민정책을 많이 내놓는데, 박근혜 정부의 경우 담뱃값을 평균 80퍼센트 올려 서민들의 시름마저 달래기 어렵게 만들었습니다.

문재인 담배는 우리 서민들의 시름과 애환을 달래주는 도구이기도 한데, 그것을 박근혜 정권이 빼앗아갔습니다. 담뱃값은 서민들의 생활비에 큰 부분을 차지합니다. 특히 어르신들 같은 경우 비중이 굉장히 크지요. 그러니 담뱃값을 이렇게 한꺼번에 인상한 건 서민경제로 보면 있을 수 없는 굉장한 횡포입니다.

국민들의 건강, 금연을 위해서 인상된 돈이 전적으로 국민건강을 위해 사용된다면 그래도 조금이나마 유일하게 정당성을 확보할 수 있겠지만, 인상금액 대부분이 국고로 가고 이 가운데 건강증진기금으로 간 것은 아주 일부에 불과합니다. 국민건강을 빙자한 '세수 늘리기'였다는 겁니다. 박근혜 정부는 지속적으로 세수 부족 때문에 계속 추경하는 상황이었기 때문에 세수를 늘리기 위해 가난한 서민의 주머니를 쥐어짰죠. 그전까지의 정부는 세수 부족 때문이 아니라 추가적인 재정지출 때문에 추경을 했는데, 박근혜 정부 들어와서는 세수가 목표보다 적으니 이미 예산에 잡혀 있는 재정지출을 할 수가 없어서 추경을 계속한 겁니다. 즉, 세수를 늘리는 문제가 박근혜 정부로서는 상당히 중요했지요. 그렇다면 당연히 재벌과 부자에게서 세금을 더 걷을 생각을 해야 하는데 불쌍한 서민들을 쥐어짠 거예요. 담뱃값은 물론이거니와 서민들에게 부담을 주는 간접세는 내리고 직접세를 적절하게 올려야 합니다.

:: 또 하나의 불안, 지진과 원자력 발전

—— 질문을 하다 보니 모든 현실이 불안한 단계에 와 있는 것만 같
습니다. 그런 현실을 상징하듯 경주에서는 계속 지진이 일어
나고 있어요. 주변엔 원자력발전소가 모여 있는데 지진이 여
진 포함해서 거의 570여 회에 달합니다. 경주 지진 당시에 경
주를 방문했었죠?

문재인 제가 경주 지진을 양산집에서 겪었는데요, 양산집이 조금 허술
합니다. 콘크리트로 견고하게 지어진 집이 아니어서요. 그 집
이 무너질지도 모른다는 불안감이 들었습니다. 지진이구나, 딱
알 수 있을 정도로 확실히 흔들렸거든요. 실제로 벽에 금이 많
이 갔습니다. 그 정도면 인근 고리원전 등은 괜찮은 건지 걱정
되더라고요. 또 울산에 대규모 석유화학단지가 있습니다. 박정
희 대통령 시대 중화학공업을 육성할 때 만들어져 시설이 굉
장히 노후합니다. 지하에 배관도 굉장히 많고요. 많이 걱정됐
죠. 그래서 제가 이 부분에 대해 경고하고 경종을 울리는 메시
지를 던지기도 하고, 실제로 지진 난 다음 날 월성과 고리 원
전도 방문했습니다. 과거에는 그쪽 지역이 전부 지진으로부터
안전하다는 전제로, 단층이라도 전부 비활동성단층이라는 전
제로 이런 시설들이 지어졌는데, 지금은 고리원전도 월성원전

도 경주 방폐장도 다 활성단층 위에 지어졌다는 게 지난번 지진을 통해 확인된 셈이죠. 기본적으로 처음부터 내진설계는 제대로 돼 있지 않았고, 후쿠시마 원전사고 이후 어느 정도 보강만 한 상태여서 내진구조가 굉장히 위험하고 취약하다고 생각합니다. 고리원전만 해도 반경 30킬로미터 내 무려 340만 명이 삽니다. 월성원전까지 합하면 거의 400만 명이 넘고요. 만에 하나 사고가 생기면 후쿠시마와 비교할 수 없는 재앙이 터지는 거죠. 철저한 안전진단과 예방이 필요합니다. 영화 〈판도라〉는 바로 그런 위험을 경고하고 있습니다.

—— 300번의 사소한 조짐이 나타나면 29번의 작은 사고가 나고, 그 다음에 결정적인 대형사고가 난다는 하인리히 법칙도 있지 않습니까? 경주는 지진 경고 횟수가 그 두 배가 돼갑니다. 경주는 정말 아름다운 도시인데 걱정스럽습니다.

문재인 지난번 대선 때도 탈원전을 공약으로 걸었습니다. 일본은 후쿠시마 원전사고 이후 전역의 원전을 한꺼번에 모두 올스톱한 적도 있습니다. 저는 그렇게까지 주장하는 건 아니고, 우선 원전의 추가건설을 중지하고 설계수명이 완료된 원전부터 차례로 문을 닫아가는 겁니다. 그러면 원전이 끝나는 시점이 거의 2060년 정도 됩니다. 40여 년 정도 되는 기간 안에 원전을 하

나하나 줄여가야 합니다. 이 기간 동안에 다른 대체에너지 개
발이 가능합니다. 세계 다른 나라도 탈원전으로 방향을 잡고
있죠.

불국사에 서서 서쪽 하늘을 보면 붉은 노을처럼 용의 그림자가 보인다. 석가탑
의 간결함과 다보탑의 화려함이 얼마나 유려한지도. 소설가 현진건이 1927년
7월 〈동아일보〉에 연재한 《불국사 기행》에 보면 불국사의 '돌 층층대를 쳐다볼
때에 그 굉장한 규모와 섬세한 솜씨에 눈이 어렸다'고 나와 있다. 아직도 청운교
쪽에 서서 보면 절마당 수구로 물이 빠질 때 그 위로 무지개가 생긴다.
현진건은 콩고물이나 팥고물처럼 화강암을 다루어 다보탑을 만든 신통력에 감
탄하고, 탑 네 귀퉁이에 한 마리만 남아 있고 언제 잃어버렸는지도 모르는 세 마
리 돌사자에 대한 기막힌 심사도 토로한다. 다보탑을 이룩하고 그 사자를 새긴
이의 영혼이 만일 있다 하면 지하에서 목을 놓아 울 것이라고. 그뿐이랴. 첨성대
도, 석굴암도, 포석정도 남산의 석불도 다 지진과 방사성 폐기물저장고, 원전과
함께 있으니 말이다.

:: 정책 실패에 대한 책임 묻기

────── 지난 10년간을 보면 이명박 정부의 리셋코리아, 박근혜 정부의
        국민행복시대, 희망의 새시대, 이런 슬로건이 헬조선, 불반도

로 나타났습니다. 사실 법적 책임보다 본질적 책임이 더 크지 않습니까?

문재인 4대강이나 자원외교도 국가적으로 엄청난 실패였습니다. 기본적으로 국가 패러다임이나 경제 패러다임에 대한 잘못된 방향 설정이나 오류들을 밝히고 법적 책임을 물어 그 진상을 역사적으로 기록해야죠.

—— 무엇보다 썩어가고 있는 강물이 흐르도록 해야 하지 않습니까? 강을 가로막은 보를 철거해야죠. 그다음 예산을 사적으로 유용하고 자원외교를 빌미로 이득을 챙긴 이들에 대해서는 사라진 돈들의 행방도 추적해야 합니다. 그런 것들이 쌓이고 쌓여서 헬한국도 아니고 헬조선이 되지 않았습니까? 1925년에는 임시정부 이승만 대통령을 탄핵한 사실도 있지요. 그때도 한국사회의 가장 큰 문제는 관료와 지식인이라고 했습니다. 일제강점기였던 100년 전에 젊은이들은 결혼도 늦게 하고 전부 다 공무원시험 준비했습니다. 100년 전하고 지금하고 비슷합니다.

문재인 박근혜 정부뿐만 아니라 이명박 정부에서도 국가권력을 사적인 목적으로 사용하고 그런 일들이 많았죠. 범죄행위고 할 수 있는 한 심판하고 책임을 물어야 합니다. 4대강 같은 정책적인 오류가 단순한 판단오류가 아니라 고의가 개입된 오류라면, 정책을 결정한 당국자들은 말할 것도 없고 동조한 전문가와 지식인에게도 책임을 물어야 한다고 봅니다. 무엇보다 기본적으로 우리의 패러다임 자체를 바꿔야 합니다. 이덕일 역사학자가《노론의 나라》라는 책을 썼지요. 조선시대 세도정치로 나라를 망친 노론세력이 일제 때 친일세력이 되고, 해방 후에는 반공이라는 탈을 쓰고 독재세력이 되고, 그렇게 한 번도 제대로 된 청산을 하지 않았기 때문에 그들이 여전히 기득권으로 남아 있다는 내용입니다. 좀 단순화하긴 했지만, 그들은 스스로 보수라고 자처하지만 기본적으로 '노블레스 오블리주'가 없는 사람들입니다. 서양의 귀족들은 전쟁에 먼저 출정해 희생을 치렀는데, 우리는 오히려 특권층이 세금도 제대로 안 내고 병역도 피하고, 국가에 대한 기본 의무조차 다하지 않고 특권만 누리는 반칙이 계속 이어지고 있는 겁니다.

―――― 저는 노무현 정부가 가장 잘한 일이 '진실과화해를위한과거사위원회' 같은 제도를 만든 거라고 생각합니다. 정권이 바뀌면서 폐지돼 아쉽지만요.

문재인 그런 평가는 고마운 일입니다. 그 당시 방향성은 분명했지만 실은 굉장히 두려운 일이었거든요. 그야말로 역사의 요청에 따라, 상식과 정의에 따라 기득권을 정리하려는 시도였기 때문에요. 그래서 지금도 기득권세력들은 노무현 대통령을 공격하고 노무현을 천하의 나쁜 대통령인 것처럼 매도하는 겁니다.

—— 그들의 전략에, 선전에 지지 않았습니까?

문재인 아닙니다. 우리는 단지 힘에서 진 것이죠. 기득권은 여권에만 있는 것도 아닙니다. 아주 켜켜이 있어서, 야권에도 야권의 기득권이 있습니다. 이런 기득권에 도전하고 기득권을 허물고자 했기 때문에 기득권을 지닌 모든 세력이 노무현 대통령을 불온한 사람으로 본 거죠. 그래서 그렇게 핍박하고, 퇴임 후까지도 잔인하게 궁지로 몰아 죽음에 이르게 하고, 지금도 친노, 친노 하면서 저주하듯 하는 게 그 이유 때문입니다.

—— 그래도 그때의 그 민주적인 훈련이 중고생까지 촛불을 들고 나오게 하고 있습니다.

문재인 그렇습니다. 과거에 김대중 대통령은 '행동하는 양심', 노무현 대통령은 '깨어 있는 시민'을 강조했는데, 그때는 그만큼 그런

과거에 김대중 대통령은 '행동하는 양심',
노무현 대통령은 '깨어 있는 시민'을 강조했습니다.
이번 촛불집회의 저 많은 시민들이야말로 '행동하는 양심',
'깨어 있는 시민'이라는 생각이 듭니다.

사람들이 적었습니다. 그런데 이번에 촛불집회를 보면서 저 많은 시민들이 '행동하는 양심', '깨어 있는 시민'이라는 생각이 듭니다. 그래서 이제는 기득권을 허무는 개혁에 보다 많은 국민들이 지지를 보내리라 믿습니다. 그런 지지가 없으면 기득권 세력과 제대로 싸울 수가 없거든요. 그 시절을 돌아보면 우리나라 주류 언론들, 한나라당 쪽, 심지어 진보라는 쪽에서까지도 협공해서 그런 시도를 무력화하려고 하지 않았습니까?

────── 촛불시민들이 스스로를 밝혀 정의로운 사회로 나아가는 길을 보여주는 이 여정이, 시대적 책임을 묻고 사회적 양심의 책임을 묻는 시스템으로 이어져야 하지 않겠습니까?

문재인 그래서 제가 지금 '대청소'를 주창하고 있는데, 실은 참 어려운 일입니다. 지금도 제가 어떤 공격을 받는지 한번 보십시오. 저를 향한 무도한 공격들을 보면 무섭잖아요. 그 공격이 단순한 반대의 형태로만 나타나지 않습니다. 우리가 미래를 향해 가야 하는데 과거에 얽매여 못 가고 있다는 등, 분열을 조장한다는 등, 국민을 네 편, 내 편으로 나눈다는 등, 패권주의라는 등 갖가지 이데올로기로 음해하고 공격하죠. 국민정서를 반으로 찢어발기려고 합니다. 그건 살인보다 더 위협적이고 두려운 일이죠.

그는 기득권 세력의 오래 쌓여온 폐단을 대청소하는 일은 두려운 일이라고 했다. 천만 관객이 들었던 영화 〈명량〉에서 관객들의 가슴을 울렁이게 했던 대사가 생각났다. "두려움을 용기로 바꿀 수 있다면 그 용기는 백 배, 천 배의 무서운 용기로 나타날 것이다." 이순신 장군도 두려워했다. 그와 동시에 장군은 알고 있었다. 두려움을 용기로 바꿀 수 있다는 것을. 넬슨 만델라도 생각났다. 27년간 감옥에서 번호로만 불렸던 그는 말했다. "용기란 두려움이 없는 것이 아니라 두려움을 이기는 것임을 나는 알았다. 지금 기억나는 것보다 더 여러 번 두려움을 느꼈지만 담대함의 가면을 쓰고 두려움을 감췄다. 용감한 사람은 두려움을 느끼지 않는 사람이 아니라 두려움을 정복하는 사람이다." 나는 그의 눈을 오래 들여다보았다. 두렵다고 말하는 그의 눈은 그러나 그렇게 두려워 보이지는 않았다.

:: 적폐 청산을 앞둔 두려움과 용기

────── 당신이 두려워하면 그 누가 두렵지 않겠습니까?

문재인 두려움을 피하지는 않습니다. 두렵기 때문에 두려움에 직면하고 맞서는 것이죠. 두려움에 저항하는 것이 용기라고 했습니다. 저를 종북이라고 공격하는 사람들이 실제로 저를 종북이라고 보겠습니까? 대한민국에 종북이 어딨습니까. 지금 이 시대에 북한이 좋다고 생각하는 대한민국 국민이 누가 있겠습니까. 일반인들은 맹목적으로 그런 이야기가 반복되면 세뇌가 돼서 공격할 수 있겠지만, 새누리 정우택 원내대표가 좌파종북 운운하는 건 그게 가장 효과적인 공격수단이기 때문이죠. 저는 안보를 이미 증명하고 있습니다. 북한체제가 싫어서 내려온 피난민 집안에, 특전사 공수부대 출신에, 과거 노무현 정부에 공직도 오래 맡았고요. 그 정도면 안보관, 국가관이 검증된 사람이죠.

노무현 대통령도 빨갱이라는 소리를 많이 들었습니다. 대한민국에서 변호사 하면서 웬만큼 살았는데 무슨 빨갱이겠어요. 그냥 무조건 반대하는 겁니다. 그들 식대로라면 국민의 90퍼센트가 종북이죠. 우리 사회의 종북 프레임이 그런 겁니다. 본질적으로 이들 기득권세력들은 보수가 아닙니다. 대한민국 보수를 표방해온 주류 정치세력은 아주 극우적이고 수구적인 사이비 보수죠.

———— 박근혜 게이트에서 한 꺼풀씩 드러나는 저 보이지 않는 세력들은 자신의 슬픔과 고통만 소중할 뿐 타인의 슬픔과 고통에 무감각합니다. 그렇지 않다면 정말 이럴 수가 없죠.

문재인 자신들의 기득권 유지가 최고의 가치인 사람들이죠. 때에 따라 일본이나 외세에 붙고, 독재세력에 붙고. 이런 세력들이 자신의 기득권에 도전해오는 사람들에게 붙이는 딱지가 종북입니다. 거기에 대해 국민들이 비로소 분노하고 있는 겁니다.

—— 그들에게 책임을 물어야 하는 것은 참여정부 때의 '진실과화해를위한과거사정리위원회'처럼 진실을 밝혀서, 미래의 화해와 궁극적인 용서를 하기 위해섭니다. 그래야만 자라나는 세대나 청년세대들이 자기 능력을 발휘하고 민주적 가치를 실현할 기초가 마련되지 않겠습니까?

문재인 정말 그래야 합니다. 참여정부의 진실과화해위원회가 했던 과거사 정리 작업조차도 그 피해자들의 명예회복이나 보상에 목적이 있었지 가해자를 처벌하기 위해서가 아니었거든요. 그랬는데도 기득권의 엄청난 저항이 있었던 거죠. 과거 남아프리카공화국의 만델라가 했던 진실과화해위원회의 모델을 우리가 따오긴 했는데, 남아공 쪽은 고문이나 학살이나 인권 범죄에 대해 공소시효가 없었습니다. 시간이 얼마가 지나든 처벌이 가능했거든요. 그런 문제가 발견되면 처벌이 원칙인데, 그들은 진실을 드러내놓고 고백하면 면책시켜줬습니다. 하지만 우리는 가해자가 끝내 자신의 잘못을 인정하지 않고 자신의 행위도 부인했죠. 그 시기에 고문 경찰관 가운데 실제로 자기가 고문했다고 인정한 사람은 극소수였습니다. 대부분은 그 사실을 부정했지요. 사실 진실과화해를위한과거사정리위원회의 작업은 표면적이었어요. 그랬는데도 그렇게 기득권이 극심한 저항을 하면서 무력화하려고 했습니다. 피해자들의 명예회복이 이루어지면 가해자 개개인에 대한 책임을 묻지는 못하지만, 그 시기 행위에 대한 정당성은 역사적으로 잃어버리는 것이기 때문에 그렇게까지 강하게 저항했던 거죠. 잘못된 기득권의 그런 저항을 이겨내려면 한편으로 국민들의 지지가 필요하고, 그 과정에서 세심하고 정직하게 해나가야 합니다.

—— 저는 그 부분은 그리 걱정이 안 됩니다. 민주화가 철저하게 훈련된 세대들, 촛불로 표현되는 국민들의 정의와 공정함에 대한 그리움과 양심이 역사를 지켜보고 있으니까요. 넬슨 만델라가 말한 '망각에 대한 기억의 전쟁'처럼 단순한 처벌과 응징을 넘어서 본질적인 진실을 밝히고, 피해자의 억울함을 치유하고, 용서와 화해를 통한 공존의 시간을 저 무수한 촛불들이 인도해주겠죠.

문재인 결국은 국민의 지지가 뒷받침돼야 기득권세력의 저항을 이길 수 있는 건데, 저는 개인적으로 제가 거기에 타협하고 굴복할 생각이었다면 정치는 하지 않았을 겁니다. 지금도 어떤 공격이 들어오더라도 저는 당당합니다. 언론개혁도 꾸준히 이야기하고 있고요. 제 주변사람들은 도처에 그렇게 적이 많은데 왜 괜히 그런 말을 해서 공격을 받냐고 합니다. 포용, 중도확장을 이야기하면서 걱정하는 사람도 많지만, 그렇게 타협할 생각이라면 정치를 하지 말았어야죠. 지난번 제가 당대표할 때도 마찬가집니다. 제가 무조건 타협할 생각이었다면 당대표 하면 안 되는 거죠. 지금은 우리가 새로워져야 할 때입니다.

―― 그래도 협상은 필요하지 않습니까? 원칙에 대해서는 타협하지 않는다는 거겠죠?

문재인 이런 말이 있습니다. 타협의 원칙과, 원칙의 타협. 어느 정치인이 이야기해서 그 시절에 상당히 회자된 말인데, 타협하는 것이 정치의 원칙이죠. 인생사가 타협 아닙니까? 그러나 원칙을 타협할 수는 없는 겁니다. 더불어민주당을 혁신해야만 정권교체를 해낼 수 있는데, 그래야만 전국 정당으로 발전할 수 있고 정당민주주의를 발전시켜갈 수 있는데, 그 원칙에서 타협해버리면 아무런 발전이 없게 됩니다.

―― 새누리당이 좌파에 정권을 넘길 수 없다는 말을 할 때, 더불어민주당에서 우리는 국민정권이라고 했어야 해요. 지금 더불어민주당 지지율이 40퍼센트 이상인데 좌파정권이라니, 그건 잘

못된 표현도 아니고 그들이 거짓말을 하고 있다는 증거죠. 국민이 지금 분노하는 건 진보, 보수의 문제가 아니라 원칙의 문제입니다.

문재인 그때그때 민주당 대변인이 다 성명을 냅니다. 그래서 방금 그런 방식으로 하는데, 일반 국민들에게 그런 비판들이 전달이 다 안 되고 있습니다.

:: 4차 산업혁명과 새로운 국민 경제성장

—— 지금 너무 많은 현실적인 불안에 눈이 가로막혀서 미래의 불안은 보지 못하고 있습니다. 아마존 고, 자율주행자동차가 상용화되고 드론 택배가 시작되면 10년 안에 수많은 유휴노동력이 생기고 산업구조가 재편되는데, 이런 부분에 대한 정책은 있는지요?

문재인 그 부분은 정말 예측하기가 힘듭니다. 4차 산업혁명이 시작되면 지금 일자리의 대부분이 없어질 거라고 하지 않습니까? 물론 새로운 유형의 일자리가 생겨날 텐데, 새로운 일자리에 대해서는 가늠하기 힘들죠. 없어지는 일자리는 보여도요. 지금 기본적으로 4차 산업혁명에 대한 대비 자체가 굉장히 뒤떨어져 있어요. IT나 과학기술 경쟁력만 해도 참여정부 때 세계 2, 3위 정도까지 갔었다가 지금은 뚝 떨어졌습니다. 알파고와 이세돌 경우만 봐도, 단순히 입력된 대로 나오는 게 아니라 인공지능이 스스로 자기학습을 합니다. 오히려 인간지능을 넘어서기 시작한 거죠. 우리는 인공지능 연구도 많이 뒤떨어져 있고요.

과학연구가 기초연구를 포함해 긴 호흡의 연구가 돼야 합니다. 긴 호흡의 기초연구들은 몇 년 만에 금방 성과가 나는 게 아니라 수십 년이 걸리고, 시행착오와 실패를 거듭하면서 가는 것이거든요. 이 또한 이명박 · 박근혜 정부에서는 공공기관의 효율성과 수익성 중심으로 관리가 이루어져서, 연구기관과 연구원들이 단기실적에 급급하게 된 겁니다. 일본이 과학분야에서만 20명 넘는 노벨상을 내는 동안에, 우리는 아직 후보조차 올리지 못하고 있는 거죠. 교육도 4차 산업혁명 시대에 맞는 창의성, 상상력을 지닌 인간 육성에 중점을 둬야 하는데, 지금처럼 획일화된 교육으로는 그에 맞는 인간상을 육성할 수 없습니다. 그래서 혁신학교처럼 완전히 개방된 토론식 자율교육, 창의성 교육이 필요합니다. 우리도 딥마인드 같은 인공지능회사를 만들어야죠. 구글, 페이스북 이상의 기업이 나오게 해야 합니다. 그러려면 인공지능을 개발하는 인재들이 나올 수 있도록 그 기초를 마련해야 합니다.

—— 국민성장론에 대해 한번 확인하고 싶습니다. 그것은 분배가 곧
성장이라는 의미입니까?

문재인 과거 개발독재 시절에는 국가재원이 부족했기 때문에, 그 재원
을 수출에 초점을 맞춰서 재벌대기업에 몰아주고 발전을 이뤄
내면 그 성과가 중소기업이나 국민에게 미치는 성장 패러다임
을 추구했죠. 낙수효과라는 겁니다. 실제로 국가 주도의 개발
시대에는 꽤 성공을 거뒀고 산업화를 촉진한 게 사실입니다.
그런데 세계화를 맞이한 김영삼 정부 시절부터는 그 패러다
임이 통하지 않는다는 게 드러났죠. 그 한계가 처음으로 드러
난 게 IMF였고요. 세계화 속에서는 수출 기업들이 세계 경쟁력
을 위해 최대한 인건비를 줄이고 정보화, 전산화, 자동화로 인
력을 감축하고 저임금과 비용절감을 찾아 공장을 옮겨갑니다.
그래서 수출이 늘어도 더는 일자리가 발생하지 않는 거죠. 실
제로 2000년 이후 대기업 고용자 총수가 줄어들었습니다. 그
만큼 이제는 수출 대기업을 육성해봤자 일자리가 창출되지 않
는다는 겁니다. 성장의 혜택이 대기업과 부자에게만 다 가버
리고 중산층과 서민에게는 돌아오지 않으니 사회 양극화가 심
해졌고요. 수출은 여전히 중요하지만, 한편으로는 내수를 함께

성장의 동력으로 만들지 않으면 안 됩니다. 내수를 진작할 수 있는 소비 능력을 높이려면 가계소득이 높아져야 합니다.

―― 국민성장의 구체적 전략이 내수이고, 그것을 통해서 임금과 소득을 높이자는 건가요?

문재인 아까 제가 '분배'라는 말에 선뜻 대답할 수 없던 이유는, 분배하면 보통 복지를 떠올리거든요. 물론 가계소득을 높이는 방안에는 복지도 포함됩니다. 복지를 통해 소득재분배의 효과를 낼 수 있죠. 그러나 거기엔 한계가 있습니다. 우선 국가재원 면에서도 이 부분에 전적으로 의존할 수는 없는 거고요. 근본적인 건 1차 시장소득의 배분에서 불평등을 줄여야 합니다. 말하자면 대기업과 중소기업 종사 노동자, 정규직과 비정규직 간 임금격차를 줄이고 분배를 공평하게 해야 합니다.

―― 국민성장론과 현 정권의 창조경제론, 김종인 의원이 주장했던 경제민주화와의 차이는 무엇입니까?

문재인 창조경제론은 기존의 성장전략과 차이가 없습니다. 다만 문화, 벤처의 창업이나 성장을 추가로 강조했을 뿐 기존 성장론에서 벗어난 것이 아니죠. 그러나 문화, 벤처 쪽의 정책은 결국 거대한 비리로 얼룩지고 말았습니다. 국민성장이란 경제민주화와 금융민주화에 입각한 성장이라 할 수 있습니다. 김종인 전 대표가 주장한 경제민주화의 한계는 지난번 대선 때 박근혜 후보 쪽에서 주장했던 경제민주화의 한계이기도 하죠. 경제민주화는 정치적 민주주의의 기반 위에서만 가능합니다. 정치적 민주주의가 더 발전해나가면 경제민주화까지 나아가고, 정치적 민주화가 이루어지면 복지 중심의 민주주의로 나아간다, 그것이 경제민주화며 금융민주화입니다.

그런데 박근혜의 경제민주화는 정치적 민주주의가 빠진 주장이었습니다. 따라서 그 자체로는 그럴듯해도 사상누각과 같죠. 민주주의는 1인 1표인데 사회가 물질중심, 재벌경제로 흘러가다 보니 '1인 1표'가 아니라 주주총회처럼 '1원 1표' 같은 사회가 되면서, 재벌이나 부자가 권력과 결탁해 민주주의를 마음대로 하는 형식적 민주주의로 변질시켰죠. 실제로는 돈이 움직이는 민주주의입니다. 그러므로 1인 1표를 회복하자는 것입니다. 분배의 민주화, 그것이 경제민주화의 결정적인 과제입니다. 그에 대한 확실한 실천 없이는 경제민주화는 말뿐이고 기술적인 속임수에 지나지 않습니다.

크게 말하면 국민성장이라는 게, 국민의 가처분소득을 높이는 것입니다. 그래야 소비와 내수진작으로 이어져 성장을 이끌고, 성장하면 그만큼 더 일자리가 발생하고 국민소득으로 돌아와 선순환 구조가 되는 것이죠. 국민가처분소득을 높이는 방법은 두 가지입니다. 하나는 문자 그대로 국민들의 소득을 높이는 것이고 또 하나는 국민들의 생활비를 낮춰주는 것, 이 두 가지입니다.

—— 금융의 민주화는 어떻게 해야 합니까?

문재인 우선 일반 서민들은 금융에 대한 접근 자체가 어렵습니다. 오히려 더 많은 금융비용을 부담해야 합니다. 부자나 대기업은 신용이 확실하다는 이유로 우대금리를 적용받는데, 서민들은 신용이 그에 비해 부족하다는 이유로 가산금리를 적용받습니다. 심지어 제1금융권을 이용하지 못하고 훨씬 더 비싼 제2금융권을 이용해야 하고, 더더욱 다수는 금리가 엄청나게 비싼 대부업체를 이용해야 하니까요. 그래서 누구나 쉽게 금융에 접근할 수 있고 가난한 사람들은 정부에서 지원하는 등 금리에서 오히려 혜택을 보는 게 사회정의에 부합합니다. 신용카드 수수료조차 큰 업체들은 신용이 확실하고 부도 위험이 적으니 수수료율이 낮고 영세업체들은 수수료율이 더 높지 않은가요? 그런 현실에 대한 반성이 참여정부 때부터 있었습니다. 그래서 요즘 들어 영세업체들은 수수료율을 낮춰주는 정책을 펴고는 있는데, 신용카드 수수료에서 아주 부분적으로 성공을

거두고 있습니다. 오히려 서민들이 금융권에 더 싸고 쉽게 접
근하도록 하는 게 금융민주화의 본질에 가깝다고 할 수 있습
니다.

:: 언론개혁

———— 언론개혁을 자주 거론했는데, 그 의미는 저널리즘에 충실해야
　　　한다는 뜻입니까?

문재인 기본적으로 언론과 권력은 건강한 긴장관계여야 합니다. 그게
　　　권력에게도 더 바람직하죠. 언론이 계속 권력이 저지르는 잘
　　　못을 외면하거나 비호하면, 그 순간은 서로에게 이득일지 모
　　　르지만 결국은 차곡차곡 쌓였다가 한꺼번에 터지죠. 사람의
　　　일을 어떻게 감출 수 있겠습니까? 보십시오, 지금 언론이 얼마
　　　나 잘합니까. 아름답지 않습니까? 지금처럼 언론이 역할을 해
　　　왔다면 이런 일들이 안 생겼을 겁니다. 나라의 안정과 발전, 적
　　　게는 정부의 성공과 대통령의 성공을 위해서라도 언론은 제
　　　역할을 해야 합니다.
　　　　　　지난 10년간 권력은 공영방송을 완전히 지배 장악해서
　　　언론의 기능을 무력화해버렸는데, 지금 그 첫값을 받는 겁니

다. 공영방송은 국민의 방송으로 돌려줘야죠. 나머지 민간 언론에 대해서도 정부가 개입해서는 안 됩니다. 언론은 언론의 사명인 권력 견제와 감시에 충실해야 하고, 정부는 언론의 자유를 공정하게 보장해야 합니다. 종편 재심사 등도 정해진 기준대로 엄격하게 해야죠. 이런 것 외에 직접 개입할 수는 없는 거니까 스스로 자율적인 개혁을 하도록 맡겨야 하고요. 공영방송이 국민의 방송으로 자리매김을 하면 언론개혁이 확산될 수 있을 거라고 봅니다.

—— 조선시대에도 정조대왕은 "언로가 막히면 백 배 천 배 피해가 크다"고 하셨습니다. 백성의 고통과 신음을 들을 수 없으니까요. 현대사회에서 언론의 자유는 민주주의의 가장 중요한 기초죠. 페이스북이나 트위터에 직접 글을 올립니까?

문재인 네, 저는 직접 씁니다.

—— 외신기자 회견 때 민주주의가 이루어지면 안보와 경제도 다 잘 된다는 소신이 인상적이었습니다. 권력이 지나치게 비대해진 국정원, 검찰, 경찰, 국세청, 감사원. 이 5대 권력기관의 전체적 개혁 방향은 무엇입니까? 읍참마속(泣斬馬謖)의 어떤 정책이 있습니까?

문재인 읍참마속일 것도 없습니다. 권력의 올바른 행사를 위해 기능을 조정하면 됩니다. 원래 국정원의 역할을 해외정보와 산업정보, 대북관계로 한정하면 됩니다. 그리고 검찰은 세계적으로 유례가 없는 무소불위의 비대한 권한을 지니고 있습니다. 검찰의 잘못에 대해서는 문책할 수 있는 기구가 별도로 없어요. 검찰이 검찰권을 남용해 억울한 사람을 수사하고 기소해서 억울하게 만들어도 문책할 길이 없고, 마땅히 수사 기소하고 응징해야 할 사건을 덮어버려도 문책할 방법이 없는 상탭니다. 지난번에도 말씀드렸지만 검찰의 권한 중 수사권을 빼내야 합니다. 그러면 경찰이 검찰을 상대로 수사할 수 있는 길이 생기죠. 그와 함께 고위공직자 비리수사처를 만들어서, 고위권력에 대한 자체 자정기능을 담당하게 해야 합니다. 물론 그것은 검찰과 경찰, 대통령, 대통령 측근까지 포함해야 합니다.

:: 국민과 함께하는 권력

—— 권력의 속성에 대해 묻고 싶습니다. 링컨은 권력이 주어질 때 그 사람을 제대로 알 수 있다고 했습니다. 권력에 대한 태도, 권력을 통해 얻고자 하는 명예, 이런 이야기를 듣고 싶습니다. 권력을 통해서 어떤 가치를 어떻게 실현시킬 것인가, 과거 집

권세력과 달리 어떻게 명예를 지킬 것인가, 살아온 정치적 기반과 권력에 대한 정치철학의 기반은 무엇인가, 그런 게 궁금합니다.

문재인 우리가 권력을 갖는다면 기존 권력과 기반 자체가 다릅니다. 기득권자들의 권력은 그 세력들 간의 공고한 연합, 카르텔 같은 거지요. 실제로 그런 힘들이 권력의 기반이 되는 건데, 그에 맞서는 우리 권력의 기반은 도덕성과 역사적 소명의식입니다. 그 힘으로 기득권 세력의 연합을 우리가 깨나가야 합니다. 그렇게 해야만 또 국민의 지지를 받을 수 있고요. 참여정부를 겪으면서 느낀 소회는 그렇습니다. 국민의 손을 꼭 붙잡고 함께 가야 합니다. 그 손을 놓아버리면 절대로 이겨낼 수가 없죠.

—— 노무현 대통령을 잃은, 참으로 큰 대가를 치른 깨달음이군요.

문재인 그렇습니다. 국민들이 주저하거나 반대한다면 그 속도를 늦춰서라도 충분히 설명하고, 동의를 얻고, 그렇게 해나가야죠. 이번 촛불 민심은 우리 모두에게 굉장히 큰 힘입니다. 자연적인 공감대가 생겨버린 거니까요. 그 열망하는 민심을 국민의 동의라 간주하고, 우리가 힘 있게 개혁을 해도 될 듯합니다. 개혁이라든가 대청산, 이런 면에 대해서는 두 번 다시 얻기 힘든 기회가 주어졌으니까요.

—— 국민과 함께하는 권력이라는 의미군요. 국민에게 위임받은, 그
러므로 국민의 행복을 위해 바쳐야 할 권력을 지난번에 놓쳐
버리지 않았습니까? 지난 대선 때 패배한 가장 큰 이유는 무엇
이라고 생각합니까?

문재인 저 자신이 부족했던 것이죠.

—— 그때 만약 안철수 의원이 미국으로 가지 않고 함께 선거운동
을 했더라면, 하는 아쉬움을 표현하는 사람들이 많았습니다.

문재인 그런 식의 아쉬움들, 이랬더라면 저랬더라면 하는 많은 아쉬움
들이 있지만 알 수는 없죠.

—— 왜 붙잡지 못했습니까? 함께하자고. 그렇게 단일화를 해놓고
미국으로 가버리는 사람이 어디 있느냐고.

문재인 제가 안철수 의원이 아니니까 그 이유는 알 수 없죠. 그건 그분
의 몫 아니겠습니까.

—— 떠나는 사람을 잡지 않는 건 성격 탓입니까? 지도자에게 가장 중요한 건 성격이거든요. 리더십보다 더 중요합니다. 리더십은 성격에서 나오는 거니까.

문재인 저는 그런 차원의 일로 생각하고 싶지 않습니다, 어쨌든 남의 마음이 제 마음이 아니니까요. 어쨌든 졌다는 건 부족했던 겁니다. 그러나 졌기 때문에 우리가 했던 많은 노력이나 선거전략이 잘못된 것이었다는 데 다 동의하지는 않습니다. 우리의 전략은 젊은 사람들을 최대한 투표장으로 끌어내고 그들로부터 지지를 받는 것이었습니다. 그리고 그 전략은 대성공을 거두었습니다. 그 어느 때보다 많은 젊은이들을 투표장으로 불러냈고 그들의 지지를 받았죠. 제가 2040세대로부터 노무현 대통령 선거 때보다 훨씬 더 많은 지지를 받았습니다. 그런 면에서 우리의 선거전략은 성공을 거뒀습니다. 그래서 제가 사상 유례없는 득표를 한 게 아닙니까? 그런데 우리의 결집이 거꾸로 저쪽의 역결집을 불러일으켰지요. 그 부분에서 부족했던 거예요. 그것을 막지 못했던 것이 저의 확장력 부족이었던 셈이지요.

—— 풍선 한쪽을 누르면 한쪽이 더 튀어나오는 것처럼요. 그러니 유권자 수에서 졌다, 이렇게 해석하는 겁니까?

문재인 그렇지요. 결국은 그렇게 된 겁니다. 이쪽도 세력 결집을 해냈지만 저쪽도 해냈죠. 인구분포가 2002년하고는 달라져서 5, 60대가 500몇 십만은 더 많아진 상황이 돼버렸습니다. 그런 이유도 있지만, 저쪽에서는 국정원의 댓글조작이나 많은 국가기관의 개입이 있었다는 게 다 밝혀지지 않았습니까? 선거 직전 국정원 여직원 댓글 사건 때 경찰이 선거를 앞두고 조작된 발표를 했다든지, 이렇게 국가권력이 총동원된 겁니다. 앞으로도 예상되는 일들입니다. 순순히 국가권력을 넘겨줄 리가 없으니까요. 그것을 넘어서려면 더 압도적인 우위에 서는 길밖에 없습니다. 지난 대선에서는 우리가 거기까지 이르지 못한 겁니다. 공정한 경쟁이었다면 결코 지지 않았을 거라고 생각합니다. 그러나 그것조차도 우리에게 주어진 정치환경이라고 생각한다면 그것을 넘어서지 못한 제 확장력 부족이 패인인 것이지요.

—— 지난 대통령선거에서 개표부정이라는 논란도 있었습니다. 51.6퍼센트, 그 숫자가 5·16을 떠올리는데 우연치고는 기막힌 우연이거든요. 극작가 프리드리히 뒤렌마트는 "우연은 계획된 필연이다"라고 했습니다. 각 투표소에서 참관인들 참석하에 바로 손으로 개표를 해서 확인하는, 이런 식의 투개표 방식은 어떨까요?

문재인 그렇게 하는 나라들이 많이 있긴 합니다. 투표함을 옮기는 일이 없으니 개표부정을 최소화할 수 있는 길이긴 한데 전제가 필요합니다. 각 개표소 별로 충분한 참관인을 확보할 수 있어야 합니다. 우리나라가 표를 모아서 개표하는 제도를 만든 연유가 있습니다. 시골 지역, 지금도 새누리당이 압도적인 그런 지역에서는 더불어민주당 참관인을 제대로 확보하지 못합니다. 과거에는 그런 일이 심했기 때문에 그나마 모아서 개표하는 게 공정성을 담보하는 길이었던 거죠. 그렇다고 지금은 그 걱정이 없어졌냐 하면, 자신할 수 없다고 봅니다. 1987년 대선 때, 6월항쟁 이후 첫 직선제 선거를 할 때였습니다. 참여했던 많은 시민과 단체들이 공정선거 감시운동을 했습니다. 부산에서도 당시 노무현 변호사가 단장이 되고 저도 집행위원장이 되어 함께했습니다. 그때 참관인들을 모집해서 그 인원을 부산지역 투표소에 배분하고 야당 참관인이 부족한 경남지역까지 보내주고 했습니다. 하지만 강원도나 경북의 외진 지역에서 참관인 수를 확보하는 게 지금이라고 가능하겠습니까? 야당이 투표소 개표를 주장하지 못하는 데에 그런 고민이 있다는 말씀을 드리고 싶습니다.

—— 지금 새로운 민주혁명을 경험한 많은 20대들로 참관인 자원봉사 인력을 구성할 수 있지 않을까요?

문재인 지난 대선 개표에 대한 불신 때문에 이런 이야기가 나온 것인데, 지난번 개표방식의 문제를 해결하면 됩니다. 원래 수개표가 법으로 정해져 있습니다. 거기에 동원된 전자개표기는 개표기가 아니라 투표분류기입니다. 후보별로 투표지를 분류하는 기능을 하지요. 그러면 그 이후에 그 분류가 됐는지 일일이 확인하고 정확히 세는 수작업을 해야 하는데, 분류기에서 집계까지 나오기 때문에 이후 수개표 과정이 부실해진 겁니다. 확인이 부실해진 거고요. 처음엔 열심히 하다가 갈수록 더 신경을 덜 쓰게 된 거죠. 중간부터 거의 결과가 분명해졌다는 보도가 나오면서 개표하는 사람들이 열심히 하지 않게 되기도 했고요. 수개표를 강화하면 됩니다.

────── 분류기에 집계가 안 나오게 하면 되겠네요?

문재인 그런 방법도 있을 수 있겠고요, 분류기 자체를 안 써도 되는 거죠. 컴퓨터 조작이 있었다고 하는 이야기도 있는데, 개표분류기가 곧바로 중앙선관위의 컴퓨터로 취합되는 시스템이 아니었기 때문에 그 부분에 대해서는 제가 뭐라고 답하기가 어렵습니다. 그러나 이 부분을 의심하는 분들이 대선 무효 확인 소송을 하고 있는데, 대법원이 다음 대선이 코앞에 닥쳐온 지금까지 판결을 하지 않고 있는 것은 참으로 납득하기 어렵습니다. 대법원의 직무유기입니다.

이야기가 너무 진지한 게 아닌가 싶어서 우스갯소리를 하나 하려고 생각했다. 그 이야기는 이렇다. 천국과 지옥 사이에 담이 있는데 그 담이 무너졌다. 양쪽이 서로의 책임이라고 하면서 소송이 붙었는데 누가 이겼겠느냐는 문제였다. 천국에서는 아무리 변호사를 찾아봐도 변호사로는 마하트마 간디와 링컨, 노무현, 조영래 변호사뿐이었다. 그러나 지옥에서는 엄청난 로펌의 변호사 군단들이 나서서 천국이 대신 담을 다시 세웠다는 이야기. 그러나 그 이야기를 할 시간이 없었다.

問 ━ 혼밥은 언제?

文 ━ 늘. 자주. 김, 김치, 계란프라이랑 간단히 먹음.

問 ━ 아직까지 못 했지만 꼭 하고 싶은 취미

文 ━ 스카이다이빙. 고공낙하.

問 ━ 가지고 있는 물건 중에서 가장 비싼 상표가 달린 물건은?

文 ━ 패스. 상표는 잘 모름.

問 ━ 다시 입대한다면(육군 해군 공군 해병대 특전사 중에서)

文 ━ 해군.

問 ━ 혼자 있을 때 하는 버릇

文 ━ 책을 봄. 여행갈 때도 옆에 있어야 든든함. 요새는 주로 경제 관련 책을 보지만 예전에는 신춘문예도 다 찾아서 보았는데, 〈서울로 가는 전봉준〉을 보고 나중에 안도현 시인을 만나 너무 기뻤음.

問 ━ 골초들이 금연하는 방법 대공개

文 ── 2004년에 금연함. 금연하는 방법? 마지막 한 갑을 한 열흘에 걸쳐 피다가 그냥 금연함.

問 ── 자신의 장점과 단점
文 ── 장점은 꾸준한 것. 단점은 재미가 없다는 것.

問 ── 세 가지 소원을 빈다면
文 ── 첫째는 정권교체, 둘째는 세상 바꾸기, 셋째는 자유. 자유가 생기면 아내와 자동차 여행가고 싶고.

問 ── 욕심을 버리는 법
文 ── 원칙을 세워두면 고민할 필요가 없고.

問 ── 정치인의 최고 덕목
文 ── 균형감각. 왜? 옳다 그르다는 쉬우나 균형을 맞추기가 쉽지 않으니까. 김대중 대통령도 늘 반발만 앞서가라 하셨음.

問 ── 대통령이 꼭 지켜야 할 세 가지
文 ── 첫째는 경제, 둘째는 안보, 셋째는 통합.

행복

문재인이 꿈꾸는 행복

지금 우리 국민들이 가장 바라는 행복은
공정한 세상입니다.
적더라도 함께 나누는 세상,
배고프더라도 함께 먹는 세상,
그리고 억울한 사람이 없고 안전한 세상입니다.

:: 하늘의 그물은 피할 수 없다

빈자일등(貧者一燈). 그는 인터뷰를 시작하기 전, 가난한 여인 난타가 등불을 바쳤던 이야기를 했다. '바람이 불면 촛불은 꺼진다'는 모 국회의원의 막말이 화젯거리가 되고 있던 날이었다.

인도 북쪽 슈라바스티에 부처가 온다는 소식을 듣고 파세나디 왕과 모든 사람들이 등불을 밝혔다. 늙은 여인 난타는 하루종일 구걸한 돈으로 기름을 구해 등불을 걸었다. 밤이 지나고 바람이 불어 왕과 귀족들이 밝힌 등은 꺼졌지만 기름도 적은 난타의 등불은 꺼지지 않았다. 날이 밝아 제자 아난다가 아무리 그 등불을 끄려 해도 꺼지지 않았다. 부처님은 이렇게 말씀하셨다.

"아난다야, 등불을 끄지 마라. 사해의 바닷물을 길어다 붓고 태풍이 몰아친다 해도 저 등불은 끌 수 없다. 저 등불을 바친 이는 자신의 재산과 마음을 진실하게 바쳤기 때문이다. 착한 마음으로 켠 등은 결코 꺼지지 않는다. 난타는 바로 저 등불을 켜는 마음으로 깨달음을 얻었다."

그는 빈자일등을 언급하며 힘주어 말했다.

"가짜 보수 세력이 바람이 불면 촛불은 꺼진다고 했을 때, 비바람 속에서 나 하나의 촛불이라도 밝히려는 그 마음들이 생각났습니다. 바람이 불면 촛불이 더 번진다는 것을 저들은 모르고 있습니다." 그는 광화문광장과 전국 곳곳, 어둠이 차오르는 거리를 밝히는 촛불들은 아무리 비바람이 불어도 결코 꺼지지 않을 것이라고 했다.

───── 빈자일등, 바로 기원정사가 있는 북인도 슈라바스티, 사위성에서 전해 내려오는 이야기입니다. 그곳에는 그런 일화가 참 많이 전해져 옵니다. 기원정사에 청소부인 바보 판타카가 일하고 있었지요. 판타카는 머리가 나빠서 가르쳐주면 뭐든지 금방 잊어버렸습니다. 부처님은 그에게 다른 말은 기억하지 말고 '쓸고 닦아라'는 말만 외우게 했습니다. 그런 어느 날, 판타카는 그 말이 무슨 뜻인지를 압니다. 빗자루로 나쁜 마음을 쓸어내고 걸레로는 더러운 마음을 닦아내어 세상의 티끌을 쓸어낸다는 것을. 그러자 부처님은 "판타카여, 아름답구나. 진리를 깨닫는 데는 높은 학문과 지식이 필요 없다. 아주 작은 일이라도 실천하면 비로소 아는 것이니 너는 드디어 그것을 해냈구나" 하고 기뻐하시죠. 어쩌면 우리의 현실이 이런 이야기들과 연관돼 있는 것 같습니다. 무엇인가 위로와 용기를 전할 말이 지금 절실한데 말이지요.

문재인 천태종 상월 원각 대조사의 법어, 연화무염(蓮花無染)이 생각납니다. 연꽃은 진흙 속에서 자라지만 더럽혀지지 않는다는 것이죠. 국정농단 세력이 만들어놓은 진흙탕 속에서도 촛불은 결코 더럽혀지지 않습니다. 우리 정치인들이 새겨들어야 할 가르침입니다.

―― 노자의 《도덕경》에는 천망회회 소이부실(天網恢恢 疏而不失), 하늘의 그물은 넓디넓어서 성긴 것처럼 보이지만 결코 그 그물을 빠져나갈 수 없다고 합니다. 천라지망(天羅地網)이라고도 합니다. 촛불은 지금 이 시대에 어떤 의미입니까? 빛으로 이루어진 천라지망일까요?

문재인 지금은 춥고 어둡고 절망적이지만 이 현실에서 촛불을 밝혀 더없이 높고 바른 지혜를 찾고자 하는 마음들, 그 마음들이 이르지 않는 곳이 어디 있겠습니까. 봄이 오기 전에 미리 꽃소식을 전할 겁니다. 지금의 이 현실은 그야말로 빈자일등과 천라지망이라고들 하지 않습니까? 하늘과 땅에 내려진 심판의 그물은 어느 누구도 빠져나갈 수 없으니까요. 박근혜 정부가 그동안 저질러온 잘못들을 은폐하고 요리조리 피해나가는 것처럼 보였지만 이제 하늘과 땅의 가장 큰 그물, 역사의 심판을 받고 있습니다.

　　촛불은 염원이지요, 국민의 염원. 가장 중요한 것은 빈자일등처럼 작디작지만 간절한 바람으로, 나 한 사람의 촛불이라도 보태자는 그 마음이겠지요.

:: 촛불이 피운 꽃

———— 저는 촛불이 눈보라 속에 피는 매화꽃처럼 보였습니다. 만해 선사의 한시에 '눈보라 속에 핀 매화꽃이 지면 삼생이 텅 빈다' 고 합니다. 지금은 국민들이 눈보라 속에 촛불로 꽃을 피워 우리의 과거와 현재와 미래가 깨끗해지도록 하고 있는 걸까요?

문재인 전체적으로는 그런 생각이 듭니다. 과거 김대중, 노무현 정부 시절에 민주주의는 큰 발전이 있었거든요. 노무현 정부 때 와서는 정치 민주주의는 거의 세계적인 수준에 이르렀고, 언론의 자유도 국제적으로 앞선 평가를 받았습니다. 국민의 모든 행복과 가치는 민주주의에서 시작합니다. 그 결실을 보기 전에 그나마 이루었던 민주주의도 이명박·박근혜 정부에서 퇴행해버리니까 정말 허망했죠. 그런데 이번 촛불집회에 참가하면서 결코 허망한 게 아니었음을 압니다. 국민이 주권이라는 걸 비로소 보여줬거든요. 국민에게 이런 주권자의식을 심어준 게 김대중 정부부터였습니다. 그 씨앗이 노무현 정부를 거치면서 모든 국민들의 마음에 싹을 틔우고 자라나, 국민이 권력이라는 주권자의식으로 자리잡았습니다. 그리하여 뿌리 깊은 나무로 성숙한 거죠.

―――― 국민들이 이념이나 생각으로서 민주주의를 본 게 아니라 생활에서 직접 겪고 실천해왔던 민주주의가 청소년이나 대학생, 국민 전체로까지 퍼졌다는 의미입니까?

문재인 그렇습니다. 그 시기에 이미 민주주의를 맛보았기 때문에 가능했던 것이고, 그래서 결코 허망한 노력이 아니었음을 이제 저 촛불들이 가르쳐주고 있는 겁니다.

―――― 그렇다면 그게 국민의 정부와 참여정부의 큰 공덕이겠군요.

문재인 민주주의가 10년이 아니라 40년 뒤로 후퇴해버린 것 같은 현실이 참으로 막막했는데 비로소 용기를 얻고 자부심을 찾았습니다.

―――― 희망보다는 용기가 훨씬 가치 있어요. 희망은 쉽게 지치지만 용기는 오래 가니까요. 더구나 지난 10년간 정권은 희망과 행복이라는 말로 국민들을 마비시켜 왔으니까요.

어떤 말이 유행하느냐에 따라 당시의 사회 분위기를 알 수 있다. 2010년 1월에 '헬조선'이라는 말이 유행어가 되었다. 지옥(Hell)과 조선(朝鮮)을 합성한 신조어로 한국은 지옥이고 전혀 희망이 없다는 뜻이다. 헬한국이 아니라 헬조선인 이유는 대한민국이 조선시대처럼 신분이 세습되고 신분이 낮으면 기회가 막히는 사회풍조가 만연해 있기 때문이다. 이런 현상은 세대 간 갈등, 남녀 간 혐오, 사회적 약자에 대한 연쇄갑질로 나타났다. 노력은 노오력, 노오오오력으로 바뀌었다. 아무리 애써도 출구가 보이지 않고 절망의 현실을 벗어날 수 없다는 의미다. 2015년에는 마침내 수저론이 등장했다. 인구의 90퍼센트가 흙수저가 되고 마는 현실 앞에 사람들은 할 말을 잃었다. 소박한 행복도 사라져갔다.

:: 사람 문재인, 사회인 문재인, 정치인 문재인의 행복

——— 살아오면서 공인이 아니라 개인으로서 가장 행복했던 순간은 언제였습니까?

문재인 하하, 아무래도 아내와의 첫 키스 때가 아니었나 싶습니다. 그때만 해도 손을 잡아보는 데도 한참 시간이 걸리고, 입맞춤은 한 6개월 걸리고 했던 시절인데요. 그렇게 기다리고 기다리다 드디어 그랬을 때…… 하하하.

——— 그야말로 '날카로운 첫 키스의 추억'이군요. 지금도 그때를 가장 행복한 순간으로 간직하고 있으니.

그는 그 시절로 돌아간 듯 소년처럼 얼굴을 붉히며 웃었다. 링컨은 "마음먹은 만큼 행복하다"고 했다. 그의 마음속에 그 순간은 퇴색하거나 흐려지지 않은 채 오롯이 기억 속에 자리 잡고 있는 것 같았다.

──── 그러면 사회인으로서 행복했던 때는 언제입니까?

문재인 저는 변호사를 할 때가 가장 행복했습니다. 왜냐하면 내가 가장 잘할 수 있는 일을 했고, 내가 가진 능력으로 누군가를 도울 수 있었으니까요.

──── 그런 일을 해오면서 오래 기억에 남는 보람된 순간이 있었겠죠?

문재인 저는 노동과 인권변호사로서 사건을 수없이 맡았는데, 변론이 성공해서 무죄를 이끌어냈다든가 석방을 시켰다든가 할 때가 물론 기뻤죠. 하지만 결과적으로는 실패했더라도 과정에서 그 이야기를 많은 사람들이 공감하고 피해자의 이야기를 제대로 들어줄 때, 또 그렇게 관심을 가져준 것에 대해 당사자가 고마워할 때도 보람을 느꼈죠.

──── 정치인으로서는 어떨 때 가장 행복합니까?

문재인 정치인은 역시 국민들로부터 인정받고 사랑받는다고 느낄 때 행복하죠. 많은 분들이 잘했다고 잘한다고 칭찬을 해주신다든 지, 또 저를 믿고 사랑한다는 식의 표현을 해주실 때 정말 행복 하고, 동시에 마음이 아파오기도 합니다. 정치인으로서의 행복 은 동시에 어떤 슬픔과도 맞닿아 있는가 봅니다.

——— 그건 왜 그렇습니까?

문재인 시민들이, 청년들이, 할머니가 저를 알아보고 제 손을 꼭 잡아 줄 때 손끝으로 전해지는 게 있습니다. 우리가 얼마나 힘들어 하는지 꼭 알아달라는 마음이 그대로 느껴지거든요.

——— 거리에서 청년들이 함께 사진 찍고 싶어 할 때는 표정이 행복 해 보이던데요.

문재인 네, 그럴 때 청년들과 함께 아주 소박한 행복을 느끼지요.

——— 우리가 책방 앞을 걸어갈 때 어느 키 작은 할머니 한 분이 달려 와 안기듯 사진을 같이 찍고는 "어젯밤 참 좋은 꿈을 꾸었다" 고 하시더군요. 그럴 때도 행복하겠죠?

문재인 저의 결심과 약속이 국민들로부터 받아들여지는 걸 깨닫는 소중한 순간이죠. 다들 빈자일등을 들고 선 것처럼 간절한 바람들이 있습니다. 삶이 얼마나 고단한지 제게 말씀하시고 애정을 표현하실 때는 행복하면서도 가슴이 아릿해지죠. 우리를 잊지 말아달라고 하는 목소리가 가슴속에 차곡차곡 쌓이니까요.

——— 행복이란 오래된 풍경이고 오래 간직하는 모든 기억인 것 같습니다.

문재인 개인적으로는 저는 혼자 있을 때가 좋아요. 혼자 있을 때 자유롭고 또 편안하죠. 그래서 혼자서 히말라야 트레킹을 한 적도 있고 자주 산길을 혼자 걷는다든지 합니다. 시골집 마당에서 그냥 혼자 잡풀을 뽑는다든지, 그런 시간도 행복하고요.

——— 히말라야 트레킹을 가곤 하는데 어떤 특별한 이유가 있습니까? 거기서 얻어지는 행복감도 있나요?

문재인 저는 걷는 걸 좋아합니다. 국내에도 제주도 올레길, 지리산 둘레길, 부산 갈매길 등 여기저기 많이 다녔어요. 긴 시간 걷는 것을 좋아합니다. 한두 시간 걷고 내려와서 한 잔 마시는 산행

보다 몸이 녹진해질 때까지 걷는 걸 좋아해요. 걷는 게 일정한 단계를 넘어서면 다른 걸 다 잊고 걷는 데만 몰입하는 단계에 이릅니다. 계속 걷다 보면 행복감을 느끼고요.

틱낫한 스님은 걷기명상을 했는데, 걷기명상은 어디를 향해 걷는 게 아니라 한 걸음 한 걸음 걷는 데만 집중하는 겁니다. 그러면 기쁨과 평화를 만끽할 수 있다는 거죠. 걷기명상의 방법은 일에도 적용됩니다. 틱낫한 스님 말씀이죠. "걱정과 불안, 망상에 한눈팔지 말고 마음을 호흡과 발밑에 집중하라. 온전히 지금 하고 있는 일에 집중하라. 온갖 생각과 함께 방황하지 말고 '지금 이 순간' 하는 일에만 집중하라"고.

예전에 어느 기자가 성철 스님과 함께 걸어가면서 물었답니다. "지금 무슨 생각을 하십니까?" 성철 스님이 이렇게 대답하시더랍니다. "걷는 것만 생각한다." 유명한 선문답인데, 어쨌든 그런 경지까지는 아니더라도 걸을 때 어느 순간 굉장히 자유롭고 편안하게 느껴집니다.

——— 히말라야를 걸으면 어떻습니까?

문재인 호젓한 산길을 긴 시간 동안 혼자 걸으면 고독하지만, 그 고독이 오히려 편안하고 좋아집니다.

—— 지도자는 더더욱 절대고독의 순간이 있어야 한다고 생각합니다. 혼자 있을 때 가장 잘 있는 법을 알게 되니까요.

:: 흡연, 금연 그리고 행복

—— 히말라야 트레킹에서 담배를 끊었는데 무슨 금연 비결이 있습니까?

문재인 담배를 제대로 핀 건 고3 때부터였죠. 1970년부터니까 35년 정도 피웠네요. 그 무렵엔 고3쯤 되면 흔히 담배를 다 피웠어요. 물론 그때도 고약한 선생님이 때때로 가방을 뒤져서 담배를 찾아내가지고 벌을 주는 일이 있긴 했지만 대체로 그냥 용인하는 분위기였죠. 2교시 마치면 우르르 학교 뒷산에 올라가 담배를 피우고 내려오고, 그다음 점심시간에 가서 또 피우고, 두 시간마다 한 번씩은 피웠던 것 같아요. 막걸리도 허용하는 분위기였죠. 당시엔 고등학생이면 이미 어른 대접을 했던 것 같습니다.

　　그렇게 오래 담배를 피워왔는데 히말라야에서 한 번에 딱 끊어버렸어요. 제가 참여정부 민정수석을 그만둔 다음에 히말라야로 떠났습니다. 히말라야 대자연의 산길을 걷는데 담

길에서 마주치는 분들이,

삶이 얼마나 고단한지 제게 말씀하시고 애정을 표현하실 때,

행복하면서도 가슴이 아릿하지요.

우리를 잊지 말아달라는 목소리가

가슴속에 차곡차곡 쌓이니까요.

배가 저절로 끊어지더라고요. 왜 진작 못 끊었나 싶기도 했죠.

—— 담배 끊기가 얼마나 어려운지 마크 트웨인이 위트 있게 말한 게 있습니다. 얼마나 골초인지, 잠잘 때는 담배를 피우지 않는 다며 "금연만큼 쉬운 게 없다. 백 번도 넘게 해봤으니까"라고 말했답니다.

문재인 담배 하면 생각나는 사람이 한 분 있는데, 조영래 변호사가 생 각납니다. 제가 살아오면서 만난 최고의 천재고 말이나 글이 명석한 분이었죠. 글도 금방금방 잘 씁니다. 아주 멋있는 변론 과 지적을 담은 명문이 나오는데, 그럴 때마다 항상 담배 연 기 속에서 글이 나왔습니다. 나중에는 점점 더 심해져서 담배 를 손에서 거의 놓지 않았어요. 웬만한 골초라도 음식 먹을 때 는 담배를 피우지 않는데 이분은 밥 먹을 때도 담배를 피워가 면서 먹을 정도였죠. 나중에 폐암으로 입원하기 직전 부산에 서 같이 회를 먹었는데, 정말로 회 한 점 먹고 담배 한 대 피우 는 식이었어요. 제가 너무 걱정돼서 "형, 담배 좀 줄여라" 하니 까 허허 웃고 말았는데 바로 폐암이 된 거예요. 그로부터 한 달 도 안 돼 세상을 떠났습니다.

—— 담배 이야기가 여러 기억들을 불러일으키는 것 같습니다. 조

영래 변호사의 《전태일평전》은 명문이죠. 1947년생, 하늘에 할 일이 너무 많다고 빨리 데려가신 것 같습니다.

:: 지금 여기, 국민이 바라는 행복

—— 지금 우리 국민들이 가장 바라는 행복은 무엇일까요?

문재인 공정한 세상 아니겠습니까? 적더라도 함께 나누는 세상, 배고 프더라도 함께 먹는 세상, 그리고 억울한 사람이 없고 안전한 세상을 바라죠. 중년세대는 제게 말씀하십니다. 자식이 행복해 야 부모가 행복하다고. 자식이 정말로 노력했는데도 성공은커 녕 기회조차 얻지 못한 채 밀려나고, 누군가는 또 아무런 노력 없이 부모 덕에 모든 걸 얻고, 이런 불평등과 불공정을 보고 겪 는 게 국민들의 불행이겠죠. 세상이 공평하다고 느낀다면 함 께 고통을 겪고 극복해나갈 수 있습니다. 과거 우리 사회는 지 금처럼 물자가 풍족하지 않았고 훨씬 가난했어요. 하지만 더 불어 사는 공동체답게 행복을 느끼면서 살 수 있었습니다. 지 난날이 더 좋았다는 게 아닙니다. 공정하게 나눠 가져야 할 것 들이 그 이후 너무나 불균등하게 배분돼버린 게 문제죠. 국민 이 허리띠 졸라매고 이룬 것을 군사정권과 일부 세력이 독점

해버렸고, 그걸 속이기 위해 권력은 국민에게 환상을 심어주고 거짓말을 했습니다.

—— 모두가 행복하려면 권력의 투명성과 평등함이 우선돼야겠죠. 세계에서 행복지수가 가장 높은 나라가 부탄인데, 그곳 거리에서 만난 사람들 표정은 어땠습니까? 거기선 동물들도 행복해 보인다고 하던데요.

문재인 부탄은 불교를 국교로 정하고 있는 나라인데요, 탐욕을 억제하고 욕심 부리지 않는 마음을 기본으로 갖고 있기 때문에 물질에 대한 탐심이 적죠. 비교적 공평하고 함께 나누는 공동체를 유지하고 있습니다. 사람들은 친절하고 소박하고요. 그곳에 살고 있는 동물도 물론 행복하겠죠.

—— 그들에게도 4차 산업혁명처럼 새로운 기술이 확 밀려온다면 그때도 불교적인 가치나 실천으로 물질적인 욕망을 극복할 수 있을까요?

문재인 다른 불교국가들도 개발과 물질에 대한 욕망 때문에 고유한 정신을 잃어버린 곳이 많습니다. 부탄은 그런 순간에 탁월하고 위대한 지도자를 만난 거죠. 부탄 왕추크 국왕이 GNP라는 개념 대신에 GNH(Gross National Happiness)라고 해서 국민총행복지수라는 개념을 가장 먼저 도입했습니다. 삶의 질이랄까요. 이게 세계적으로 퍼져서 2007년 경제협력기구에서 평균행복, 행복수명, 행복불평등, 불평등조정행복 등 네 개 지수를 정하고 나라별 행복지수를 나타냈습니다. 그러나 어떤 점에서는 부탄이 폐쇄적이어서 그게 앞으로 어떻게 변화될지 염려되는 측면도 있습니다.

—— 지금 많은 국민이 불행하다고 생각하는데, 우리가 무엇을 잃어버린 걸까요? 또는 무엇을 빼앗긴 걸까요?

문재인 사람을 잃었죠. 사람의 가치를 잃어버리고 돈, 물질, 성공, 사회적 지위, 출세, 이런 것들을 더 중요한 가치로 숭배하게 되었어요. 마하트마 간디는 사회를 망치는 일곱 가지 죄를 말했습니다. 원칙 없는 정치, 노동 없는 부, 양심 없는 쾌락, 인격 없는 교육, 도덕성 없는 상거래, 인간성 없는 학문, 희생 없는 신앙. 박근혜 게이트는 그 모든 것들을 한자리에 모아놓은 꼴입니다. 간디는 세상을 바꾸기 위해서는 자신이 먼저 바뀌어야 한다고 했습니다. 우리에게는 너무 뼈아픈 말입니다.

:: 행복한 사회를 위한 구체적인 실천방안

—— 사회적인 행복은 취업, 결혼, 출산을 통해서 이루어집니다. 지금 청년들이 이런 걸 다 포기하지 않았습니까? 종이컵처럼 일회성 행복을 선택하는 방향으로 사회 분위기가 바뀌고 있습니다. 청년들은 조물주보다 건물주가 더 위대하게 보인다고 합니다. 비정규직 문제도 갈수록 심각해지고 있죠. 똑같은 노동이면 정규직, 비정규직 상관없이 임금이 같아야 하지 않습니까?

문재인 사람이 자기 짝을 찾아 결혼하고 아이를 낳고 그러는 게 인간 본연의 행복인데, 그 본연의 행복을 다들 포기하고 있는 거죠. 혹자는 그것을 행복을 보는 시각이 달라진 거라고 말하기도 하지만 그렇지 않습니다. 인간이라면 찾게 돼 있는 본질적인 행복 자체를 포기하고 있다는 거죠. 결혼에 따르는 책임, 아이 낳아 기르는 책임, 그런 책임을 질 자신이 없는 거예요. 미래에 대한 희망이 없기 때문에 그런 걸 다 포기하게 되는 건데, 그 원인 가운데 하나가 정규직과 비정규직 차별에 있다고 봅니다. 예를 들어 똑같이 자동차 바퀴를 끼우는 일을 하는데 왼쪽은 정규직, 오른쪽은 비정규직이라는 이유로 두 배 이상 임금 차이가 난다면, 그런 사회가 정의로울 수 있겠습니까? 동일

노동 동일임금, 이는 우리나라 법에도 명시돼 있습니다. 문제는 이런 차별을 규제할 만한 강제적인 수단이 없다는 거죠. 선언적인 규정으로 그치고 있는 겁니다. 이 부분에 대해 엄격한 처벌을 한다든지, 징벌적 배상을 하게 한다든지, 개인이 어려우니 노동조합이나 단체가 움직인다든지, 여러 방법들을 생각해볼 수 있습니다. 실제로 미국에서 오바마 대통령이 이런 법안을 제출했는데 공화당 반대로 통과되지는 못했죠. 우리도 그런 노력이 꼭 필요합니다.

—— 노동과 임금이 균형을 맞추려면 자본과의 조화도 필요하고, 그러려면 구체적인 사회적 시스템이 마련돼야 할 텐데요.

문재인 결국은 자본과 노동이 생산의 성과나 성장에서 어떤 배분을 받느냐의 문제는 자본과 노동의 거래에 달려 있습니다. 그런데 이 거래에서 항상 자본이 우위에 있고 노동자 개개인들은 약자일 수밖에 없어요. 자본가는 얼마든지 대체노동자를 구할 수 있지만 노동자들은 임금이 없으면 당장 살 수가 없으니까요. 노동과 자본이 대등하게 균형 있게 갈 수 있는 방법이 하나 있긴 합니다. 노동조합을 조직해서 집단적인 힘을 구성하고 사용자와 대등한 교섭을 하는 거죠. 그 속에서 자본과 노동의 균형이 나오는데, 우리나라는 지금 노동조합 조직률이 10

퍼센트밖에 안 됩니다. 그렇게 낮은 나라는 세계적으로 드뭅니다. 1980년대에는 노동조합 조직률이 20퍼센트까지 올라가기도 했었죠. 그마저도 세계적으로는 그리 높은 수준이 아니었는데, 그나마 1987년 6월항쟁 이후 노동운동의 대분출 과정을 통해 그 정도까지 올라갔던 겁니다. 그 이후 조직률이 떨어지긴 했지만 그래도 그 시기가 가장 높았던 시기였어요. 이명박·박근혜 정부에 와서는 그 조직률이 최저로 떨어졌습니다. 무엇보다 노동조합 조직률을 높이는 방법이 필요합니다.

—— 우리 법적 시스템 안에서 노동조합이 적극적으로 활동할 수 있도록 해야 하지 않습니까?

문재인 그렇지요. 법적으로 보장해주는 소극적 차원이 아니라, 한 걸음 나아가 국가가 적극적으로 지원하고 권장해서 노동지위를 높이는 작업이 필요합니다. 외국처럼 개별기업 단위의 노동조합을 넘어서, 말하자면 산업별 노조체제 속에서 실직자도 비정규직 노동자도 참여할 수 있도록 해야 합니다.

—— 지금 촛불을 들고 나오는 국민들은 제왕적이고 동시에 재앙적인 대통령만 하야하길 요구하는 게 아니라, 제왕적 기업, 끝없는 혐오와 갑질, 관피아, 모피아, 이런 부분들도 상식적으로 바

로잡기를 요구하고 있습니다.

문재인 저는 정권교체가 이루어진다면 불공정신고센터를 두고 싶습니다. 제가 얼마 전 촛불집회에 갔다가 편지 한 통을 받았습니다. 말할 기회가 없으니까 미리 편지를 써와서 주시는 분들이 많은데, 그날 한 분이 또 저한테 편지를 주셨어요. 사범대학을 나와서 여러 해 임용고시에 낙방해 서른이 넘도록 합격을 못 한 분이었습니다. 임용고시 경쟁률이 30 대 1 정도 된다고 합니다. 임용고시 불합격은 자신의 노력 부족이라고 생각하면서 스스로를 채찍질하곤 했는데, 사립학교 교원은 빽 있는 사람들이 경쟁도 하지 않고 척척 된다는 겁니다. 사립학교 교원도 국립학교 교원과 대우가 똑같고 국민세금으로 월급을 받습니다. 우리 사회는 지금 눈에 보이는 부분뿐만 아니라 보이지 않는 구석구석까지 다 불공정하게 굴러가고 있는 겁니다. 공공부문뿐만 아니라 적어도 국가의 세금이 적용되는 데는 민간부문이라도 불공정 요소가 없어지도록 해야 합니다.

—— 불공정이 없어지려면 무엇보다 투명해져야겠죠.

문재인 그렇습니다. 불공정에 대한 신고를 받아서 국민과 함께 대청소 작업을 해야 합니다.

───── 중앙정부는 물론 지방자치단체도 예산 낭비가 너무 많지 않습니까? 그런 부분에 대한 신고센터도 같이 만들면 어떨까요? 세금 탈세자 신고하면 최고 20억까지 보상하는 것처럼 상한선을 정해서 말이죠.

문재인 신고를 통해 낭비된 금액을 환수할 수 있다면 그에 대해 일정한 금액을 포상하는 방법도 좋겠죠. 예산 낭비를 하는 주체가 행정기관이기 때문에 스스로는 책임을 지려 하지 않아요. 주범이고 공범이니까. 시민들이 나서서 주민대표로 소송할 수 있어야 합니다. 물론 그렇게 해서 환수된 금액은 국고로 귀속되겠지만 20퍼센트 정도는 시민이 가져가도록 하는 거죠. 일본은 그런 제도가 발달해 있는데, 그렇게 해서 몇 번 성공한 사람은 나중에 그 실적으로 선거에서 지방의원으로 당선되기도 합니다. 탈세나 체납에 대해서도 탈루된 부분들을 제대로 알려야 해요. 면탈하거나 체납하고 있는 사람의 자산을 누군가 신고해서 징수하도록 하면 상당한 보상을 해주는 거죠.

───── 그러려면 내부제보자에 대한 정부의 철저한 보호가 필요합니다. 이명박 정부 당시 민간인 사찰을 내부제보했던 정진수 씨, 해군 군납비리를 밝혔던 김영수 전 소령, KT의 국제전화 사기를 공익제보한 이해관 씨, 이런 분들은 여전히 힘든 생활을 하

고 있습니다. 이들을 배신자라며 보호해주지 않으니 누가 무거운 짐을 지고자 하겠습니까? 이번 박근혜 게이트 청문회에서 용기 있게 증언하는 노승일 씨 같은 사람도 있었지요. 내부제보자가 세상을 투명하게 하지 않겠습니까? 이들에 대한 철저한 보호와 재정적인 보상지원이 필요한데, 이거 국가가 해줘야 하는 거 아닙니까?

문재인 내부제보자에 대해서 국가가 필요한 경우 신원보호도 해주고, 충분한 보상도 해주고, 그에 대한 이런저런 불이익이나 탄압에 대해서는 엄벌해야 합니다. 아직도 우리 사회에서는 내부고발이 조직을 향해 총을 쏘는 배반, 배신이라며 집단 비난하는 문화가 있죠. 이건 결국 기득권자들의 가치입니다. 내부고발은 대단한 용기이고 가치 있는 일이며 칭송받아야 한다는걸 국가가 책임지고 알려줘야 합니다.

:: 노인문제, 출산문제 해결을 위한 대책

—— 평균수명이 갈수록 길어지고 있어서 빈곤노인층도 계속 증가하고 있습니다. 치매문제도 심각합니다. 영국 같은 경우 치매때문에 나라가 망할 것 같다는 말이 나올 정도랍니다. 우리 사

회도 치매 환자가 늘어나고 있죠. 지금 7, 80대가 조국 경제성
장에 상당한 기여를 했는데, 이런 노인분들의 삶을 보장해주
는 어떤 정책이나 대안이 있습니까?

문재인 지금 어르신들은 허리띠를 졸라매면서 대한민국을 이만큼 발
전시킨 공로자들이고 당연히 그에 마땅한 대접이 필요합니다.
그런데 이제는 가족이 부모를 부양할 능력이 없습니다. 젊은
세대들이 자기 앞가림도 하기 힘들고 4, 50대들도 가계부채,
구조조정 등으로 부모를 부양하기가 쉽지 않습니다. 특히 치
매 부모는 정말 대책이 없죠. 사회구조가 그렇게 돼버렸어요.
이제는 국가와 사회가 노인들을 책임진다는 의식 전환이 필요
합니다. 노후연금체계를 더 확대, 확충, 완비해 어르신들이 연
금만으로 안정된 생활을 할 수 있도록 해야죠. 치매는 한 인간
의 존엄성만 무너뜨리는 게 아니라 가족 전체의 삶을 무너뜨
립니다. 한 개인이 스스로 감당할 수 있는 범위를 넘어서니까
요. 그래서 저는 저 나름의 '치매국가책임제'를 주장했습니다.
조기검진이 중요하니까 예방단계부터 치매 발생 이후의 치료,
요양뿐만 아니라 그 가족들에 대한 상담까지 국가가 책임지는
제도를 만드는 거죠.

—— 지금의 저출산 추세로 가면 2100년 우리나라 인구가 반으로

줄어든다고 합니다. 저출산율을 해결하는 문제는 여성문제와 결합돼 있습니다. 평균 여성 임금이 남성의 60퍼센트밖에 안 됩니다. 여성 임금, 여성 취업에 대한 확실한 지원이 없으면 미래에 인력난이 오지 않을까 하는 위기감이 듭니다.

문재인 저출산이 상당히 오랫동안 지속돼왔기 때문에 당장 올해부터 대한민국에서 생산가능인구가 줄어듭니다. 몇 년 더 지나면 대한민국 총인구가 줄기 시작하는데, 우선 생산가능인구가 줄어들면 그만큼 세금 납부도 줄고 소비도 줄고 경제가 헤어날 수 없는 저성장 터널에 갇히게 되죠. 이 생산가능인구를 유지할 수 있는 길은 여성의 경제 참여를 늘리는 것뿐입니다. 어떤 분들은 이민이나 해외노동자를 수용하는 대안을 주장하기도 하는데, 지금은 그것을 논의할 단계는 아니라고 봅니다. 우선 여성 경제활동 참여를 늘리는 노력을 해야죠. 우리나라 여성 경제활동 참여율이, 원래 여성이 경제에 참여하지 않는 이슬람 국가를 제외하면 OECD 국가 중 최저입니다. 그러니까 경제활동에 참여할 수 있는 여성들이 많다는 거죠. 여성의 경제활동 참여로 저출산으로 인한 생산가능인구 감소를 충분히 보충할 수 있다고 생각합니다. 그러려면 여성들이 일할 수 있게 해줘야 하는 거죠. 남녀 간 차별 없는 처우가 필요하고, 출산 때문에 일하지 못하는 경력 단절을 없애기 위해 일과 자녀

양육을 양립할 수 있도록 보육지원체계를 갖춰야 합니다.

—— 그러려면 획기적인 출산정책, 보육정책이 반드시 있어야겠죠.
이 부분에 대해 지금까지 너무 정책적인 배려가 없지 않았나
싶습니다.

문재인 적어도 노무현 정부 때부터는 저출산 대책에 신경을 많이 썼
어요. 이미 노무현 정부 이전부터 대한민국 출산율이 1.2명 정
도로 떨어져 있는 상태였습니다. 그런데 그때까지도 산아제한
정책이 유지되고 있었던 겁니다. 아이를 더 낳게 하려면 그만
큼 지원을 더 해야 하는데, 예를 들면 둘째 아이부터는 혜택을
주지 않는 등 산아제한정책이 그대로 남아 있는 거예요. 참 웃
기는 일이죠. 그래서 참여정부 때 '저출산고령화위원회'를 만
들어서 본격적으로 출산확대정책을 해나갔어요. 그 정책은 이
명박·박근혜 정부 때까지도 이어지고 있습니다. 그래서 그나
마 조금씩 오르기도 하고 더 떨어지는 건 막는 효과도 있다고
보긴 합니다만, 단편적으로 출산에 대한 지원, 보육에 대한 지
원, 이런 임시 대책에 머물고 있습니다. 당장 올해부터 생산가
능인구가 줄어든다면 이건 국가위기 상태입니다. 따라서 특단
의 대책이 필요한 거죠. 그래서 제가 내린 결론은, 임신 상태에
서의 산모 건강관리부터 출산, 출산 후 산후조리, 그 이후의 보

육, 이 전 과정을 국가가 전부 책임져야 한다는 겁니다.

───── 치매를 비롯해 출산, 보육을 책임지는 데 필요한 예산이 엄청
날 텐데 어떻게 마련합니까?

문재인 보육은 6세까지의 지원은 상당 부분 되고 있어서 추가재원이
그리 많지는 않다고 봅니다. 국가재원의 우선순위를 어디에
두느냐가 문제죠. 국가비상사태라는 인식을 공유한다면 충분
히 가능하다고 봅니다.

───── 캐나다나 덴마크 같은 복지국가에서는 국내인은 물론 외국인
에게도 차별 없이 거의 70~80만 원 정도 양육수당을 주고 있
습니다.

문재인 그게 바로 아동수당이라는 겁니다. 홍세화의 《빠리의 택시운
전사》에 보면 그런 내용이 있죠. 망명신청이 받아들여지지 않
은 불법체류 상태였는데도, 두 아이에 대한 아동수당이 나왔
다고 했어요. 그래서 전 가족 네 명이 두 아이의 아동수당으로
살았다는 이야기가 있습니다. 망명 허가가 나지 않은 외국인
에게도 그런 혜택을 준 거죠. 그런 아동수당도 도입해야 합니
다. 그 예산을 마련할 재원으로는 여러 가지 방안이 설계되고

있어요. 몇 살까지 할 것인지, 금액을 얼마로 할 것인지에 따라 추가로 소요되는 재원이 어느 정도 정해져 있어서 재정 형편에 따라서 선택해나가면 됩니다.

──── 적어도 출산과 교육에 대한 문제는 획기적이고 집중적인 정책이 필요하지 않겠습니까? 일단 임신하는 순간부터 국가가 책임져야 합니다. 생명 자체에 대한 존중과 그것이 미래사회의 궁극적 자원이라는 획기적인 생각이 없으면 출산율 회복이 안될 것 같은데요.

문재인 프랑스가 예전에 대표적인 저출산 국가였죠. 그런데 지금은 저출산에서 완전히 벗어나서 OECD 국가 중 출산율이 가장 높은 나라로 대변신을 했어요. 아동수당을 비롯해 임신부터 보육 단계까지 재정적인 지원이나 보장은 말할 것도 없고 모든 출산에 대해 보호를 해줍니다. 우리나라는 미혼모를 사회적으로 죄악시하다 보니 낙태 건수가 세계에서 가장 많습니다. 프랑스에서는 미혼모뿐만 아니라 정식으로 혼인하지 않은 혼외자 등의 모든 출산에 대해 똑같이 보호하고 차별하지 않습니다.

──── 모든 임신과 출산 그 자체가 축복이라는 사회적 분위기가 정말 필요한 것 같습니다.

문재인 프랑스는 국가정책도 있었지만 많은 사람이 노력했습니다. 카트린느 드뇌브 등 인기 배우들도 혼외 임신을 떳떳하게 밝히면서 사회적으로 임신을 부끄럽지 않게 느끼는 문화를 선도하기도 했고, 또 프랑스 자체가 지닌 톨레랑스, 관용의 문화가 있어서 그들은 심지어 동성혼 등 모든 형태의 가정과 출산에 대해 차별하지 않고 보호합니다.

—— 가장 우선적인 정책과제는 무엇이라고 생각합니까?

문재인 저는 임신에서 출산까지 국가가 다 지원해야 한다고 봅니다. 셋째 아이부터는 대학 졸업까지 책임져야 한다고 생각하고요. 셋째 아이 낳는 여성에게는 훈장이라도 달아줘야죠. 그들은 국가성장의 원동력이니까요. 아이를 키우는 엄마에 대해서는 아이가 초등학교에 입학할 때까지 근무 시간을 오전 10시부터 오후 4시까지로 하고, 유연 근무제를 할 수 있게 하는 공약을 준비하고 있습니다.

:: 경제성장의 숨은 주역, 노년세대의 명예

—— 어릴 때 가장 인상 깊었던 만남은 어떤 만남이었습니까?

문재인 초등학교 때였는데, 수녀님과의 만남이었습니다.

—— 어렸을 때 만난 수녀님의 모습은 어땠습니까?

문재인 그때는 성당에서 미군들이 남긴 잉여물자를 구호식량으로 나눠줬는데요, 1주일에 한두 번 성당에서 밀가루나 강냉이가루, 전지분유를 줬어요. 피난민이 정말 많았죠. 제가 초등학교 2, 3학년 때였는데 거기 가는 게 참 싫었습니다. 버킷 하나 들고 가서 오랜 시간 줄 서서 기다려야 하고, 친구들과 놀고 싶은데 같이 놀지도 못하고, 쪽팔리기도 하고요. 어린 마음에 그런 일이 하기 싫었어요. 제가 장남이니까 제가 할 일이라고 생각하며 그냥 참고 한 거죠.

　　　　줄 서 있는 사람들을 보면 전부 어른들이지 저 같은 꼬맹이는 없었습니다. 그런데 수녀님들이 꼬맹이가 그러고 있으니 안쓰럽기도 하고 기특하기도 하셨는지, 머리를 쓰다듬어주기도 하고 사탕이나 과일을 슬그머니 주기도 하셨죠. 그때 수녀님들 모습이 정말 천사 같았어요. 그 시절 학교엔 풍금이 없었습니다. 풍금 소리를 듣는 유일한 장소가 성당이었습니다. 성당에서 풍금 치는 수녀님 모습은 진짜 천사였습니다.

—— 성경에 보면 예수가 40일간 홀로 굶주리며 기도할 때 악마가

떡을 내놓고 유혹합니다. 그때 예수는 사람은 떡만으로 사는 게 아니라고 합니다.

문재인 예수님은 떡으로'만'에 방점을 둔 것이죠. 먹는 것 말고도 더 중요한 가치가 있다는 것, 정신적 태도를 말하겠죠. 자신만의 주관적인 가치나 철학, 신앙을 표현한 것일 텐데, 하지만 배고픈 사람에게 가장 필요한 건 당연히 배고픔을 해결하는 겁니다. 배고픈 사람에게 신앙심이나 어떤 가치를 말한다거나, 먹는 것보다 더 중요한 게 있다라고 가르치는 건 헛말에 불과하지 않겠습니까? 가장 절실한 것을 해결해주는 게 가장 절실한 도움이겠죠. 그때 수녀님이 바로 그런 모습이었습니다.

——— 보릿고개가 있었던 시절이지요. 그 시절을 겪었던 지금 7, 80대 세대들이 사실 조국 근대화의 기수였지 않습니까? 부모에게 효도하고, 자식 키우고, 그런데 노년에 이르러 자식들이 돌보지 않으니 비참한 노후를 보내야 합니다. 사실 60대 중에도 갈 곳 없는 이들, 최저생활마저 힘든 이들이 많죠. 노년세대 절반이 빈곤에 허덕이고 있습니다. 이제 조국근대화의 주역에 대한 평가를 완전히 새롭게 해야 하지 않겠습니까? '한강의 기적'은 그들이 이룬 것이지 군사정권이 한 것이 아니거든요. 그들이 받아야 할 영광을 독재정권이나 일부 대기업이 다 빼앗

아가 버렸어요.

문재인 우리 경제를 발전시킨 게 5·16 군사반란 이후 경제개발 5개년 계획에 의해서라고 하는데, 원래 이 계획 자체가 이미 민주당 장면 정부 때부터 수립해둔 것이었습니다. 그것을 시행하기 직전에 쿠데타가 일어났고 박정희 정권이 장면 정부의 정책을 실행했습니다. 후발국가로서 빠른 경제성장을 위해 저임금, 저곡가, 양대 정책을 썼습니다. 그렇게 해서 국가자원을 수출과 성장 쪽으로 몰아줬죠. 그걸 감당한 노동자와 농민이 바로 한강의 기적이라고 하는 경제성장의 주역들입니다. 지금 7, 80대 평범한 노인들, 그분들이 산업화와 경제성장의 진정한 주역이시죠. 그분들이 허리띠를 졸라매고 우리 경제를 이만큼 발전시켜놓았는데, 정작 본인들은 노후대책이 없습니다.

　　과거에는 대가족제도여서 자식들이 부모를 부양했지만, 핵가족제도가 되면서 자식이 부모를 부양하는 일이 거의 사라지다시피 했습니다. 공적인 부양체계가 미흡하니 이분들이 세계에서 가장 빈곤한 노년을 보내고 있는 것이죠. 그나마 예전에는 자식들이 취업해 부모를 봉양했는데 요새는 젊은 세대마저 일자리가 없으니 부모를 모시기 어렵지요. 요즘 5, 60대들은 낀 세대라고도 합니다. 그들은 한편으로는 조국산업화를 위해 노력하고 또 한편으로는 부모를 부양했는데 막상 자식들로부터는 돌봄을 받지 못하고 있어요. 이렇게 가족이 부양하는 게 불가능하니 사회공동체, 국가공동체가 당연히 이분들을 부양해야 합니다.

—— 그게 국가의 의무겠죠. 그와 더불어 그들을 명예롭게 해주는 일도 중요하지 않습니까? 이 인터뷰를 시작하면서 읽은 홍사성의 시, '성자의 길'에서 보는 것처럼 그들은 예수도 부처도 그렇게 해보지 못한, 소보다 더 소같이 일했던 세대인데 결실도 명예도 다 빼앗겨버렸습니다. 이런 분들이 보수적이고 복고적이 되는 이유는 그렇게 청춘을 바쳐 일했던 기적에 대한 향수 때문이 아닐까요? 이제야 그 모든 것이 다 환상이었다는 걸 알게 되었지만……. 이런 세대들에게 명예를 찾아주고 보살펴주고 일자리를 마련해줘야 하지 않겠습니까?

문재인 네, 정말 절실한 얘깁니다. 한국사회에서 고령화가 너무나 빨리 진행되고 있는데, 공적이고 사회적인 부양체계가 빠르게 발전하지 않으면 간극이 더 벌어지게 됩니다.

서구처럼 노인들이 여유로운 노년을 보내는 사회를 구현하려면 공적인 연금체계가 더 강화돼야 해요. 그게 가장 중요하고, 두 번째로는 평균수명이 늘어나서 70대까지도 노동능력이 유지되니까 일할 수 있는 노인들에겐 일자리를 제공하는 게 더없이 필요합니다.

:: 명예로운 노인을 위한 국가적, 사회적 지원

—— 인생을 가장 사랑하는 사람이 노인이라고 소크라테스는 말합니다. 살아갈 날이 얼마 안 남았으니 남은 날들이 너무 아깝고 소중하지요. 이들을 명예롭게 해주는 공공지원은 어떤 방식으로 실현돼야 합니까?

문재인 노년세대에 대해서는 지금까지의 복지정책과는 다른 관점이 필요합니다. 이분들을 하나의 복지대상으로만 볼 것이 아니라, 정신적으로 육체적으로 건강한, 당당한 사회적 주체로서 봐야 하는 거죠. 이런 분들이 사회적 주체로서 사회적인 역할을 하도록 해야 합니다. 평생교육체계 등을 통해 인생이모작이라는 또 다른 삶을 추구할 수 있도록 말이죠. 인생이모작 시스템이 사회적으로나 국가적으로 필요한 이유가 있습니다. 효율적인 예산 투입입니다. 지금 저출산현상이 너무 심각해 2017년부터는 대한민국에서 생산가능인구가 줄어들어요. 출산인구가 최하로 떨어지고 있으니, 이제는 생산가능인구 바깥에 있던 노인들을 포함시켜서 경제활동인구의 폭을 넓혀나가야 합니다.

—— 김형석 교수의 《백년을 살아보니》라는 책을 읽어보니 인생에서 가장 활발한 때가 60세에서 75세 사이라고 합니다. 인생이 모작하고 일맥상통하기도 합니다.

문재인 제가 얼마 전 경남 김해에 있는 노인대학을 갔는데, 거기가 대한민국에서 가장 규모가 큰 노인대학이랍니다. 학생수도 가장 많고요. 거기에서 인사말로 이런 말씀을 드렸습니다. 지금까지의 노인대학이 어르신들이 모여 그저 심심하지 않게 시간을 보내게 하는 기능을 했다면, 이제는 일할 수 있는 어르신들은 일을 하고 사회의 주역으로 활동할 수 있도록 평생교육체계의 한 부분으로서 역할을 해야 한다고요.

김형석 교수의 콩나물교육론도 바로 그런 점을 강조하고 있습니다. 교육은 콩나물에 물주기와 같은 것이라고 합니다. 콩나물시루에 물을 주면 그 물이 계속 빠져나가지만 콩나물은 쑥쑥 자랍니다. 그러나 콩나물을 그냥 물그릇에 담가두면 뿌리가 썩고 말죠. 평균수명이 계속 늘어나니 평생교육을 통해 새로운 지식을 배우고 그것을 과거의 경험에 접목시키는 시스템을 노인복지와 함께 구축할 필요가 있습니다.

사람들은 다 태어나서 늙고 병들고 죽는다. 이 생로병사의 법칙을 벗어나는 이들은 아무도 없다. 하지만 국가가 자연의 대법칙인 생로병사에 대한 책임을 지는 정책을 준비하지 않으면 국가의 미래도 위험할 수밖에 없다. 머잖아 초고령 사회에 접어들기 때문이기도 하지만, 서서히 쇠퇴하는 생애 앞에서 국가가 삶의 진지함을 단련시키는 마지막 기회와 여유를 제공한다는 신뢰를 주어야 하기 때문이다. 그렇게 될 때 헬조선이라는 유행어가 없어질 날도 오지 않을까.

問 ── 눈 코 귀 입 이마 턱 가운데 가장 잘생긴 곳

文 ── 집사람이 주입한 거로는 눈.

問 ── 좋아하는 술?

文 ── 소주, 막걸리.

問 ── 좋아하는 음식, 싫어하는 음식

文 ── 좋아하는 것은 생선회, 싫어하는 것은 달거나 느끼한 음식.

問 ── 단골이발소

文 ── 국회 이발관.

問 ── 어릴 때 별명

文 ── 문제아.

問── 어릴 때 장래희망

文── 역사과목을 좋아했기 때문에 역사학자.

問── 건강 유지방법

文── 걷는 것. 등산.

問── 좋아하는 반려동물

文── 집에서 10년째 기르는 풍산개 마루.

問── 다시 가보고 싶은 해외여행지

文── 인도 라다크. 〈오래된 미래〉의 무대. 지금도 그대로 있을까.

問── 지금까지 인상 깊었던 한국 영화, 세 편

文── 내 평생 가장 무서웠던 영화는 〈월하의 공동묘지〉. 그리고 인
      상 깊었던 영화는 〈광해, 왕이 된 남자〉와 〈변호인〉

새로운
대한민국

당신과 나
그리고
대한민국

정치에 뛰어든 이유를 <u>스스로</u> 늘 묻습니다.
바꾸고 싶습니다.
대한민국 정치를 바꾸고 싶은 겁니다.

:: 준비된 대통령의 길

그는 정부조직개편, 정책, 공적 권력의 사적 사용 등의 질문에 대해서는 결연하게 대답했지만, 기억이나 체험, 그리움 등에 대해 이야기할 때는 즐거워했다. 평범하고 일상적인 것들이 오히려 어떤 사회적 문제에 해결점을 제시해주기도 하는 법이다. 그의 경험과 상처, 사고, 행복에 대한 인식이 집결되어서 자신의 정치적 태도와 연결되듯이 말이다. 평생 샌프란시스코에서 부두노동자로 지낸 철학자 에릭 호퍼도 "위대한 사람이 세상을 더 낫게 만들 수 있는 게 아니라, 세상은 평범한 사람의 용기로 새로워진다"고 했던 것처럼.

—— 평범한 사람들과 함께 가는 어떤 실천 선언이 있습니까? 예를 들면 '고졸과 함께 가는 세상'이라든지. 그 선언을 간결하게 표현한다면 어떤 것이 있겠습니까?

문재인 노무현 전 대통령 같은 경우 '사람 사는 세상'이라는 말로 표현했고, 저는 '사람이 먼저다'라는 말을 해왔죠. 지금은 '안전한 나라, 정직한 대통령'을 국민들이 가장 바라고 있지 않습니까?

—— 대선주자로서 섀도 캐비닛에 대한 나름대로의 준비된 기준이 있겠죠?

문재인 아까 말했던 주류세력의 교체, 구체제의 청산, 이를 위해서는 우리 사회의 불평등구조, 차별구조를 없애야 합니다. 누구나 학벌, 학력, 성별, 집안이나 배경, 지역 또는 외모 등에 차별받지 않고, 오직 능력이나 실력으로만 경쟁할 수 있고 실패해도 다시 회복의 기회가 주어지는 세상. 그런 비전을 만들어낼 수 있는 분들로 구성하고 싶습니다. 그런 정신적 태도와 의지를 갖고 있는 분들로요.

―――― 지난 미국 대선에서도 힐러리 클린턴의 20년 비서였던 후마 에버딘이 공적인 메일이나 자료를 사적으로 유출한 점이 문제가 됐었죠. 또 힐러리의 정직하지 못한 태도도 한몫해서 등을 돌린 유권자들이 많지 않았나 하는 생각이 듭니다. 최측근 참모를 고를 때 어떤 기준이 있습니까?

문재인 저는 겸손이라고 생각합니다. 겸손이 기본이죠. 능력은 그 다음입니다.

―――― 그렇다면 세 번째 기준은 무엇인가요?

문재인 세 번째는 헌신이겠죠.

───── 지난 대선 때는 수더분하고 구수한 장맛의 아저씨처럼 보였는데, 지금은 상당히 강렬하게 느껴집니다. 지난 대선과 비교해서 어떤 점에서 스스로 단련되었다고 봅니까?

문재인 지난 대선 때보다 훨씬 더 제대로 준비됐습니다.

───── 태도가 결연해졌다는 뜻입니까?

문재인 그건 아닙니다. 제가 정치인으로서 말을 더 잘하게 되었다든가 하는 그런 부분이 아니라, 세상을 보는 안목과 비전이 더 분명해졌다는 겁니다. 이제는 정말 기회가 주어지면 제대로 바꿀 수 있겠다는 확신이 듭니다. 지난번 대선 때도 저 나름대로는 많이 준비됐다고 생각했었습니다. 지난 민주정부 10년을 돌아보면서 그 공과 과를 제대로 다 성찰할 수 있었고, 부족했던 부분까지 뛰어넘어야 한다는 생각을 키워왔습니다. 참여정부 시절 거의 5년간, 국정의 한가운데서 노무현 대통령을 보좌하면서 국정 전반을 파악하고 국정의 메커니즘을 알았습니다. 그것만으로도 제가 충분히 준비돼 있다고 생각했는데, 대선에 떨어진 뒤 부족한 점이 많았음을 스스로 깨달았습니다. 이명박 정부 이후 지금까지의 정치, 경제, 외교의 참담한 실패와 그 실패의 원인까지 생각해보면서 이제는 가야 할 길이 분명히 보입니다.

—— 그 길이 무엇이냐는 거지요. 새롭게 하는 것, 체제를 바꾸는 것, 진정한 민주주의 체제를 만드는 구체적인 전략은 무엇입니까?

문재인 제가 지난번 대선에 실패했기 때문에 권력의 사유화 같은 참담한 일들이 생겼고, 그래서 더욱 뼈아프고 송구스러운 마음입니다. 다른 한편으로는 하늘이 제게 조금 더 준비할 시간을 주고 단련을 시켰다는 생각이 듭니다. 그전까지는 현실정치 속에서 뜻을 구현해야 하는 것이기 때문에 나름대로 타협적인 생각을 많이 했는데, 이제는 우리 사회를 이렇게 망쳐온 근본적인 원인들을 확실히 청산해야겠다는 생각입니다. 주류정치의 교체가 필요하다는 데는 국민적인 공감대가 형성됐다고 느껴집니다. 그래서 그 점에서만큼은 국민들의 지지를 받들면서 해나갈 수 있겠다는 자신감이 생깁니다. 무엇보다 대청산, 대개조를 위한 청사진을 국민과 함께 실천해야죠.

—— 지금 야권의 대권주자로 거론되는 안희정, 이재명, 박원순, 김부겸, 이런 분들과의 공통점이 있다면요?

문재인 새로운 정치세력이라는 공통점이 있죠. 여야를 막론하고 그동

안 이 시대 정치를 지배해왔던 분들이 정치를 뛰어넘는 원로
로 존재하는 게 아니라, 여전히 우리 정치에 영향을 미치고 있
으니 우리 정치현실이 물 고이듯 멈춰 있었던 겁니다. 그런 면
에서 개헌에 대한 판단 등 개인의 주장과 비전들은 다르지만
큰 틀에서 그분들은 우리 정치를 새롭게 바꿀 수 있는 세력들
이죠. 경쟁은 하지만 함께 갈 수 있고, 함께 협력할 수 있고, 함
께 정권교체와 국정운영을 할 수 있습니다. 그렇게 한국 정치
의 동반자로서 10년, 20년을 이어갈 수 있는 분들입니다.

—— "세계 속 한국의 레벨은 훨씬 더 낮고 그런 면에서 언론의 역할
로 국민을 계도하는 게 중요하다"는 반기문 전 유엔사무총장
의 발언은 어떻게 평가합니까?

문재인 그게 기득권 세력의 일반적인 인식 같은 게 아닐까요. 기득권
세력이 우리 사회를 바라보는 시각과 행태들이 다 담겨 있는
거죠. 국민을 계도의 대상으로 보는 발언 자체가 시대에 뒤떨
어진 겁니다. 우리는 지금 비정상적인 사회를 만들어왔던 낡고
폐쇄적인 권력구조와 체제를 교체해야 합니다. 그리고 거기서
멈춰서면 안 됩니다. 앞으로 우리가 겪어야 할 시대는 4차 산업
혁명 시대, 인공지능의 시대 아니겠습니까? 그러려면 무엇보
다 그에 적합한, 미래세계를 이끌어갈 수 있는 교육 시스템을

만들어야 합니다. 상상력과 창의력을 키워주는 자유로운 교육 시스템은 기존의 교육방식으로는 도저히 불가능하죠. 그런 면에서도 국가 시스템의 대전환, 대개조는 지금 대한민국에 살고 있는 국민들의 사명이고 요청입니다.

:: 세상을 바꾸고 싶다는 마음 하나로

——— 고사성어 '새옹지마'를 좋아한다고 했는데, 노무현 대통령을 수사했던 홍만표 변호사가 잡혀 들어가고 우병우 전 민정수석도 수사를 받고 있습니다. 세상살이라든가 인간의 운명, 이런 관점에서 보면 어떤 느낌이 듭니까?

문재인 그야말로 천라지망이죠.

——— 옛 경전에 이르기를 "세상에 변하지 않는 게 없으니 오직 마음의 법에 의지하라"고 했는데 저들은 무슨 법에 의지했는지 궁금합니다. 정치에 뛰어든 이유를 스스로 늘 묻고 있습니까?

문재인 네, 바꾸고 싶은 겁니다. 대한민국 정치를 바꾸고 싶은 거지요.

────── 왜 바꾸고 싶은 겁니까?

문재인 간결하게 말하면, 지금까지 우리 사회를 지배해온 구시대, 구체제의 질곡을 깨뜨리지 않으면 평등한 세상도 공정한 세상도 불가능합니다. 점점 더 불평등, 불공정이 심화됩니다. 우리 모두의 삶이 파탄날 수밖에 없죠. 그 극단의 모습을 보여준 게 이번 박근혜 게이트입니다. 주류 기득권체제가 얼마나 공공성이 없고 사익에만 골몰해왔는지 단적으로 드러난 겁니다. 그것을 바꾸지 않으면 대한민국에 미래가 없고 우리에게는 희망도 출구도 보이지 않을 겁니다.

　　박근혜 게이트는 단순한 게이트가 아닙니다. 산사태가 났는데 깔려 죽어가는 것도 모른 채 몰살당할 뻔했던 대참사적인 게이트죠. 세월호에 갇혔던 이들이 "가만있으라"고 시키는 대로 가만있다가 한꺼번에 희생됐던 것처럼요. 박근혜 정권은 단순히 권력을 사유화한 것 이상으로 헤아릴 길 없는 좌절과 절망을 국민에게 안겨줬습니다. 이제 국민들도 그걸 알게 된 거죠. 그래서 절망을 희망으로 밝혀나가기 위해 촛불을 들게 된 거고요. 그 불빛에 공권력 남용과 사유화, 무감각 관료주의, 그런 것이 다 드러나고 있잖습니까. 제가 정치를 하지 않겠다고 했다가 다시 돌아온 이유는, 기존 정치에 맡겨놓아서는 이 황무지 같은 세상이 바뀌지 않을 것이기 때문입니다. 우리는 용기를 내야 합니다.

그의 말을 들으며 박근혜 게이트 국정조사 청문회가 떠올랐다. 나름의 성과
도 있었지만 국회의원들이 왜 날카로운 질문을 던지지 못할까 하는 생각이 내
내 들었다. 그들은 질문을 한다기보다는 자기주장을 하는 것처럼 보였다. 그러
나 무엇보다 박근혜 게이트 청문회를 본 국민들은 증인으로 나온 전·현직 청
와대 수석들과 이화여대 교수들, 전직 검사들의 얼굴에 절망했을 것 같다. 저렇
듯 괴물 같은 얼굴이 되기까지 그들은 누구에게 무엇을 배운 것일까. 다산 선생
은 "잘못은 숨길수록 커진다"고 했다. 마른자리만 찾아다니며 단 한 번도 고통
을 느껴보지 않았던 얼굴들. 정부의 모든 분야에서 국정농단을 철저히 은폐해온
걸 보면 그것이 범죄인 줄 몰랐을 리는 없다. 무소불위의 권력을 휘두르며 그들
은 국민들이 자신들의 발밑에 있다고 믿었던 걸까? 그래서 자신들에게 죄를 물
을 사람은 있을 수도 없다고 생각했던 걸까? 어쩌면 세상은 다 그렇게 사는 거
라고 믿었을지도 모른다. 오류가 없는 권력은 없는데 말이다.
문재인, 그가 정치를 하기로 마음먹은 이유는 괴물이 되어버린 기득권세력에게
나라를 맡겨놓아서는 이 황무지 같은 세상을 바꿀 수 없기 때문이라고 했다. 나
라를 완전히 새롭게 바꿔야 한다는 국민의 열망은 전국의 어둠을 온통 환하게
밝히는 촛불의 물결로 드러났다. 그는 절망을 희망으로 밝혀나가기 위해 촛불을
든 국민들과 함께 세상을 바꾸어 인간다움의 근원을 추구하고 싶다고 했다. 그
게 사해의 바닷물을 길어다 붓고 태풍이 몰아친다 해도 꺼지지 않는 빈자일등
일까.

:: 진정한 리더의 길

—— 어진 사람은 자기가 나서고 싶을 때 다른 사람을 내세운다는 말이 있는데, 만약 기회가 있다면 그럴 생각이 있으십니까? 대선후보 경쟁에서 다른 후보가 세상을 새롭게 하는 데 적격이라면 언제든 양보할 마음이 있는지요?

문재인 지금 제가 열심히 하고 있는 이유는 제가 가장 앞서가고 있고, 가장 준비되어 있고, 그래서 제가 정권교체를 할 수 있는 가장 나은 입장이라는 자신감이 있기 때문입니다. 만약 누군가 저보다 더 지지를 받고 정권교체에 더 나은 사람이 나타나면, 그리고 그런 사실이 객관적으로 확인되고 합의되면, 저는 언제든지 양보할 겁니다.

이야기가 리더십에 이르러 《군주론》을 쓴 마키아벨리의 리더십에 관해 그와 얘기를 나누었다. 마키아벨리는 사실 선량하고 정직한 인물이었는데 권모술수의 대가라고 잘못 알려져 있다. 그는 난세를 극복하는 리더십으로 여섯 가지를 말했다. '경멸받지 않는 리더가 되라. 바다가 고요할 때 폭풍우를 대비하라. 수시로 변하는 사람의 마음을 경계하라. 지난 성공은 잊고 항상 새로운 성공을 훈련하라. 아랫사람의 충성을 확보하려면 먼저 대우하라. 다양한 조언을 듣고 신중하게 선택하라.'

───── 여섯 가지 가운데 다양한 조언을 듣고 신중하게 선택하라는 항목이 있는데, 주로 어떤 조언을 듣고 있습니까?

문재인 정말 다양한 조언을 듣죠. 우선 주변에 여러 좋은 그룹들이 있고요, 싱크탱크나 민주당 국회의원들, 그리고 원외에도 좋은 그룹들이 있습니다. 일반 학계나 시민운동계에도 폭넓게 귀를 열어둡니다. 개별적으로 문자와 이메일도 받고요.

───── 그야말로 수많은 조언이 있군요. 결이 다르고 입장이 다른 조언이 있기도 할 텐데요, 그 수많은 조언을 어떻게 판단하고 받아들입니까?

문재인 통찰력 그리고 경험에 따른 직감이죠. 저를 가르치려는 사람이 너무 많습니다. 그 폭과 방향이 너무나 극과 극이에요. 정말 다다릅니다. 말도 좀 더 강하게 하면 좋겠다는 사람이 있는가 하면 공격받을 만한 말은 하지 않는 게 좋겠다고 하는 사람들도 있습니다. 뭐 다들 저를 염려해서 하는 말이겠죠.

───── 조언을 받아들이는 기준이 있지 않습니까?

문재인 모든 권력은 국민으로부터 나오는데, 거듭 말하지만 지금은 모든 희생이 국민으로부터 나오고 있습니다. 그렇기 때문에 무엇보다 심직(心直), 마음의 방향이 중요하지 않겠습니까? 조언에 대해서 그게 정확한 사실에서 비롯한 것인지, 이해관계의 문제인지, 가치의 문제인지를 살펴봅니다. 그래서 공동의 보편적 가치 편에서 먼저 판단합니다. 다시 말하면 원칙 자체가 원칙이죠. 원칙을 지킨다는 것. 제가 정치를 시작했을 때의 목표가 세상을 바꾸려는 것이었습니다. 세상을 바꾸려면 정치현실을 바꿔야 하고, 정치현실을 바꾸려면 정당의 무원칙을 바꿔야 합니다. 이 원칙에 대해서는 타협 없이 가야 한다는 생각을 갖고 있습니다. 희생을 덜어주고 빼앗긴 행복을 되찾아주기 위해 상식적 원칙을 가지고 귀를 기울입니다.

—— 칭기즈 칸은 제 이름도 쓸 줄 몰랐지만 귀를 기울이면서 지혜로워지는 법을 스스로 터득했다고 합니다. 그는 목에 칼을 쓰고 적진에서 탈출했고 뺨에 화살을 맞아 죽음에 이르렀다가 다시 살아납니다. 그는 이렇게 말합니다. "적은 밖에 있는 것이 아니라 언제나 내 안에 있었다. 나는 내게 거추장스러운 것을 모두 베어버렸다. 나를 극복하는 순간 나는 칸이 되었다"고. 실패와 좌절을 겪어본 사람의 말이죠. 링컨은 23세에 출마해서 무려 스물일곱 번이나 실패했고 51세에 대통령이 됐습니다. 살아오면서 어떤 실패를 했습니까? 그리고 실패가 가르쳐

준 건 무엇입니까?

문재인 저는 정말 실패를 많이 해봤습니다. 대학도 낙방해봤고, 재수도 해봤고, 구속도 돼봤고, 제적도 당해봤고, 사법시험도 떨어져봤고, 지난번 대선도 떨어졌어요. 재수가 전공이 됐죠. 링컨은 "나는 실패했지만 무조건 앞으로 나아가야 한다"고 했지 않습니까? 실패가 나를 강하게 해줍니다. 실패에서 많이 배우죠. 실패를 통해서 원칙에 충실하면 어떤 난관도 이겨나갈 수 있다는 것도 알았고요. 실패가 성공의 어머니라고 하는데, 실패에 주눅 들지 않아야 합니다. 젊은 사람들에게는 무엇보다 그렇죠. 실패하는 건 일종의 젊음의 권리거든요. 그래, 다음에 더 잘하면 돼, 하고 스스로 격려하는 게 중요합니다. 그런데 지금의 젊은이들은 너무 힘드니 안타깝죠. 도전과 모험정신이 사라지는 이 현실을 새롭게 해서 사회안전망을 구축해야지요.

——— 대통령 임기 말에 늘 측근비리 문제가 터지곤 하는데 이를 방지하기 위한 시스템은 없겠습니까? 박근혜 게이트가 4년 중임제였다면 이 사태가 가려져버렸을지도 모른다는 섬뜩함도 듭니다.

문재인 4년 중임제만 해도, 이 시기에 바로 대통령을 바꿀 수 있는 거지요. 굳이 탄핵이 필요 없고 죄를 바로 물을 수 있습니다.

―― 4년 중임제였다면 남은 4년에 집권여당의 힘이 유효하니 이 문제가 정확히 드러났겠냐는 거지요.

문재인 보통 4년 중임제가 되면 첫 임기 4년은 재선을 위해 노력하게 됩니다. 그렇기 때문에 국민들 민심을 존중할 수밖에 없죠. 민심에 거슬러서 독선의 길을 가기가 쉽지 않습니다.

―― 이번 정권은 처음부터 아예 1+1이었지 않습니까?

문재인 단임제였으니까요. 중임제라면 첫 4년 임기는 재선을 위해 겸손하게 돼 있어요.

―― 그런가요? 4대강, 자원외교, 방위산업, 4자방 문제가 그다음 정권에서 거의 덮여버리지 않았습니까?

문재인 처음 시작하면서는 민심에 맞추는 정치를 하게 돼 있어요. 두 번째 임기에는 그럼 마구 비리를 저지르지 않겠냐고 생각할지도 모르지만, 그때는 첫 4년에 했던 정책을 연장해가는 과정입니다. 새로운 정책에 들어가거나 하는 게 아니고요. 그래서 더 안정적으로 갈 수 있습니다. 4년 중임제가 5년 단임제에 비해서는 훨씬 더 나은 면이 있죠. 그리고 동시에 사정기구들이 제대로 작동해야 합니다. 우병우 전 민정수석이 최순실 비리를 다 몰랐다면 그것만으로도 처벌받아야 합니다. 그런 걸 다 아는 게 민정수석의 의무거든요. 그게 안 되면 그 자리에서 사표를 던지고 나와야 합니다. 민정수석실은 정권의 청렴성이나 건강함, 공직기강, 이런 중심을 잡아줘야 하는 기구인데 주변의 일을 전혀 몰랐다면 왜 그 자리에 있었냐는 겁니다. 우병우야말로 봉급 다 반환하고 처벌까지 받아야죠.

────── 사사로이 했으니 반환해야 한다면 사채이자까지 물어야겠군요.

:: 2017 대선주자에 대하여

────── 대선주자로 거론되는 분들에 대한 인물평을 듣고 싶습니다. 예를 들면 안희정 지사, 이재명 시장, 박원순 시장, 김부겸 의원, 반기문 전 유엔사무총장 등등. 보통 기억의 반은 다 음식이라고 하는데 안희정-밥, 이재명-사이다, 김부겸-뚝배기, 문재인-고구마라고 합니다.

문재인 우선 안희정 지사는 젊고 스케일이 아주 큽니다. 포용력이 있죠. 앞으로 훨씬 더 성장할 것이라고 생각합니다. 우리 박원순 시장은 따뜻하고 헌신적이죠. 이재명 시장은 선명하고 돌파력이 있습니다. 김부겸 의원은 뚝심이 있어요. 말이 굉장히 구수하고 입담이 좋아서 소통능력도 좋지요.

―― 중학교 때 제가 기억하는 김부겸 의원은 의협파였습니다. 같은 반이었어요. 반기문 전 유엔사무총장에 대해서는 어떻게 생각합니까?

문재인 유엔사무총장을 지냈으니 그분은 외교관으로 유능하겠죠. 다른 면은 제가 본 적이 없어서 알 수는 없고요. 그동안 기득권층의 특권을 누려왔던 분입니다. 지금 우리 국민이 요구하는 건 구시대 청산, 새로운 대한민국 건설 등 새로운 변화인데, 그런 부분에 대해서 그리 절박한 마음은 없으리라고 판단합니다.

―― 외신에 나왔던 반기문 전 총장에 대한 평을 보면, 실패한 총장, 무력한 관찰자, 어디에도 없는 남자, 유엔의 투명인간 등등 뜻밖에도 평가가 좋지 않습니다.

문재인 외국 언론의 평가에 대해서 제가 달리 덧붙이거나 평하고 싶지는 않습니다. 어쨌든 그동안 이 세상을 변화시키려는 쪽에 서본 적은 없다, 그런 노력을 해본 적은 없다는 생각입니다. 상처를 치유하지 않고 통합할 수는 없습니다. 그러면 더 곪게 되죠. 마른자리만 딛고 다닌 사람은 국민의 슬픔과 고통이 무엇인지 느낄 수도 이해할 수도 없습니다.

최근 반 전 총장에 대해서 대통령에 출마할 경우 두 가지 문제가 거론되고 있다. 첫째, 유엔결의안을 위반하게 된다는 지적이 있고, 그 반대로 그것이 오래전의 권유조항일 뿐 강제사항은 아니라는 논의가 있다. '1946년 제1차 유엔총회결의안'에는 유엔사무총장은 '여러 나라의 비밀을 취득할 수 있는 자리이기 때문에 최소한 퇴임 직후 회원국의 어떤 직위도 맡아서는 안 된다'는 조항이 있다. 역대 사무총장들은 유엔결의안을 지금까지 지켜왔다. 제4대 유엔사무총장을 지낸 쿠르트 발트하임은 퇴임 후 무려 5년 뒤에야 오스트리아 대통령을 지냈고, 그 자리는 내각제라 일종의 명예직 성격이었다.

두 번째로 현재 공직선거법 제16조에는 '선거일 현재 5년 이상 국내에 거주하고 있는 40세 이상의 국민은 대통령 피선거권이 있다. 이런 경우 공무로 외국에 파견된 기간과 국내에 주소를 두고 일정 기간 외국에 체류한 것은 국내 거주기간으로 본다'고 규정돼 있다. 따라서 반 전 총장은 공무로 외국에 파견된 공무원이 아니므로 뉴욕에 거주한 10년을 국내 거주기간으로 인정받을 수 없어 대통령에 출마할 수 있는 피선거권이 없다는 지적도 있다.

나는 오랜 내전으로 학살당한 시리아 난민들의 모습이 잊히지 않는다. 이제 시리아 북부 도시 알레포 주민 200만여 명 가운데 몇 사람이 온전히 살아남을지 알 수 없다. 유엔은 충격적인 잔혹행위로부터 민간인을 보호하는 게 국제법의 핵심의무다. 알레포 내전의 참상을 알린 소녀 바나 알라베드. 군인들이 쳐들어 왔다며 "제발 우리를 위해 기도해주세요"라고 울부짖는 어린 소녀의 간청에 국 제사회는 아무 응답도 하지 않았다.

:: 개헌의 딜레마

───── 당장 개헌을 하자는 정치권의 논의도 많습니다. 개헌은 다음 정권에서 충분히 논의해야 한다는 이유가 무엇입니까?

문재인 개헌 논의가 상당히 오래됐습니다. 1987년 헌법이 완전하지 않기 때문에, 그리고 그 이후 우리 사회가 발전했기 때문에 개 헌 요구는 당연히 나오는 것이죠. 그래서 제가 지난 대선 때 개 헌을 대선공약으로 걸었습니다. 그때는 개헌에 대해 아주 강 한 요구가 있을 때는 아니었지만요. 19대 국회 내내 개헌을 의 원 모임에서 논의해왔고, 또 국회의장 산하에 개헌자문기구를 두고 거기서도 논의해왔습니다. 말하자면 그때의 개헌 논의들 은 순수한 개헌 논의입니다. 우리 권력구조에 대해 대통령 권 한이 견제되지 않으면 이명박, 박근혜 같은 대통령이 계속 나올 수도 있다는 거죠. 그런 부분에 대한 반성이었습니다. 이른바 순수한 개헌 논의라고 할 수 있지요. 그런데 요즘 이 시기에 개헌을 논하는 정치인들은 정치적인 이해관계만을 따르고 있어요. 서둘면 졸속 개헌이 되기 쉽습니다.

—— 반대쪽에서도 정치적 이해관계 때문이라고 그렇게 공격을 하고 있습니다.

문재인 저는 원래부터 착한 개헌을 진행해왔고요, 그래서 원래 이 개헌 논의를 해왔던 사람들은 개헌 논의에 대한 견해가 어느 정도 정리돼 있습니다. 국회에서 개헌특위를 만들었죠. 거기에서 개헌 논의를 계속해서 중론이 만들어지면, 그 공론을 모아서 다음 대선후보가 공약으로 제시하고, 그것이 국민으로부터 선택받으면 다음 정권에서 시행하면 좋겠다는, 이렇게 그 과정에 대해 순수한 개헌론자들은 합의가 돼 있는 상태입니다.

—— 내각책임제도 논의에 포함됩니까, 아니면 내각책임제는 남북통일 이후에 실시하는 게 바람직합니까?

문재인 내각책임제든 아니든 선을 그을 필요는 없죠. 다 검토해야 합니다. 내각책임제가 이론적으로는 우수하다 해도 지금 우리 현실에 맞는 것인지 구체적으로 살펴봐야 합니다. 우리는 오랫동안 대통령제에 익숙해 있고 거기에 맞는 여러 정부 구조가 형성돼 있으니까요. 이제 와서 내각책임제로 바꾸는 게 좋을지, 그 제도가 우리 현실에 더 나은지를 검증하는 게 가능한지, 이런 논의들이 충분히 돼야 합니다. 사실 저는 개인적으로는 내각제가 더 나은 제도라고 봅니다. 우리가 백지에 처음 그림을 그린다면요. 그건 제가 예전부터 공개적으로 해온 얘기이기도 합니다.

───── 그렇게 생각하는 이유는 권력분산 때문입니까?

문재인 제헌 헌법 때도 내각책임제로 헌법 기초를 만들었는데, 당시 이승만 대통령의 욕심 때문에 대통령제가 되면서 책임총리제 같은 일부 내각제 요소만 살려놓은 방식이 됐습니다. 지금은 이미 우리가 70년 가까이 대통령제 운영을 해온 상태라, 이제 와서 내각제로 바꾼다면 시기상 적절한지, 충분히 준비가 되었는지 점검이 필요합니다. 권력의 균형이라는 면에서는 내각제가 낫고, 권력의 집중이라는 면에서도 그렇긴 합니다. 다당제인 나라에서 정부가 많이 바뀌었던 경험 때문에 내각제를 안정적이지 못한 제도로 보는 시각이 많은데, 내각제도 충분히 안정성을 부여할 수 있습니다. 독일이나 영국을 보면 정부가 오래가지 않습니까?

────── 이번 개헌에는 시민단체들이 반드시 참여해야 하지 않겠습니까?

문재인 물론입니다. 지금 개헌 논의를 당장 하자는 사람들은 지금의 촛불에 군밤 구워 먹자는 식인 거죠. 대선 앞두고 이대로는 안 될 것 같으니 규칙을 바꿔보자고 합니다. 정치인 자신들의 이해관계에만 따라서 논의되는 겁니다. 그래서 원래 있던 착한 개헌 논의와, 지금 정략적으로 이루어지고 있는 개헌 논의와는 분명히 구분할 필요가 있습니다. 과거 우리가 몇 번이나 헌법개정에 실패한 것은 다 개헌 논의가 정치적 이해관계에 따라 이루어졌기 때문입니다. 우리 헌정사가 늘 일그러져온 거죠. 이번 개헌 논의는 우리 시민사회도 다 참여하는, 국민주권형 개헌이 돼야 합니다.

────── 지난 대선 때부터 SNS로 비전을 알리고 광고도 하는데, 인터넷상에서 지지자들을 결집시킬 수 있는 어떤 전략이 있습니까?

문재인 SNS본부 말입니까? 앞으로 선대위를 구성하게 되면 저는 SNS 전담본부를 만들려고 합니다.

―――― 국가정책은 첫째 공공성이 있어야 하지 않겠습니까? 그 시스템 자체가 일그러져 국민들이 분노하고 있습니다. 이를 회복하기 위한 기본 방향이나 아젠다가 있습니까?

문재인 가짜 보수를 물러나게 해야 합니다. 제대로 된 국가관이나 애국심이 있다면 정책의 공공성은 기본이거든요. 국민들은 다 가지고 있죠. 그런데 이명박근혜 정부에게는 없었습니다. 그들은 국민의 등골을 빼먹은 가짜 보수입니다. 이명박근혜 정부의 핵심역할을 한 새누리당 인물들과 지식인들은 다 가짜 보수 세력이죠. 그 가운데 혹여 일부 덜한 사람이 있을지는 몰라도, 집단 전체가 보수를 사칭해왔습니다. 우리는 이제 진보, 보수가 서로 협력하고 경쟁하면서 평범한 사람들이 행복한 대한민국으로 회복시켜야 합니다.

―――― 최고 득표자 2인의 결선투표제에 대해 동의합니까?

문재인 결선투표제 문제는 대통령 선거, 후보경선 두 가지입니다. 먼저 대통령 선거에서 결선투표제는 찬성하는 입장이기 때문에 나를 압박할 필요는 없죠. 다만 현행헌법으로는 안 된다는 의견이 지배적입니다. 대부분의 헌법학자들은 결선투표를 위해서는 개헌하지 않으면 안 된다고 해석합니다. 제가 보는 헌법

해석도 그렇습니다. 그래서 저는 지난번 대선 때 개헌을 공약하면서 그 속에 결선투표제를 포함시켰습니다. 그것은 국회가 헌법학계 쪽 의견을 들어가면서 논의할 문제지, 대선주자들이 모여서 논의할 문제는 아닙니다. 그다음 예선, 즉 당내 대선후보경선에서 결선투표제는 언제든 통 크게 받아주면 됩니다. 지난번 대선후보경선 때도 즐겁게 받아들였죠. 그때 다른 후보들이 당내 대선후보경선에서 결선투표제를 요구하고 나섰다는 건 제가 대세라는 의미였습니다. 1차 투표에서 저의 과반수 지지를 막을 수 있다면 다른 경선주자들이 합종연횡하자는 전략이지만 상관없었습니다. 그런데 결선투표를 할 필요도 없이 당내 경선에서 50퍼센트를 바로 넘었습니다.

──── 지난 대선 때 영남지역의 지지를 별로 받지 못했습니다. 대구경북 지역은 1970년 초반까지만 해도 홍신자, 무세중 같은 전위예술가들이 낙동강 모래사장에서 전위예술을 할 정도로 예술적으로도 앞서가고 진보적 정신이 투철했던 도시였습니다. 그런데 1980년대 신군부 정권이 들어서면서 완전히 보수지역으로 바뀌어버렸습니다. 이번에는 영남지역의 지지를 받을 자신이 있습니까?

문재인 현재는 굉장히 보수적인 곳처럼 보이지만 원래 대구경북은 그렇지 않았습니다. 대한민국 독립유공자가 가장 많은 지역이 안동지역이죠. 독립운동기념관이 지방에 유일하게 있는 곳이 안동인데 참여정부 때 만들었습니다. 특히 사회주의 계열 독립운동가들이 많았습니다. 참여정부 이전까지는 사회주의 계열 독립운동가는 독립유공자에서 다 빼버렸습니다. 독립운동사가 불구였던 것이죠. 참여정부 때 해방 전 독립운동유공자를 사회주의 독립투사까지로 확대했습니다. 그건 정부가 해야할 너무나 당연한 의무였죠. 그렇게 하니까 안동지역의 독립유공자들이 많이 늘어났습니다.

대구지역은 3·1 독립운동, 2·28 학생운동 등도 그렇고 정말 민족적이고 강력한 저항정신을 가진 곳이었습니다. 자유당 때까지만 해도 야당도시였죠. 그런데 그동안 대구, 경북을 기반으로 한 정권이 계속되면서 기득권 위에 서게 됐지만 대다수 지역민들에게 돌아간 혜택은 거의 없습니다. 군부정권이 지역감정을 부추기면서 군부정권과 유착한 세력들만이 그 과실을 독식했을 뿐이죠. 사실 영남 쪽은 여론조사하고 실제가 맞지 않습니다. 말하자면 표심을 숨기는 쪽이죠. 속으로는 새누리당을 지지하는 걸 부끄럽다고 여기고 무당파라고도 많이들 말하지만, 실제로 투표장에 가면 자신도 모르게 새누리당을 찍는다고 합니다.

그러나 이제는 다릅니다. 새누리당 정치인들이 자신들

을 무조건 지지해준 지역유권자들의 진심을 외면하고 자신의 이익만을 위해 살았다는 것에 책임을 물을 것입니다. 더 이상 갈등을 부추기는 지역감정에 속지 않고, 영남지역 고유의 신의에 충실한 정신과 정서를 이어받아 일제강점기의 그 많았던 독립운동가들처럼 새로운 정치세계를 주도하는 역사를 쓸 것입니다.

:: 신해행증, 실천과 완성의 길

——— 도올 김용옥 교수는 2017년 대선에서 가장 중요한 리더십으로 무아지경(無我之境)을 들었습니다. "대통령 자리에 대한 욕심이 아니라 진정으로 자기를 버리면서까지도 민족의 대의를 세우겠다는, 그 추상명사에 대한 헌신이 있어야 한다"고 합니다. 대통령의 리더십과 약속을 어떤 단어로 표현하겠습니까?

그는 탁자 위에 올린 두 손을 깍지 끼고 고개를 숙였다가, 이윽고 얼굴을 들어 내 눈을 바라보며 한 음절씩 소리 내었다. 신―해―행―증. 나는 귀를 기울였고 그의 대답을 들었다. 신해행증(信解行證). 나는 빙그레 웃으며 그의 목소리를 따라 소리 내었다. 그리고 그의 눈을 들여다보았다. 그는 팔꿈치를 탁자 위에 올리고 두 손을 맞잡았다. 무명지에 낀 묵주반지가 다시 눈에 들어왔다. 신해행증. 그는 힘주어 한 번 더 말했다.

문재인 도올 선생이 무아지경을 들었다면 저는 신해행증이라고 하겠습니다. 그 질문을 받고 이렇게 말하니 많은 날들이 떠오릅니다. 제 일생에서 가장 열심히 노력했을 때가 세 번입니다. 첫 번째가 중학교 입학시험을 치기 전인 초등학교 6학년 때, 두 번째가 해남 대흥사에서 사법시험 공부할 때, 그리고 지금입니다. 사법시험을 공부했던 대흥사에 두륜산이 있습니다. 두륜산 정상에 가면 땅끝마을, 우리 한반도의 끝자락이 환하게 보입니다. 실제 땅끝마을에서는 그냥 어디서나 볼 수 있는 방파제만 보여서 땅끝이라는 실감이 안 나지만, 두륜산 정상에 올라가면 정말 우리 국토의 끝이 보이지요. 그 시기에는 절 경내에 시멘트가 하나도 없었고 절로 가는 산길조차 포장돼 있지 않았어요. 가로등도 없었습니다.

　　1주일에 한 번 정도는 같이 공부하던 학생들과 마을로 내려가서 막걸리를 마시고 돌아왔는데, 대흥사로 올라오는 길은 캄캄해서 아무것도 안 보였습니다. 그때 길을 찾아오는 방법이 하늘을 보는 겁니다. 숲이 울창하고 길 양옆으로 나무들이 줄지어 있으니까, 길 위로만 하늘의 별이 보입니다. 눈앞은 캄캄해서 전혀 보이지 않는데, 하늘이 뚫려 있는 방향으로만 가면 그게 길이에요. 정말 열심히 공부했죠. 중학교 입시 때는 순진하게 열심히 했다면, 대흥사에 있던 시기엔 비민주적인 세상에 제 분노나 열정 등을 풀 길이 없었기 때문에 오직 모든 정신을 책을 읽고 사법시험 공부를 하는 쪽으로 집중했습니다. 절집에서 바람이 만들어내는 풍경소리도 듣고 불경소리도 들으면서요. 그때 불교의 가르침을 완성하는 말씀이 바로 신해행증이라고 배웠습니다. 그 말씀을 듣는 순간, 그 말이 당시 저같이 세상이치도 잘 모르는 평범한 범부(凡夫)에게는 하늘을 보며 땅의 길을 찾아가게 해주는 이정표라는 걸 깨달았죠. 신해행증, 가르침을 믿고(信), 가르침을 이해하며(解), 가르침을 실천하고(行), 마침내 가르침을 완성한다(證)는 의미입니다.

저는 이렇게 약속합니다. 국민을 믿고, 국민의 고통을 이해하고, 그리하여 국민의 행복을 실천하며, 국민의 행복을 완성하겠다는 약속입니다. 가장 평범하고 낮은 자세로요. 그게 열심히 공부하면서 젊은 날부터 가슴속에 오래 품어온 정신입니다.

—— 그래서 대통령이 되면 광화문 정부청사에서 일하겠다고 했습니까?

문재인 그렇습니다. 시민들 가운데 있고, 시민들과 함께 출퇴근하는 대통령이 되는 거죠.

—— 경호라든가, 그런 문제가 있지 않겠습니까?

문재인 아휴, 그런 건 괜찮습니다. 오히려 지금보다 대통령 경호를 확
줄일 수 있죠.

—— 대통령 경호체계를 경찰에 넘기는 게 바람직합니까?

문재인 지금 대통령이 움직일 때도 경찰이 외곽 경호를 맡고 근접 경
호는 경호실이 맡는 형태인데, 그런 일반적인 경호도 많이 부
드럽게 할 수 있습니다. 만에 하나를 예방하기 위해서 굉장히
경직된 경호를 하는데, 그 부분도 시민들이 불편하지 않게 부
드럽게 완화할 수 있다고 생각합니다.

　　예를 들면 대통령이 움직일 때는 교통을 차단하고 텅
빈 도로에 대통령 차량 행렬만 갑니다. 그런데 참여정부 때는
그렇게 하지 않고 신호조작으로 해서 일반교통을 막지 않으면
서 갔고, 반대 차선은 자유롭게 통행하도록 했습니다. 아무 문
제 없었습니다. 그렇다고 해서 대통령에 대한 경호가 위험해
지거나 하지 않았습니다. 일반시민들의 교통을 방해하지 않으
면서 얼마든지 대통령 경호를 할 수 있는 겁니다.

　　그다음 출퇴근하면서 대통령이 남대문시장이라도 가서
소주 한 잔 할 수도 있죠. 이런 건 예정에 없는 갑작스러운 움

직임이기 때문에 정말 최소의 경호만 가지고도 충분히 가능합니다. 미리 드러나 있는 동선이 아니기 때문에 위험이 없습니다. 예전 참여정부 때 노무현 대통령과 북한산 등반을 한 적이 있었습니다. 등반로는 차단하지 못하잖아요. 그래도 수없이 많은 등산객과 마주치면서 악수하고 산을 올랐습니다.

—— 평범한 사람들과 함께하는 대통령의 일상이군요.

문재인 스웨덴처럼 자전거 타고 다니면서 시장도 가고, 영화도 보고, 하는 날이 오지 않겠습니까? 지금은 남북분단 상태이기 때문에 그렇게까지는 못 하더라도, 지금보다 훨씬 더 시민들에게 다가갈 수 있죠. 정치라는 게 세상을 정말 좋게 만드는 것이라면 이웃과 함께 있어야죠. 세상을 행복하게 해줄 수 없고 공정하게 할 수 없는 권력은 가치가 없다고 생각합니다.

—— 탄핵 반대집회에 나오는 박사모 회원들, 그들도 우리 국민 아니겠습니까? 그것을 청산의 대상이나 비난의 대상만으로 볼 수는 없을 것 같은데, 그들과의 화합이나 통합의 방식은 언제야 할까요?

문재인 우리 사회가 가야 하는 목표 중 하나가 통합이죠. 이명박, 박근혜 대통령의 가장 큰 잘못 중 하나가 국민 편 가르기를 한 겁니다. 자신을 비판하는 수많은 국민들을 적처럼 만든 게 가장 큰 죄라고 생각합니다. 민주주의가 가장 발전된 단계를 통합 민주주의라고 봅니다. 우리가 말한 청산은 과거의 범죄나 악에 대한 청산이고, 국민들은 네 편, 내 편 없이 서로 대화하고 협상하는 겁니다. 설령 지금 박사모, 어버이연합, 이런 분들도 거의가 편 가르기를 하는 정치에 자신도 모르게 동원된 것이죠. 편 가르기 정치가 없어지면 극단적 대결도 해소될 수 있습니다. 이제 혐오를 끝내고 진정한 화쟁의 시대로 가야 합니다. 작은 상처들은 보다 큰 상처로 품어서 치유해야지요.

:: 순교자와 같은 약속

이제 인터뷰가 다 끝나간다는 느낌이 들었다. 그는 대답을 하면서 문득문득 내 손을 잡기도 했다. 분노와 슬픔을 이야기할 때 그는 입술을 꽉 다물었다. 그와 만나는 동안 겨울이 깊어졌다. 그제야 목소리의 울림이 그와 같았던 인물이 누군지 생각났다. 가슴 속, 속에서 공명하며 툭툭 맺혀 나오는 목소리, 수더분하면서도 쓸쓸하고 어눌하면서도 분명했던 그 목소리는 소설《순교자》를 쓴 재미 작가 리처드 김, 김은국(1932~2009) 선생이었다.

《순교자》는 영어로 쓰였지만, 1967년 당시 한국인이 쓴 작품으로는 최초로 노벨문학상 후보에 올랐다. 장영희 교수의 부친 장왕록 교수가 번역한 그 소설을 읽고 무려 한 달 넘게 열병을 앓았고, 무서운 꿈을 꾸곤 했다.

나는 안경 너머 그의 눈을 들여다보며 김은국 선생을 만났을 때를 떠올렸다. 김은국 선생이 서울대 영문과 교환교수로 와 있었을 때였다. 지금도 그 목소리와 손의 움직임, 안경 너머 눈에 비치는 실향민의 오랜 그리움까지 선연하게 기억난다.

———— 늦가을에 만나 이야기하면서, 수더분하면서도 가슴에서 울려 나오는 그 목소리를 어디선가 들었다는 생각을 했었습니다. 귀에 익숙한 목소리였는데 이제야 누군지 기억이 납니다. 제가 스물여덟 살 때 소설가가 돼 《순교자》를 쓴 소설가 김은국 선생을 대구 미 문화원에서 만나 함께 세미나를 한 적이 있습니다. 제게 《순교자》는 한국전쟁을 배경으로 하면서 인간 존재와 구원의 문제를 다룬 최고의 소설이었습니다. 열여덟 살 때 그 소설을 읽고 언젠가 그 작가를 만나면 고맙다는 인사를 하고 싶다고 생각했거든요. 하지만 미국에 계셔서 만날 수 있으리란 기대를 못 했는데, 딱 10년 지나 제가 소설가가 되어 미 문화원 세미나에서 만난 겁니다. 그때 비로소 가슴에 간직했던 감사의 말씀을 드렸습니다. 문 전 대표 목소리가 그분 목소리와 무척 닮았습니다. 가슴에서 탁탁 맺혀 나오는 것이나 그 울림도요.

문재인 아,《순교자》는 저도 읽었습니다. 쓸쓸하면서도 아름답고 구원에 대한 실존적인 문제를 다룬 소설이죠. 소설가의 고향이 함흥이어서 더 인상 깊었습니다.

나는 손을 내밀어 그의 손을 잡고 《순교자》에 나오는 인물, 신 목사의 말을 전했다. "희망이 없을 때 인간은 동물이 되고 약속이 없을 때 인간은 야만이 된다"고. 마침내 나는 그를 처음 만나면서 내내 묻고 싶었지만 참았던 질문을 했다.

—— 왼손 무명지에 끼고 있는 빛바랜 황금색 묵주반지, 누가 줬습니까?

문재인 어머니가 주셨습니다.

—— 순금입니까?

문재인 아휴, 아닙니다. 도금이죠. 제가 신앙심이 강해서가 아니라, 어머니가 보실 때 제가 제대로 성당도 잘 안 가고 뭔가 시원찮아 보이니까 묵주반지라도 끼고 있으라고 주셨습니다. 20년도 더 됐어요. 1995년이나 1996년쯤인 듯하네요. 그 뒤로 한 번도 빼본 적이 없습니다. 우리가 책을 안 읽어도 들고 다니면 공부하는 기분이 들잖아요? 그런 것처럼요.

———— 이제 저하고 약속 하나만 할까요? 언젠가 평화통일이 와서 드 높은 개마고원을 걷는 그날이 올 때, 그때 함께 걷자고.

문재인 네, 정말 그렇게 합시다.

그는 환하게 웃으며 손을 내밀었다. 우리는 손을 잡았고 어린 소년들처럼 새끼 손가락을 걸고 약속했다. 그도 알고 있을 것이다. 두 사람의 약속, 그 약속이 나 하고만의 약속이 아님을. 우리는 자리에서 일어섰다. 그리고 그는 길을 걸어갔 다. '천 가지 계산, 만 가지 생각이 붉은 화로의 한 점 눈송이에 불과하다'는 듯.

경멸받지 않는 리더가 돼라.

바다가 고요할 때 폭풍우를 대비하라.

수시로 변하는 사람의 마음을 경계하라.

지나간 성공은 잊고 항상 새로운 성공을 훈련하라.

아랫사람의 충성을 확보하려면 먼저 대우하라.

다양한 조언을 듣고 신중하게 선택하라.

—마키아벨리

問 지금 가장 먼저 떠오르는 얼굴

文 아내. 진짜로.

問 좋아하는 계절

文 여름.

問 좋아하는 색깔

文 노랑. 따뜻하게 느껴져서.

問 좋아하는 나무와 꽃 이름

文 소나무와 진달래, 그리고 개나리. 아, 안개꽃도. 군대 있을 때 지금의 아내가 먹을 걸 하나도 안 가지고 오고 안개꽃만 잔뜩 가져옴. 안개꽃을 모두 나누어 주었는데 공수부대 여러 내무반에 꽃이 꽂혀 있기는 처음이었을 듯.

問　바둑 실력은

文　아마 4단. 아마도 4단? 그게 아니고…… 아마추어치고는 나쁘지 않은 것임. 이세돌 국수와 인공지능 알파고가 대국한 내용의 책에 추천사를 쓴 적도 있음.

問　21세기를 한마디로 하면?

文　불합치.

問　남북통일 되면 가장 먼저 가고 싶은 곳

文　개마고원.

問　노벨평화상을 받는다면 수상연설의 첫 문장은?

文　신사, 숙녀 여러분!

問　마지막 질문은 스스로 묻고 대답하기

文　패스. 그런데…… 어려운 질문이 좀 많았음. 하하.

001_ [준비]
—— 19대 대통령이 될 준비가 되어 있나?

문재인 어느 누구보다도 준비가 되었다고 확신한다. 국가 대개조, 적
폐 청산으로 새로운 대한민국을 건설하기 위한 절실한 마음을
가지고 있다. 모든 권력은 국민으로부터 나와야 하는데, 지난
10년간 모든 희생이 국민으로부터 나왔다. 상해임시정부 이후
지속되어온 우리의 헌법정신을 바로 세워야 한다.

002_ [개헌]
—— 개헌은 할 것인가?

문재인 개헌은 필요하다고 본다. 그러나 사실상 조기 개헌은 시간적으
로 불가능하다. 국회의원들이 모여서 합의하면 될 것처럼 이
야기하고, 특히 문재인만 동의하면 될 것처럼 말하는데, 그건
말이 안 된다. 졸속 개헌을 해서는 안 된다. 개헌은 국민의 뜻
에 따라야 한다. 몇몇 정치인들이 합의해서 하고 말고 할 일은
아니다. 어떻게 권력구조를 바꾸고 누가 대통령이 되는가의

정치적 문제로 개헌을 해서는 안 된다. 어떻게 세상을 바꿀 것인가 하는 국민들의 열망을 실현하는 것이 개헌의 최우선 목표다.

003_ [우병우]

—— 우병우 전 민정수석이 노무현 대통령에게 했다는 말 중에 이런 내용이 있다. "노무현 씨, 당신은 더 이상 대통령도 아니고 사법고시 선배도 아닌 그저 뇌물수수 혐의자로서 이 자리에 앉아 있는 것이오." 우병우 전 민정수석은 청문회에서 이 말을 부정했다. 어떤 게 진실인가?

문재인 실제로 그가 그런 말을 한 적은 없다. 그 말이 어디에서 나왔는지 모르겠다. 나는 그가 오만하고 건방졌다고만 했다. SNS 공간에서 어느 날 갑자기 회자되기 시작했다.

004_ [성장론]

—— 국민성장론의 핵심은 무엇인가?

문재인 국민과 더불어 성장하는 것, 국민과 함께 성장하는 것이다. 지금까지의 성장은 경제성장의 과실이 대기업, 부자들에게 돌아가고 다수 국민에게는 돌아가지 않는 성장이었다. 그래서 국가는 성장해도 국민들은 여전히 가난한 성장이었다. 그러나 '국민성장'은 국민들에게 그 과실이 돌아가고 국민들이 돈을 버는 그런 성장이다. 이를 통해 소비능력이 높아지고 소비가 진작되면 내수가 살아난다. 과거엔 수출 일변도, 수출 중심의 외바퀴 성장이었다면 이제는 수출과 내수가 함께 가는 양바퀴 성장전략이 국민성장이다. 불평등, 양극화, 청년실업을 해소하는 핵심전략이다.

005_ [갈등]

—— 김종인 의원과의 갈등은 어떻게 풀어갈 생각인가?

문재인 함께 가고 싶다. 갈등을 해결할 특별한 방법은 없다. 김종인 전 대표가 더불어민주당의 정강, 정책에 충실하면 그걸로 충분하다.

006_ [사드]

—— 사드 배치에 대한 의견은?

문재인 사드 배치는 다음 정부로 연기하는 게 옳다고 본다. 절차상 심각한 문제가 있지 않은가. 다음 정부로 연기하면 이 사드 배치라는 카드로 북한과 적어도 핵폐기, 핵억제, 핵동결 등 다양한 협상을 할 수 있고, 중국하고도 공조해서 북한 핵문제를 해결해나가는 걸 도모할 수 있다. 이런 노력이 다 실패해서 결국 사드 배치를 하게 되더라도, 사드 배치의 불가피성에 대해서 중국의 외교적인 반발, 경제적 압박을 극소화할 수 있다.

007_ [섀도 캐비닛]

<hr>

예비내각(섀도 캐비닛)은 겸손함을 중시하는 우리나라의 전통적인 정서에 맞지 않는다는 우려도 있다. 벌써 대통령이 다 되었다는 등 제기되고 있는 비판과 우려를 어떻게 불식시킬 수 있나?

문재인 섀도 캐비닛이라는 게 원래 당연히 준비되어 있어야 하는 것이다. 누구든 대통령 혼자 국정을 이끄는 게 아니기 때문에, 국정을 함께 이끌 팀들을 국민에게 제시해야 옳다. 그래서 서양의 경우 평소에도 섀도 캐비닛이 있다. 주로 내각책임제라서 그렇기도 하지만, 예를 들어 영국 같은 경우 차관급의 섀도 캐비닛까지 다 있다. 이들은 평소에도 총리와 야당 당수나 대표가 주례 토론을 의사당이나 라디오 등에서도 한다. 섀도 캐비닛과 장관 간에도 주례 토론을 하고, 차관과 섀도 캐비닛의 차관 간에도 토론한다. 이런 식으로 집권당의 정책이나 주장과 그에 대한 야당의 비판을 늘 토론으로 조율해 국가정책을 더 건강하게 만든다. 유권자들도 어디가 더 나은지 평가해서 선택하고 그래야 더 제대로 된 정책평가를 할 수 있다. 이게 더 이상적인데 우리 정치현실은 그렇게 하기가 쉽지 않다. 하지만 그런 노력을 본래부터 했어야 한다.

이번 조기대선에서 더욱 필요한 이유가, 인수위라는 과정이 없기 때문이다. 원래는 인수위 과정을 통해 총리를 인

선하고 또 총리의 재청을 받아 대통령이 내각을 구성하게 되
는데, 지금은 그럴 수 있는 시간이 없다. 당선증을 받으면 곧바
로 대통령 직무를 시작해야 한다. 인적 진영을 미리 갖춰야 하
고, 그 준비된 모습을 국민에게 보여줘야 한다. 사람을 특정해
서 어느 자리에 누구, 라고 하기는 어려울지 몰라도, 선택의 기
준을 제시한다거나, 분야별로 복수의 후보군을 선정해놓는다
거나, 정책자문 팀들의 면면을 통해 예측 가능하게끔 해야 한
다. 인터넷 등을 통해 국민 추천을 받을 수도 있다. 이러이러한
사람들 가운데 선택하겠구나, 하고 미리 예측할 수 있도록 만
드는 것이다. 벌써 대통령이 다 되었다는 식의 비난은 어이없
다. 대권주자는 누구든지 의무적으로 정책비전과 의사결정, 판
단을 미리 밝혀야 하고, 그것은 국민을 위해 당연한 일이다.

008_ [부활]
───── 현재 정부조직에서 변경해야겠다고 생각하는 부분은?
문재인 우선 두 가지 정도. 과기부가 부활해야 한다. 과학기술에 대한
　　　　컨트롤타워를 구축해야 하고, 중소기업청에 벤처를 붙여 벤처
　　　　중소기업부로 승격하는 게 필요하다고 본다.

009_ [개편]
───── 없애야 할 부처라든가 기능 변경, 통합 등이 필요해 보이는 부

처는?

문재인 기능재편은 필요하다. 예를 들어 교육부 쪽이 대단히 비대해
졌는데, 과기부가 따로 나오면 교육부가 그만큼 줄어든다. 그
렇게 교육부를 더 줄이고 국가교육위원회를 별도로 두는 식의
개편들이 많이 필요하다. 그밖에 대통령직속위원회로 노인문
제나 청년문제 또는 저출산 문제를 전담하는 기구 등이 있을
수 있다. 앞서 말한 신설하고자 하는 국가교육위원회는 독립
기구다. 대통령 산하 자문위원회가 아니고, 국가인권위원회처
럼 독립기구로 미래교육정책을 마련하는 기능을 해야 한다.

010_ [미국&북한]

──── 대통령이 되면 미국보다 북한을 먼저 가겠다는 발언의 진의는
무엇인가?

문재인 그 발언의 진의는 이렇다. 북핵문제를 해결할 수 있다면 북한
을 먼저 갈 수도 있고, 사전에 미국과 그 문제를 충분히 협의
할 수도 있다는 것이다. 미국은 우리 친구고, 북한은 협상 대
상자다. 협상할 필요가 있으면 친구하고 의논해서 가야 하지
않는가. 미국은 반대하지 않는데 한국에서 미국보다 더 친미
적인 사람들이 왜 미국에 먼저 가지 않느냐고 하는 게 슬픈
현실이다.

011_ [외교]

―――― 반기문 전 총장과의 경쟁력 측면에서 외교 분야는 약점이 아
       닌가? 국민들을 안심시킬 만한 외교방안이 있나?

문재인 반기문 전 총장이야말로 외교적인 면에 약점이 있는 게 아닌
       가? 너무나 친미적이어서 미국의 요구를 절대 거부할 줄 모르
       니까. 대한민국 외교부를 대미 외교라인이 주도하고 있는데,
       대미 외교라인에 서서 출세하기 위해 아랍어나 불어를 잘하는
       외교관들이 자기 장기를 숨기는 일이 많다. 아랍지역으로 가
       면 출세를 못 하니까. 우리 외교에서 미국은 중요하지만, 어쨌
       든 대미 일변도의 외교라인은 미국의 요구에 대해 거부할 줄
       을 모른다. 나도 친미지만 이제는 미국의 요구에 대해서도 협
       상하고 'No'를 할 줄 아는 외교가 필요하다. 이제 국제사회에
       서는 균형 있는 포괄적 외교가 소중한 가치고, 그런 정책과 인
       력을 발굴해야 한다.

012_ [출마조건]

―――― 반기문 전 총장이 공직선거법상 출마 조건이 가능한지에 대한
       이야기가 많다. 어떻게 생각하나?

문재인 그 부분에 대해서는 의견이 없다. 그건 내가 말할 수 있는 부
       분이 아니라는 전제로 말하자면, 선거법을 엄격히 문리적으로
       해석하면 대한민국에서 공무로 파견돼 해외에 체류한 것이 아

니니 자격이 없는 것이 맞다. 국민정서 면으로 보자면, 완전히 개인적인 일로 뉴욕에 10년을 가 있던 것도 아니고 유엔사무총장 직무수행이 국가의 자랑스러운 일이었다는 점에서는 동의한다.

013_ [죄책감]

—— 최순실 청문회에 나온 사람들 보면 부끄러움이 없고 죄책감을 갖고 있지도 않다. 그 이유가 무엇이라고 보는가?

문재인 오랫동안 권력 주변에 붙어살면서 부끄럽다는 생각마저 없어졌다. 정의나 민주주의가 제대로 서지 못했다. 버티면 감출 수 있다, 넘어갈 수 있다고 믿으니 그렇다. 이들의 범죄에 대해 처벌을 제대로 해야 정의가 바로 서는데 그게 실종된 사회가 오래 지속되었기 때문이다.

014_ [블랙리스트]

—— 청와대 주도의 블랙리스트 작성은 문화예술계를 참담하게 하고 있다. 이에 대한 평가는?

문재인 문화예술계 블랙리스트는 사실로 드러났다. 이명박 정부 때부터 어느 정도 있었다는 정도는 알고 있었지만, 이번에 그 실체가 드러났는데 그때보다 훨씬 더 강화된 리스트다. 이런 리스트가 문화예술계뿐 아니라 학계, 체육계 등 다른 쪽에도 있다.

정말 야만적이고 독재정권에서나 있을 수 있는 것이다. 헌법에 규정한 표현의 자유, 문화예술의 자유와 비판정신을 무너뜨렸다. 우리 헌정질서를 무너뜨리고 국기를 문란하게 했다. 블랙리스트를 지시하고 작성하고 예술가들에게 불이익을 주는 자들이야말로 바로 종북이다. 대한민국을 분열시켜 대한민국을 약하게 만들고 거꾸로 북한을 이롭게 만드는 자들이다. 확실히 진상을 규명하고 법적 책임을 물어야 한다. 이것만으로도 박근혜 대통령의 탄핵 사유가 충분하다. 국가의 기본을 무너뜨린 점에서 뇌물죄보다 훨씬 더 죄가 무겁다.

015_ [혁명]

—— '탄핵 기각 때는 혁명'이라는 발언 때문에 보수언론과 상대 후보들뿐만 아니라 중도층을 비롯한 많은 국민들이 불안함을 느낄 수도 있다. 이 발언의 진의는?

문재인 지금의 현실이 너무 절망적이다 보니 언론을 비롯해 많은 이들이 혁명이라는 용어를 쓰고 있다. 촛불혁명, 시민혁명. 지금 다 촛불혁명 중이라고 하는데, 내가 혁명이라고 말하면 마치 불온하거나 폭력적인 것처럼 몰아세운다. 그건 말이 안 된다. 우리가 말하는 혁명은 언제나 비폭력이며 정신적인 것인데, 이를 폭력적이고 비법적인 것처럼 공격하는 사람들이 있다. 왜 그런 공격을 했는지 생각해보면, 그들은 5.16 군사쿠데타가 혁명이라고 주장했거나 그렇게 배웠던 사람들이다. 쿠데타는 쿠데타일 뿐이다. 쿠데타는 총칼이나 폭력이 동원되지만, 시민 혁명은 정신적이고 인간다움의 근원을 추구한다. 실제로 탄핵은 민의를 실현하는 헌법적인 제도다. 국민들의 뜻이 제도적으로 실현되지 않을 경우, 그에 대해 국민은 분노하고 저항권을 행사한다. 이 저항권의 행사는 헌법에 규정돼 있다. 이런 상황은 당연히 혁명적인 상황이 아닌가.

016_ [찌라시]

—— 최근 탄핵 반대 시위하는 현장에서 돌아다니는 찌라시가 있다. '문재인을 심판하라! 노무현 전 대통령의 검은돈 금고지기 비서실장. 그 비리의 부정한 돈은 모두 문재인의 손으로 이루어졌고 관리됐다. 문재인을 심판하자!!!'는 내용인데.

문재인 한때 어떤 사람이 그런 기자회견을 했다. 내가 무슨 200톤의 금괴를 보유하고 있고, 더해서 수조 원의 비자금을 갖고 있다고. 그러면서 조 단위의 위조 수표를 물증으로 제시했는데, 형사처벌 받았다. 그 허위기자회견 내용을 지금도 퍼뜨리는 사람들이 있다. 허위사실을 퍼뜨려도 위법이기 때문에 처벌받는다. 금괴 200톤이라면 한국은행이 공식적으로 보유하고 있는 양보다 많다. 정말 그런 금괴가 있었으면 좋겠다. 그 돈으로 청년 일자리 문제를 싹 다 해결할 수 있으니.

017_ [호남민심]

—— 대통령이 되려면 호남민심을 얻는 것이 승패를 가르는 요인이 될 것이라는 평가가 있다. 특단의 계획이 있는가?

문재인 오직 열심히 하고 성의를 다하고 솔직한 마음을 바칠 뿐이다. 여기에 무슨 특단의 복안이 있으며 해법이 있겠는가. 무엇보다 호남이 가장 염원하는 바가 정권교체기 때문에, 정권교체의 주역이 결국은 '더불어민주당이고 문재인'이라는 인정을 받으면 받을수록 호남민심도 그 진심을 알고 지지할 것이라고 믿는다.

018_ [인재]

—— 더불어민주당 대표 시절 인재를 많이 영입했는데, 기억나는 사람들에 대한 장점과 소감이 있다면?

문재인 한 분 한 분이 다 소중하다. 특색이 있다면 과거 더불어민주당에서는 늘 민주화운동 또는 시민운동을 한 분들이 영입 대상이었는데, 처음으로 그런 것과는 무관하게 자신의 생활영역에서 열심히 노력해서 성취한 분들을 영입했다. 정치하고 거리가 있는 분들이었다. 이분들도 절박한 심정을 가지고 있었다. 이대로 가다가는 대한민국이 결딴날 것 같고, 바뀌어야 한다는 뜻을 가지고 있었고, 거기에 도움이 된다면 힘을 보태겠다고 참여한 분들이다. 더불어민주당의 전망이 불투명하고 굉장히 어려울 때였기 때문에 감동을 많이 받았다. 이런 분들이 모여 지금 민주당을 굉장히 건강하게 만들고 있다. 그때는 박근혜 게이트가 드러나기 전이다.

절박하다는 심정을 조금 더 이야기하면, 문재인의 싱크탱크 '정책공감 국민성장' 출범 당일까지 600명 정도 되는 전문가와 교수들이 참여했다. 이분들은 정책자문을 구하면 흔쾌히 응하지만, 정치적인 단체에 이름을 걸고 참여하기는 싫어하는 분들이다. 그런데도 이 무지막지한 현실을 바꾸지 않으면 안 된다는 절박함 때문에, 자기 이름을 걸고 참여하는 게 도움이 된다면 참여하겠다고 모인 것이다. 과거부터 오래 함께해왔던 분들은 소수고, 중도보수, 40대 소장, 이런 분들이 다양하게 많이 참여했다.

019_ [양복]

────── 최순실을 통해서 박근혜 대통령에게 짧은 기간에 가방 30~40개, 옷 100벌이 들어갔다는 고영태 씨의 진술이 있었다. 자주 똑같은 옷을 입고 나오는데, 양복을 몇 벌 정도 갖고 있는지 궁금하다.

문재인 만날 똑같은 옷 입는다고 여성 지지자들이 유니폼이라고 한다. 양복이 서울과 양산에 나눠져 있기 때문인데, 그 정도면 충분하다. 양복을 살 돈은 있지만 편안한 게 좋아서 늘 입는 옷을 잘 입는다. 그런데 박근혜 대통령의 가방, 많은 옷들, 한복들, 올림머리, 이런 데 쓰는 돈들이 다 국가예산으로 나가는 것이다. 대통령 앞으로 굉장히 많은 특수활동비가 책정돼 있는데, 이 특수활동비는 대통령이 맘대로 쓰라는 돈이 아니다. 특수활동비는 과거에 대통령이 환경미화원들처럼 고생하시는 분들에게 금일봉을 주는 데 쓰였다. 방한복이라도 사 입으시라고. 그리고 각종 민생현장을 방문할 때 대통령으로서 선물을 하는 목적으로 썼다. 그런데 박근혜 대통령은 그런 곳을 안 다녔기 때문에 그런 용도로 쓰지 않고 전부 자기를 치장하는 데 쓴 것이다.

020_ [이발]

── 이발은 주로 어디서 하나?

문재인 국회 이발관에서. 국회 구내이발관이 싸다. 1만 5,000원.

021_ [연탄]

── 대중교통비가 얼마인지 알고 있나?

문재인 그건 기본이다. 서울 기준으로 카드결제를 했을 때 지하철요금 1,250원, 버스요금 1,200원. 연탄 가격이 얼마인지 아는가? 요즘은 배달비를 포함하는데 연탄 가격이 한 장에 580원이다. 고지대는 웃돈을 좀 요구해서 600원 정도. 연탄은 한 장당 300원

정도 국고보조가 있는데 그걸 정부가 폐지한다고 한다. 연탄 가격이 많이 올라갈까 봐 걱정이다.

022_ [마트]

—— 집 근처 마트 같은 곳도 가끔 가는지?

문재인 자주 간다. 라면하고 햇반 사러. 햇반 종류가 얼마나 많은지 아는가? 종류가 너무 많아서 뭘 고를지 고민이다. 예전에는 제일제당 햇반 하나만 있어서 고르기 수월했는데 요즘은 발아현미에 오곡밥에, 심지어 사각형 햇반도 있다. 마트를 가지 않을 수 없는 게, 거처가 양산하고 서울 두 군데니 아내와 떨어져 있을 때가 많기 때문이다. 그래서 햇반, 라면, 계란을 사가지고 와서 라면 끓이고 계란프라이 해서 혼자 끼니를 해결하는 경우가 많다.

023_ [낙방]

—— 공부를 잘했는데 왜 서울대 상대 입학시험에 떨어졌나?

문재인 1학년 때 담임선생님이 결근해서 옆 반 선생님이 대신 조회를 했다. 전날 결석한 친구가 있었는데, 그 선생님이 결석계를 가져왔냐고 하니 친구가 가져왔다며 가방을 뒤져보는데, 결석계가 없었다. 친구가 가져온 줄 알았는데 빠뜨린 것 같다고 했더니, 거짓말한다고 화를 내면서 그 학생을 불러내 심하게 때려서 입술이 터져 피가 났다. 그 선생님이 얼굴을 씻게 하고 온 뒤 사과하면서 다시 훈계를 하다가 또 화가 나서 그 친구를 다시 불러내 때렸다. 부당한 폭력이었다. 나는 앞줄에 있었는데, 항의하고 싶은 마음이 끓어올랐지만 선생님이어서 감히 대들지 못한 게 너무 후회됐다. 그 때문에 그 선생님 담당 과목을 공부하기가 싫었다. 반에서 1, 2등 할 정도로 성적이 좋았는데 그 과목 성적은 꼴찌에 가까웠다. 그것이 결국 대학 입시 실패의 원인이 되었다.

사실 그 선생님은 서울대를 나온 실력파였고 좋은 교육자였는데, 나는 부당한 폭력을 참을 수가 없었다. 그때의 내 분노와 내가 분노를 표출했던 방법이 옳았는지는 지금도 잘 모르겠다.

024_ [3수]
———— 전공이 재수라고 했는데, 대선에서 3수를 할 생각은?
문재인 없다. 3수를 할 생각이 없다는 걸 확실히 보여주기 위해 지난 총선에 안 나갔다. 이번 대선에서 만약 실패한다면 정치인생은 그것으로 끝이다. 국회의원 출마를 하지 않은 것으로, 3수는 없다는 배수진을 친 것이다.

025_ [야인]

— 야인으로 돌아가면 어떤 일을 하고 싶은가?

문재인 생계를 위해 무언가를 하긴 해야 한다. 할 줄 아는 게 변호사니까 다시 그 길로 갈지도 모른다. 지금까지 사외이사 이런 것도 한 번도 안 했다. 참여정부 기간 동안에는 아예 변호사 개업도 안 했고, 참여정부 끝나고 난 이후에도 여러 달 지나서 변호사 개업을 했다. 더러는 로펌 고문 등을 하면서 돈을 많이 번 사람들도 있지만, 나는 그런 게 전혀 없어서 정계 은퇴를 하면 일을 해야 한다. 늘 수입이 절실하다. 생활비라든가 활동비 등이 필요하기 때문이다. 법무법인 부산의 설립자였는데, 최근에 탈퇴하고 지분도 처분했다. 그게 대선 때까지 생활자금이다. 그러고 나면 고정수입이 없으니 취업이 절실하다. 그러나 사실은 그 모든 것보다도 정말로 자유롭고 싶다. 정치를 하면서 정치는 보람 있다고 여기지만, 너무 많은 개인적인 희생이 따른다. 야인으로 돌아가면 무엇을 하든 자유롭게 살고 싶다.

엮은이의 말;
목소리와 문장은 감출 수 없다

　내가 만난 그는 솔직하고 따스한 사람이었다.

　문재인 더불어민주당 전 대표를 만나 오랜 시간을 질문하고 그의 대답을 들었다. 서로의 눈을 들여다보며 그렇게 오래 이야기하기는 일생 처음이었다. 때로 고개를 함께 끄덕이기도 하고 서로의 견해에 동의할 수 없다는 말도 했다. 그와 이야기하면 누구든지 알 수 있을 것 같다. 그는 눈으로 더 많은 말과 뜻을 전하고 있음을.

　정치적 판단이나 의견, 그리고 행동은 자신의 체험에서 나온다. 체험보다 앞서는 어떤 지혜도 판단도 없으니까 말이다. 많은 실패와 좌절의 터널을 지나왔던 그와의 대담을 진행하면서 팽팽한 날짜들이 너무 빨리 지나갔다. 그 날짜들 사이로 눈이 내렸고 밤거리는 촛불로 환해지기 시작했다. 그것은 취업, 주거, 고용, 노후 등 삶의 절벽에 직면해 사람들이 밝히는 기억과 용기의 또 다른 얼굴이었다. 촛불이 밝히는 빛은 언제나 다른 장면, 다른 풍경으로 새롭게 몸을 바꾸어 마침내는 완전히 역동적인 모습으로 찾아왔다. 그는 그 속에 함께 서 있었다.

여러 번 점심을 같이 했다. 그는 해물 종류의 음식은 다 좋아한다고 했지만, 만남은 늘 시간에 쫓겨 금방 나오는 순대국밥으로 때웠다. 식당에서 그를 알아보는 손님, 일하는 분들이 그와 함께 사진을 찍었다. 그런 모습을 보는 일은 즐거웠다. 저녁 약속을 한 적도 있었지만 갑작스레 일정이 바뀌어 며칠 뒤로 미룬 때도 있었다. 그를 만나는 날은 한 시간 전에 약속 장소에 나가 카페에서 3층 창밖을 내려다보거나 길 앞에 서 있었다. 왜냐하면 그가 어떤 모습으로 나타나는지 먼저 보고 싶었기 때문이다. 질문하고 대답하는 과정에 못지않게 그가 문을 들어서는 모습이나 손의 움직임, 그가 나타나면서 새롭게 바뀌는 풍경들은 비록 문장 속에 들어가지 않는다 해도 그와의 대담을 구성하는 중요한 요소였다. 두 번째 그를 만나면서 그가 '너그럽고 정직한 사람'이라는 일상적 느낌 이상으로 '굉장히 강인한 사람'이라는 직감이 찾아왔다. 현실을 새롭게 해야 한다는 그의 의지는 분명하고, 결심은 견고했다. 그건 그의 대답 속에서 다 찾아볼 수 있을 것이다. 그가 얼마나 정직한지 굳이 말하지 않아도 될 것 같다. 사람의 목소리와 그것으로 구성하는 문장은 아무것도 감출 수가 없다. 언어에는 고유한

지문 이상의 그 무엇, 정신이 들어 있으니까.

　문재인, 그가 아버지 이야기를 할 때, 세월호 가족들을 위해 단식을 하던 순간을 떠올릴 때는 눈매가 젖어 올랐다. 할 수만 있다면 그의 눈이 전하는 목소리까지도 불러내어 기록하는 일은 대담자로서 당연히 해야 할 몫이었다. 그의 정치적 삶에서 가장 큰 좌절과 슬픔은 노무현 대통령의 서거였다. 사람은 하나의 이야기로 완성이 되고, 미래로 이어져 역사를 이룬다.

　그와 대담하는 동안 나는 어떤 '따뜻한 풍경' 속에 들어 있었다. 늦가을에서 겨울, 눈 속의 봄으로 접어들어서일까. 산골에 눈이 쌓이고, 거리에는 수많은 사람들이 촛불을 들고 눈보라처럼 함성을 지르기 때문이었을까. 우리가 잃어버렸던 것, 우리가 잊었던 것, 그리고 우리를 불행하게 했던 것들이 무엇인지 드러나는 이 시간들은 누구에게나 힘들었다. 그는 무엇보다 촛불을 들고 어둠 속으로 나서는 청소년들의 모습을 보며 미안해하고 안쓰러워했다.

　그는 "헌법에 대한민국임시정부의 법통을 계승한다면서도 지금까지 우리는 상해임시정부기념관을 가지고 있지 못했다"며 효창공원 일대에 상해임시정부기념관을 건립하겠다는 결심을 드러냈다. 그것 때문이었을까. 문득 나는 효창공원, 안중근 장군의 가묘 앞에 서 있곤 했다. 아직 찾지 못한 장군의 유해는 대륙 어딘가에서 우리가 찾아주 기를 기다리고 있을 것이다. 오래전, 겨우 구해 간직해온 백범 선생 의 수적, '진광불휘(眞光不輝)'가 진품이 아닐 수 있다고 전문가가 말 했지만 '진정한 광채는 빛나지 않는다'는 그 뜻이 좋아 한 번씩 꺼내 어 들여다보던 생각도 불현듯 났다. 상해임시정부기념관이 조성된다 면 그 과정 속에서 안중근 장군의 장엄한 기상이 우리를 만주 땅 어 딘가, 장군의 유해가 기다리고 있는 곳으로 인도해줄 것만 같다. 그럴 때 백범 선생도 비로소 두 눈을 편안히 감을 수 있으리라는 기대를 가져본다.

대담 원고를 정리하며 정신과 의사인 제임스 길리건James Gilligan 의 《위험한 정치인》(이희재 옮김, 《왜 어떤 정치인은 다른 정치인보다 해 로운가》의 개정판)을 몇 번이나 살펴보았다. 길리건은 1900년부터

그와 대담하는 동안 나는 어떤 '따뜻한 풍경' 속에 들어 있었다.

늦가을에서 겨울, 눈속의 봄으로 접어들어서일까.

산골에 눈이 쌓이고,

거리에는 수많은 사람들이 촛불을 들고

눈보라처럼 함성을 지르기 때문이었을까.

2007년까지 미국에서의 자살과 살인에 대한 통계를 분석해, 불평등을 줄이려는 진보정책의 민주당이 경제를 번영시키고 가장 평화롭고 평등한, 비폭력적인 시대를 열었다고 분석한다. 그런데 왜 유권자들은 99퍼센트의 부를 전체 인구의 1퍼센트에게 몰아주는 정책을 추구하는 보수파 공화당에 투표할까? 길리건은 보수세력이 하류층과 극빈층을 서로 증오하게 하고 이간질시킨다며, 통계 수치로 이를 증명한다. 보수 정책일수록 자살과 살인사건이 늘어난다는 것도. 지금 우리 사회의 수많은 '갑질, 남녀 간 혐오, 세대 간 혐오, 지역감정, 종북몰이'도 이런 증오의 오랜 방식에서 나온 게 아닌지 생각해 보게 한다. 지난 10년간 계층간의 노골적인 적대감과 혐오, 증오는 결국 대한민국을 헬조선, 불반도로 만들고 말았다. 길리건은 "유권자가 어느 쪽에 투표하는가에 따라 자신의 삶, 그리고 가족의 생명이 달려 있다"고 말한다.

　미국 통계와 어느 정도 차이가 날지 모르지만 한국 사회에서도 이런 통계적이고 객관적인 분석이 나오기를 바란다. 흔히들 "진보다", "보수다" 하며 어느 쪽인지를 서로 묻는다. 나는 그 어느 쪽에도 속해 있지 않지만 영남지역에 오래 있었으니 보수적 정서에 익숙해져 있다.

원고를 다 쓰고 난 뒤, 나는 밤을 새워 따스했던 그 풍경들의 진원지를 다시 찾아갔다. 이상하게도 그와 이야기하는 내내 박완서 선생의 소설 《그해 겨울은 따뜻했네》가 자꾸 생각났기 때문이다. 나는 《그해 겨울은 따뜻했네》와 개인적 기억에서 비롯된 《순교자》를 다시 읽었다. 《그해 겨울은 따뜻했네》에서의 마지막 장면, 이산가족이었던 오목이가 한국전쟁 중에 그녀를 버렸던 언니 수인에게 먼저 용서를 청하며 건네주는 칠보무늬가 영롱한 은표주박이 눈에 밟힐 듯 다가왔다. 소설을 원작으로 만든 영화 속에서 오목이로 나오는 배우 이미숙의 연기는 감동적이었다. 어쩌면 오목이처럼 소리 없는 인내와 희생의 모습이 촛불에 비쳐서 이 겨울이 따뜻하게 느껴지는지도 모르겠다.

"우린 절망과 싸우지 않으면 안 돼요. 우린 그 절망을 때려부수어 그것이 인간의 삶을 타락시키고 인간을 단순한 겁쟁이로 쪼그라뜨리지 못하게 해야 합니다"(《순교자》, 255쪽, 도정일 역).

할 수 있는 데까지 가치중립성을 확보하기 위해, 그와의 대담을 신중하고 객관적으로 기록하고자 했다. 기록문학에 가까운 대담은 전기와 달리 지금 이 지상에 살고 있는 인물의 기억과 의지, 능동적인 경험을 밝히면서 인물의 전체적인 모습을 조망해낸다. 대담을 통해 인물을 드러내는 작업은 지금껏 별로 없었다. 전기보다 육성과 기억에 대한 기록이 더 사실적이고 정확하다는 점에서, 이야기를 걸고 싶은 사람들이 있다.

문재인 전 대표처럼 존재의 자유와 정의를 추구하는 인물, 분노와 슬픔, 불행을 통해서 개인적, 사회적 행복에 대한 절제와 균형 감각을 가진 인물을 기록문학의 형식으로 구성하는 일은 의미 있는 일이다. 기회가 된다면 〈파리 리뷰〉 같은 기록문학의 형식으로 새로운 정신과 모험을 추구하는 생존 인물을 이야기하고 싶다. 대담 기회를 마련해주고, 대담과 관련한 모든 준비를 철저히 해준 21세기북스에 삼가, 고 마음을 전한다.

 손을 씻고 무릎을 가지런히 모으고 허리를 펴 책상 앞에 앉아서 문재인, 그의 목소리와 기록을 살펴보며 한 문장씩 적었다. 이 글의 마지막은 어떻게 쓸까? 그를 떠올리며 파블로 네루다의 질문을 여기 덧붙인다.

 언제나 기다리는 사람은
 기다리지 않는 사람보다 얼마나 더
 고통스러울까?
 나무가 하늘에 말을 걸 수 있기 위해
 땅에서 배운 것은 무엇일까?

문형렬(소설가)